Stella Whitelaw

Der Kater, der nicht mausen konnte

Aus dem Englischen von Bettina Lemke

Deutscher Taschenbuch Verlag

Für JD, einen langjährigen Freund und Kollegen

Deutsche Erstausgabe
Oktober 2001
Deutscher Taschenbuch Verlag GmbH & Co. KG, München
www.dtv.de
© 2000 Stella Whitelaw
Titel der englischen Originalausgabe:
Favourite cat stories. New tales of feline frolics for devoted cat lovers
Michael O'Mara Books Limited, London
ISBN 1-85479-541-4
deutschsprachige Ausgabe:
© 2001 Deutscher Taschenbuch Verlag GmbH & Co. KG, München
Umschlagkonzept: Balk & Brumshagen
Umschlagfoto: © Mauritius/Rutz
Satz: Fotosatz Reinhard Amann, Aichstetten
Gesetzt aus der Caslon 540 10/12˙ (QuarkXPress)
Druck und Bindung: Druckerei C. H. Beck,
Nördlingen
Gedruckt auf säurefreiem, chlorfrei gebleichtem Papier
Printed in Germany · ISBN 3-423-20452-4

Inhalt

Die Katzenflüsterin

Sie war eine Flüsterin, doch dieses Wort bezeichnete ihre Fähigkeit nur unzulänglich. Katie wusste das – wie aber sollte sie sonst beschreiben, was sie tat. Alle Sinne waren daran beteiligt. Es war eine Mischung aus Sehen, Berühren, Riechen, Schmecken, Hören und Körpersprache. Es war eine ungewöhnliche Gabe. Ihre juwelengleichen Augen drückten ihre innersten Gedanken aus. Es war nichts Mystisches daran. Katie war eine Frau, die mit beiden Beinen fest auf dem Boden stand. Sie kochte, sie arbeitete und sie liebte unbeschwert. Sie tanzte, sie las Bücher und Zeitungen; sie mochte Blumen.

Es begann, als sie noch ein ziemlich kleines Mädchen war. Sie hatte mit ihrem Katerchen, einem lustigen kleinen Katzenbaby namens Pizza, gespielt. Pizza war auf die Arbeitsplatte geklettert und stand nur knapp von einem heißen Herd entfernt, auf dem Töpfe blubberten und das Mittagessen kochte. Der Duft von Eintopf und Gemüse war gut. Katie rannte hin und berührte Pizza sanft, ihr Gesicht war ganz nah bei ihm.

»Du musst aufpassen«, stieß sie hervor. »Der Herd ist gefährlich.«

Pizza hielt inne und sah sie verständnislos an. »Gefährlich?«

»Ja, du könntest dir wehtun. An heißen Sachen verbrennt man sich, und der Herd ist sehr heiß.«

Seine Schnurrhaare zuckten und es war, als ob er sich bei ihr für die Warnung bedankte. Anmutig wich er zurück, bis sein Rücken fest gegen die gekachelte Wand gedrückt war. Er konnte nicht weiter zurück. Sie legte ihre Hand auf seinen Nacken.

»Das ist besser«, sagte sie. »Wir wollen doch nicht, dass du dir wehtust. Hm ...« Er drückte seine Schnauze gegen ihre Hand. Seine Nase fühlte sich in ihrer Handfläche warm und feucht an. Sie hatte mit ihm kommuniziert, war irgendwie zu ihm durchgedrungen. Sie konnte kaum glauben, dass Pizza sie verstanden hatte. Es war ein göttlicher Pfad, von Seele zu Seele. Sie kannte den Weg und würde ihn wieder beschreiten.

Niemand wusste etwas von ihrer Gabe. Ihre Eltern dachten, sie sei einfach verrückt nach Katzen. »Katie ist ganz wild nach Katzen«, erzählten sie fröhlich allen Leuten. Sie übte. Sie verstand nicht immer alles richtig. Einmal schlug sie einem ganz weißen Chinchillakater vor, sich zivilisierter zu benehmen, doch er biss sie. Katie merkte, dass sie von den Katzen keine direkten Botschaften empfing, sondern vielmehr ihre Reaktionen und Gefühle wahrnahm. Sie konnte Leid, Zufriedenheit, Wut und Kummer erkennen. Waren sie unglücklich, tat ihr das weh.

Eine Nachbarin hatte eine Katze, die sehr aggressiv war. Niemand konnte sie streicheln, hochheben oder tragen, und die Katze weigerte sich, auf irgendjemandes Schoß zu sitzen. Sie fauchte jeden, der in ihre Nähe kam, an und biss. Aber sie war ein wunderschönes Geschöpf, eine schwarze Perserkatze mit glänzendem Fell, leuchtenden bernsteinfarbenen Augen und einem beneidenswerten Schwanz. Sie hieß Loopy.

Katie saß auf dem Boden, nicht zu nah bei Loopy. Sie versuchte nicht, sie zu berühren. Die Katze sah sie verächtlich an, ein tiefes Knurren stieg aus ihrer Kehle auf, sie war bereit zu fauchen und zu beißen. Sie hatte einen durchdringenden beunruhigenden Blick. Er warnte sie, ihr fernzubleiben. Katie öffnete ihre Hände, so dass ihre Handflächen sichtbar wurden, um ihr zu zeigen, dass sie sie nicht bedrohte. Sie sprach ruhig und sagte der Katze, dass sie schön war, dass die Familie sie liebte und mit ihr befreundet sein wollte. Der Schwanz der Katze schlug, ihre Augen blitzten.

Ein Gedanke schoss Katie durch den Kopf. »Ich hasse meinen Namen. Ich bin damit nicht zufrieden. Es ist grausam und gemein, mich Loopy zu nennen.«

»Warum ist es gemein?«, fragte Katie.

»Es ist nicht in Ordnung. Würdest du gerne Loopy heißen?«

»Eigentlich nicht.«

Katie stand vorsichtig auf, um die Katze nicht aufzuscheuchen. Sie versuchte nicht, sie zu berühren oder zu streicheln. »Ich werde mit ihnen reden und sehen, was ich tun kann.«

»Eure Katze mag ihren Namen nicht«, erzählte Katie ihren Freunden, als sie beim Teetrinken in der Küche saßen. »Sie hasst ihn sogar. Das ist durchaus verständlich. Sie ist eine wunderschöne Katze und sehr intelligent, und trotzdem habt ihr ihr einen so blöden Namen wie Loopy* gegeben.«

»Mein Sohn hat sie so genannt. Er fand das lustig. Es war nur so eine Lausbubenidee.«

»Probiert ein paar andere Namen aus, etwas Schönes, verwendet andere Wörter und beobachtet, wie sie darauf reagiert. Aber nennt sie nie wieder Loopy. Versucht es mit Beauty oder Midnight oder Princess.«

»Wie wäre es mit Velvet oder Lady?«

»Okay, ihr habt verstanden, worum es geht. Aber hört zunächst damit auf, sie Loopy zu nennen. Verbannt das Wort aus dem Haus. Sagt einfach gar nichts, damit sie nicht weiter gekränkt wird.«

Ein paar Tage später traf Katie ihre Nachbarin beim Einkaufen. »Und, wie geht's mit der Umbenennung?«

»Es wirkt Wunder. Es könnte nicht besser funktionieren. Jedes Mal, wenn wir jetzt mit ihr sprechen, fängt sie an zu schnurren. Seit einer Woche ist keiner mehr gebissen worden. Und gestern Abend saß sie doch tatsächlich mindestens fünf Minuten lang auf meinem Schoß, als ich ferngesehen habe.«

* Loopy = verrückt (Anm. d. Übers.)

9

»Wie habt ihr sie denn genannt?« Katie war gespannt darauf, es zu erfahren.

»Blossom*.«

»Ein perfekter Name«, sagte Katie und nickte zustimmend. »Ich weiß, dass sie Blumen mag. Ich habe gesehen, wie sie an euren Wicken geschnuppert hat.«

Eine andere Katze wurde in einem Katzenkorb zu Katie nach Hause gebracht. Kein Geräusch kam aus dem Korb. Es war unheimlich. Der Kater wollte nichts mehr fressen. Er war so dünn und schwach, dass er kaum noch laufen konnte. Er lag auf dem Teppich, sein Atem ging schnell und so flach, dass sich sein blasses rötliches Fell kaum bewegte.

»Wir sind mit unserer Weisheit am Ende«, sagte seine verzweifelte Besitzerin. »Wir dachten, Sie könnten ihm vielleicht helfen. Das ist Lucky, und wir wissen nicht, was mit ihm los ist. Er war beim Tierarzt, aber körperlich fehlt ihm nichts.«

»Haben Sie versucht, mit ihm zu reden?«

Sie sahen verwirrt aus. »Mit ihm reden? Wir könnten es versuchen. Wir möchten Lucky nicht einschläfern lassen.«

Nachdem seine Besitzer gegangen waren, legte sich Katie neben den Kater. Ihre Hand ruhte sachte auf seinem Fell. Es war offensichtlich, dass Lucky trauerte. Sie sah den Kummer tief in seinen Augen. Sie versuchte, etwas Wärme in seinen Körper hineinzumassieren.

»Komm schon, Lucky«, sagte sie sanft. »Erzähl mir, was los ist. Was auch immer es ist, dies ist nicht der richtige Weg. Du musst etwas fressen.«

»Wo ist er hingegangen?«, jammerte Lucky.

»Wer? Wer ist ›er‹?«

»Mein alter Freund.«

»Ich weiß nicht, wo dein Freund ist.«

* Blossom = Blüte (Anm. d. Übers.)

»Ich bin so einsam«, seufzte Lucky. »Wir haben immer alles zusammen gemacht. Old Ben und ich waren unzertrennlich, und jetzt ist er einfach verschwunden. Seit er weggegangen ist, möchte ich nichts mehr tun. Ich wusste nicht, dass er geht. Ich hatte nicht einmal Gelegenheit, ihm Lebewohl zu sagen. Niemand hat mir irgendetwas gesagt.«

»Die Menschen denken nicht daran. Sie lassen ihre Haustiere nicht Lebewohl sagen. Sie verstehen nicht, dass ihr Gefühle habt.«

»Bitte finde für mich heraus, was geschehen ist«, bat Lucky.

Katie telefonierte sofort. »Ihr Kater sehnt sich nach einem alten Freund, der einfach aus seinem Leben verschwunden ist. Es nimmt ihn sehr mit.«

»Ah, Sie meinen bestimmt Old Ben, unseren Hund. Wir mussten ihn vor ein paar Wochen einschläfern lassen.«

»Lucky vermisst seinen alten Freund. Verstehen Sie, er wusste nichts davon. Sie haben ihm nichts gesagt.«

Katie wusste nicht, wie sie es Lucky beibringen sollte. Der Kater war ohnehin schon so schwach. Sie hielt ihn in ihren Armen und streichelte sanft seinen Kopf. »Old Ben ist gestorben. Es geschah, weil er alt und krank war, nicht weil er sterben und dich verlassen wollte. Wir werden alle alt. Das gehört zum Leben. Wir haben nur eine gewisse Zeit und dann müssen wir weggehen. Es ist ganz natürlich. Frag mich nicht warum.«

»Sie haben mir nichts davon gesagt.«

»Sie wussten nicht, dass oder wie sie es dir hätten sagen sollen. Versuchst du mir zuliebe etwas zu fressen? Sie möchten, dass du am Leben bleibst. Es wäre schmerzhaft für sie, wenn sie euch beide verlieren würden.«

»Uns beide?«

»Aber ja, wenn du auch sterben würdest. Sie lieben dich auf ihre Weise so sehr, wie sie Old Ben geliebt haben.«

»Das habe ich nicht gewusst.«

Lucky blieb noch ein paar Tage bei Katie. Sie verbrachten

viel Zeit miteinander, aber noch immer wollte er nichts fressen. Nichts konnte ihn dazu verleiten. Lucky schirmte sich gegen Katie ab, er richtete eine Mauer um sich herum auf. Was konnte sie nur tun? Er baute mehr und mehr ab und kam kaum noch aus seinem Korb heraus.

»Haben Sie Fotos von Old Ben?«, fragte Katie panisch am Telefon. Sie wollte nicht, dass der Kater starb. »Oder etwas, das ihm gehörte?«

»Wir haben jede Menge Fotos. Und sein Halsband und die Leine.«

»Bringen Sie bitte alles mit.«

Lucky schnupperte an den Fotografien. Sie sahen aus wie Old Ben, aber er war nicht da. Der Geruch war chemisch. Aber am Halsband und der Leine haftete eindeutig Old Bens Geruch. Katie zog die Leine über den Boden und Lucky sah mit aufkeimendem Interesse zu.

An diesem Abend schleckte er etwas Sardinen und Tomatensauce von Katies Fingern. Seine Besitzer brachten Old Bens Lieblingsball und einen schäbigen zerkauten Hausschuh mit, den er immer im Haus herumgetragen hatte. Lucky rollte sich auf dem Hausschuh zusammen, eine Pfote legte er auf den Absatz. Der Schuh roch nach Old Ben, und Lucky atmete tief ein und aus. Am nächsten Tag fraß er etwas vitaminreiches Katzenfutter und schnupperte am Ball. Katie drängte ihn nicht und ließ ihm Zeit.

»Wohin ist Old Ben gegangen?«, wollte der Kater wieder wissen.

»Ich wünschte, ich könnte es dir sagen«, hauchte Katie. »Old Ben ist gestorben. Wir wissen nicht, was danach geschieht. Es ist eins der Geheimnisse des Lebens.«

»Was heißt ›gestorben‹?«

»Wir müssen alle sterben. Wenn wir unser Leben gelebt haben und bereit für das nächste Leben sind.«

»Werde ich sterben?«

»Ja, so wie ich auch. Aber jetzt noch nicht. Du bist ein junger Kater und dir bleibt noch viel Zeit.«

Katie war erschöpft. Sie fühlte sich emotional ausgelaugt. In gewisser Weise hatte sie Luckys Kummer in sich aufgesogen und ihn zu ihrem eigenen gemacht. Der Kater war jetzt insgesamt interessierter, fraß wieder, wollte hin und wieder mit der Leine und dem Ball spielen und schlief danach tief und fest auf dem Hausschuh. Schließlich kam Lucky wieder nach Hause. Ein paar Wochen später holten seine Besitzer einen neuen Welpen ins Haus. Sie nannten ihn Young Ben, und Lucky erkannte, wie sich sein alter Freund teilweise in seinem neuen Spielkameraden spiegelte. Das schenkte ihm neuen Mut und neue Lebenskraft. Er begann wieder richtig zu fressen.

Katie war froh, als sie diese Neuigkeiten hörte, aber sie wollte nicht mehr zu Katzen flüstern. Sie hatte genug eigene Probleme. Ihre Ehe löste sich auf, und sie wusste nicht warum. Ihrem Mann lag nichts mehr an ihr. Es war ein schreckliches Gefühl. Sie fühlte sich verloren und befand sich in einem Niemandsland. Dann ging er fort. Verließ sie.

»Ich brauche einen Flüsterer für mich selbst«, sagte sie zu dem bleichen Gesicht im Spiegel. »Jemanden, der zu meiner Seele spricht.«

Sie nahm ab. Die meiste Zeit fühlte sie sich krank. Ihr Haar war zottelig, anstatt locker auf ihre Schultern zu fallen. Ihr war egal, was sie anhatte. Tag für Tag zog sie die gleiche Kleidung an. Ihre Freunde waren verständnisvoll, aber sie äußerten Plattitüden wie »Es gibt noch andere auf der Welt« oder »Was der kann, kannst du schon lange« etc. Sie konnten ihr nicht helfen. Sie wünschte sich jemanden mit einem freundlichen Gesicht, der sie plötzlich auf der Straße anlächeln, ihre Hand nehmen und zu ihrem Herzen sprechen würde. Dann würde die Heilung einsetzen. Aber es kam niemand. Sie konnte nicht mehr flüstern. Die Magie war verschwunden. Sie war leer und ausgebrannt.

Ein Wildpark in Cornwall rief sie an. Sie benötigten ihre Hilfe. Sie fühlte sich geschmeichelt, aber sie sagte ihnen, dass sie nicht mehr zu Katzen flüstere. Ihre Ausflüchte klangen armselig. »Das ist schade«, sagte Marcus Brown, und es klang so, als bedauere er es wirklich. »Wir haben hier etwas Besonderes, etwas, das Sie unserer Meinung nach interessieren könnte.«

»Was ist es?«, fragte sie aus reiner Höflichkeit.

»Ein schottischer Wildkater. Man hat ihn in einer Falle im Hochmoor gefunden. Er war verletzt und verstört. Wir mussten ihn betäuben, um ihn dort herauszubekommen und seine Wunden zu versorgen.«

»Ich habe noch nie eine Wildkatze gesehen«, sagte sie.

»Wir werden mit ihm nicht fertig. Es ist, als wolle man einen Tiger füttern. Er lässt niemanden in seine Nähe kommen.«

»Ich flüstere nicht mehr.«

»Okay, Sie müssen nicht flüstern. Kommen Sie einfach her und schauen Sie ihn sich an. Wir werden Sie um nichts anderes bitten.«

Katie ertappte sich dabei, wie sie in ihr Auto stieg, um ein paar hundert Kilometer weit zu fahren und eine Wildkatze zu sehen. Sie hatte noch schnell ein paar Fakten nachgelesen, viel fand sie nicht. Wildkatzen waren im schottischen Hochland und in den Hochmooren von Cornwall zu finden, pantherähnliche schwarze nannte man Kellaskatzen; einheimische Großkatzenarten hatten möglicherweise die Eiszeit überlebt. Es war nicht viel. Auf den Rücksitz hatte sie Kleider zum Wechseln gelegt. Marcus Brown hatte gesagt, dass es auf dem Gelände ein Gästehaus gab, das sie benutzen konnte.

»Oft kommen Forscher oder Experten, die über Nacht bleiben.«

»Aber selten eine Flüsterin, die nicht mehr aktiv ist.«

»Nein, Sie sind die Erste.«

Sie fuhr ganz automatisch und löste sich nur aus ihrer Trance, um die Straßenkarte zu studieren. Sie wusste nicht, warum sie dorthin fuhr. Vielleicht aus Neugier. Diese ganze Reise war möglicherweise reine Zeitverschwendung.

»Danke, dass Sie gekommen sind. Ich bin Marcus Brown.« Der Ranger, ein großer Mann mit markanten Gesichtszügen, begrüßte sie zurückhaltend. Er sah etwas unordentlich aus und war leger gekleidet.

»Dieses Tier verhält sich mehr wie ein Löwe als wie ein Kater.«

»Am Telefon haben Sie gesagt, er sei wie ein Tiger.«

»Er hat Tigerzeichnungen, aber mit Sicherheit das Temperament eines Löwen. Kommen Sie und sehen Sie sich unseren schwierigsten Gast an.«

Er führte sie zur hinteren Ecke des Tiergeheges. Der Kater war groß und kraftvoll. Er hatte die Ohren angelegt, fauchte und sein Maul war rot vor Zorn. Seine riesigen vampirartigen Eckzähne waren lang und spitz. Er hatte ein dichtes Fell mit einer intensiven Tigerzeichnung und einen dicken buschigen Schwanz. Er war dunkel gefärbt und hatte ein raues Fell. Er sah sehr finster aus. Es war ein Furcht erregender Anblick. Katie schauderte.

»Die Wildkatzen sind fast ausgestorben«, fuhr Marcus fort. »Ihre Verfolgung und die Abholzung der Wälder sind die Hauptursachen. Die Kreuzung mit Hauskatzen tut ihr Übriges. Ich habe vorher noch nie eine gesehen, obwohl die Lokalzeitungen darüber berichtet haben, dass einige gesichtet worden sind.«

Katie beobachtete das Tier. Mit ausgefahrenen Krallen schlug es wild nach dem Gitter und knallte gegen die Seitenwand. Sie versuchte vor dem Angriff nicht zurückzuweichen.

»Er kann sich nirgendwo verstecken«, sagte Katie sofort. »Das Gehege ist ungeeignet. Kein Wunder, dass er ständig kämpft und angreift. Sie lassen ihm keine andere Wahl. Der Mensch ist sein traditioneller Feind, und Sie haben ihn dieser offenen Umgebung ausgesetzt.«

»Aber es ist das einzige sichere Gehege, das uns zur Verfügung steht«, verteidigte sich Marcus.

»Legen Sie Äste und Steine hinein, irgendetwas aus dem Moor, das er als Versteck nutzen kann«, befahl Katie. »Sie haben doch bestimmt ein paar Baumstämme übrig.«

Marcus wich zurück. Katie sah so wild aus wie der Wildkater. »Ich schaue mal, was ich finden kann«, versicherte er ihr.

Katie kauerte sich auf alle viere nieder. Sie hatte völlig vergessen, dass sie nicht mehr flüstern wollte. Dieses Geschöpf brauchte sie. Es war ein gefangenes wildes Tier, das langsam seinen Verstand verlor.

»Ich greife dich nicht an«, flüsterte sie. »Schau, ich bin kleiner als du. Ich unterwerfe mich. Ich bedrohe dich nicht.«

Marcus kam mit einem abgebrochenen Baumstamm sowie einigen dickeren Ästen zurück und fand Katie auf den Knien vor. Ihr Kopf war auf Bodenhöhe. Er sagte nichts.

»Gehen Sie runter«, flüsterte sie. »Merken Sie denn nicht, dass Sie ein Riese für den Kater sind?«

»Natürlich. Entschuldigen Sie«, sagte er und kauerte sich neben sie.

»Das Gehege ist nicht groß genug«, sagte Katie. »Er ist ein weites, offenes Gelände gewöhnt, in dem er jagen kann. Vielleicht hat er dort sogar ein Weibchen mit Jungen.«

»Können Sie das herausfinden?«, fragte Marcus.

»Ich versuche es, aber wir kommunizieren noch nicht miteinander. Im Moment beobachte ich ihn nur.«

Katie verbrachte einige Stunden zusammengekauert bei dem Wildkater, beruhigte ihn und sprach mit ihm. Sobald sie eine Bewegung machte, schlug er mit der Pfote nach ihr, bereit zum Angriff. Katies Knie und Beine wurden steif und schmerzten. Sie würde bald für diesen Tag Schluss machen müssen. Der Wildkater war wachsam und misstrauisch und wusste nicht, was er von diesem kauernden menschlichen Wesen halten sollte. Er hatte noch nie so etwas wie ihre Stimme gehört.

Er blinzelte. Er war schrecklich müde. Er würde jeden Moment einschlafen.

Marcus nutzte seine momentane Schläfrigkeit, um ein paar Äste und etwas Futter zu ihm hineinzuschieben. Blitzschnell attackierte der Wildkater ihn, und hätte Marcus keine langen schützenden Handschuhe getragen, hätten die scharfen Krallen seine Hand aufgerissen. Der Wildkater zog sich geduckt zurück. Dabei knurrte und fauchte er wild.

»Gut gemacht«, murmelte Katie. »Es ist ein Anfang.«

»Sie sind bestimmt müde. Sie sind schon seit Stunden hier.«

»Ich bin ganz steif. Ich bin nicht sicher, ob ich aufstehen und laufen kann.«

Marcus half Katie auf die Beine. Ihre Knie protestierten knacksend. Er brachte sie zu seinem Büro zurück, und sie war so müde, dass sie die anderen Tiere im Wildpark kaum wahrnahm. Er bot ihr Tee und Scones mit Dickrahm und selbst gemachter Erdbeermarmelade an. Sie fragte sich, wer die Marmelade gemacht hatte.

»Gibt es eine Mrs Brown?«, hörte sie sich fragen.

»Ja.«

»Die Marmelade schmeckt wunderbar.«

»Meine Mutter«, sagte er.

Es vergingen einige Tage, bis der Wildkater aufhörte, jeden anzugreifen. Katie bemerkte, dass sich seine Muskeln etwas entspannten. Er wirkte insgesamt nicht mehr so angespannt. Marcus hatte es geschafft, den Baumstamm und die Äste zu ihm hineinzuschieben. Der Kater fand Plätze, an denen er sich verstecken konnte, und hatte etwas Fleisch gefressen.

»Mein Name ist Katie«, versuchte sie ihm zu übermitteln. »Hast du einen Namen?«

Der Wildkater sah sie an, seine Augen waren wie diamantene Schlitze. Stille hing in der Luft. Sie erwartete nicht wirklich eine Antwort. Es war viel zu früh, und außerdem war er ein völlig wildes Tier.

»Gudg.«

Katie hörte es deutlich. Dann war sie sich nicht mehr sicher, ob sie es gehört hatte oder ob ihr der Gedanke in den Sinn gekommen war.

»Gudg. Du bist ein sehr prächtiger Kater. Aber du vermisst bestimmt dein Zuhause. Hast du eine Familie? Wenn du dir helfen lässt, damit es dir wieder besser geht, werden wir dich freilassen.«

Marcus verbrachte ein paar Tage damit, einen Anbau für das Gehege zu bauen. Als dann alles gut abgesichert war, machte er einen Durchgang, so dass der Kater doppelt so viel Platz hatte. Das neue Gelände war voller Felsen, Baumstämme und Moorgewächse. Der Kater sprang sofort auf einen niedrigen Ast und ging knurrend darauf hin und her. Aber Katie schien es so, als ob das Knurren anders klang.

»Lassen wir ihn allein, damit er sich an sein neues Zuhause gewöhnen kann«, sagte sie und erhob sich von ihren Knien. Ihre Jeans waren lehmverschmiert und voller Grasflecken. »Sein Name ist übrigens Gudg.«

»Gudg?« Marcus sah erstaunt aus.

»Gudg. Ein schöner kornischer Name, oder?«, sagte sie lächelnd.

»Wenn Sie meinen«, antwortete er.

Gudg blieb wild. Er erlaubte Katie nicht ihn zu berühren, aber er lernte ihr zu vertrauen. Er knurrte sie nicht mehr an und streckte sich manchmal recht entspannt, wenn sie in seiner Nähe saß. Seine Wunden verheilten und er kam wieder zu Kräften. Marcus wollte ihn auf keinen Fall zum Moor zurückbringen, bevor er nicht kräftig genug war, um zu jagen. Katie wusste, dass ihr wilder Freund bald fortgehen würde, und akzeptierte diese Tatsache. Sie hatte nichts mehr von dem Kater erfahren und wusste nicht, ob er ein Weibchen hatte, das auf ihn wartete. Aber sie sprach unaufhörlich zu ihm, so dass er sich an ihre Stimme und ihre Gegenwart gewöhnte.

Marcus gab dem Kater für die Fahrt hinten im Landrover ein Beruhigungsmittel. Es war das einzige Mal, dass Katie das struppige Fell und den wunderbaren langen Schwanz berühren konnte. Sie streichelte die Ohren des Katers und strich sanft über seinen Kopf. Sie hoffte, dass er etwas von ihrer Zuneigung spüren und annehmen würde. Sie brachten ihn zum Hochmoor, in die Nähe des Ortes, an dem er in der Falle gefunden worden war. Die Falle hatte man entfernt und die Umgebung nach weiteren abgesucht.

Marcus hob den Käfig aus dem Landrover heraus und trug ihn zu einer moosbewachsenen Anhöhe. Er setzte ihn vorsichtig ab. Der Kater streckte sich und gähnte. Er sah wie ein zahmer getigerter Hauskater in einem Garten aus. Der Duft des Moores zog ihm in die Nase und seine Schnurrhaare zuckten. Marcus öffnete die Käfigtür. Der Kater blickte plötzlich auf, sprang unsicher auf seine Füße und stand etwas wacklig da. Die sanften Moorhügel lockten ihn. Sein Fell stellte sich wie elektrisiert auf. Es war ein äußerst spannender Moment.

Dann, genauso plötzlich, sah Gudg Katie an. Es war ein Blick, an den sie sich ihr Leben lang erinnern sollte. Etwas geschah zwischen ihnen. Mit ein paar anmutigen Sprüngen war der Wildkater fort und rannte blitzschnell in die Ferne, bis er außer Sichtweite war. Katie konnte nicht sprechen. Sie war überwältigt. Sie empfand keine Freude darüber, dass sie ein wildes Tier wieder in die Wildnis entlassen hatten. Sie fühlte sich einsam, weil sie einen Freund verloren hatte.

Marcus nahm sie beim Arm und brachte sie zum Landrover.

»Ich kenne einen netten Landgasthof, in dem man toll Mittag essen kann«, sagte er.

Sie antwortete nicht. »Und übrigens, wie gut verstehen Sie sich eigentlich mit Ottern? Ich habe da einen Otter, der deprimiert zu sein scheint.« Er wartete darauf, dass sie etwas sagte.

»Erzählen Sie mir beim Mittagessen mehr davon«, antwortete sie.

Zufriedenheit am Arbeitsplatz

Ich habe einen Job bekommen. Ich werde als sozialer Weichmacher arbeiten. Der Titel klingt für meinen Geschmack allerdings etwas schwammig, und es gibt nichts auf der Welt, was ich mehr hasse als nasse Schwämme und alles, was mit Wasser zu tun hat.

»Byron macht das schon«, sagte Sarah, als ich gerade auf dem Weg zu ihrer Schulter war, und schwang mich kopfunter hinauf. »Byron ist perfekt dafür geeignet.«

Mit dem Kopf nach unten auf die Schulter gehoben zu werden, kann ich ertragen, so unwürdig es auch ist. Sarah, mit der ich lebe, ist sehr groß, daher ist es ein langer Weg bis nach oben. Wie immer zucke ich beim Namen Byron zusammen. Es ist das, was ich am zweitmeisten megamäßig hasse. Sie sagt, dass ich diesen Namen wegen meines verträumten Gesichts, meiner hinreißenden Augen und meines flauschigen, bauschigen Fells bekommen habe, das aussieht, wie die Rüschenmanschetten eines Dichters. Ich bevorzuge es, wenn sie mich Bye nennt.

»Wann sollen wir anfangen?«, fragte sie und trug mich auf ihrer Schulter herum, während sie geschickt Kaffee für diesen neuen Mann kochte, der plötzlich aufgetaucht war.

»Nächste Woche?«, schlug er zögernd vor. »Ich weiß, dass Sie viel zu tun haben.« Viel zu tun? Und womit anfangen? Viel zu tun ist die Untertreibung des Jahres. Ich habe so viel zu tun, dass ich gar nicht weiß, was ich als Nächstes machen soll. Ich mache Mäusepatrouillen, halte nach fremden Katzen Ausschau, kontrolliere Eindringlinge, prüfe Kissen und Decken sowie neue und alte Gerüche, und ich untersuche die Einkäufe, Hand- und Brieftaschen oder die Schuhe von Besuchern. Es ist endlos. Ich mustere alles ganz genau, und es braucht seine Zeit, wenn man es ordentlich machen will. Keiner weiß, wie viel Mühe es macht, dafür zu sorgen, dass alles glatt läuft.

»Fährt er gerne Auto?«, fragte der Mann.

»Er liebt seinen Korb.«

Ich schlug mit meinem langen poetischen Schwanz. Woher wollte sie das wissen? Es war eine reine Vermutung. Ich möchte nicht den Eindruck vermitteln, ständig unleidlich zu sein, aber zufällig hasse ich auch diesen Transportkorb. Er riecht nach anderen Katzen und nach Krankheit und danach, zum Tierarzt zu fahren, und das ist nie angenehm. Tierärzte pieksen Nadeln in empfindliche Stellen. Und ein paar Teile des Korbs kratzen.

Ich glaube, das Wasserfiasko war allein mein Fehler. Sarah ermuntert mich immer, sie überallhin zu begleiten. Sie hat gerne jemanden, mit dem sie reden kann. Ich saß auf dem Rand der Badewanne und hörte ihr wie gewöhnlich nur mit halbem Ohr zu. Ich war fasziniert von dem schillernden Regenbogenschaum, von den Bildern in den Seifenblasen und von den Diamanten, die aus dem Hahn herausfielen – und dann fiel ich hinein. Mitten rein, mit offenem Maul. Sie fischte mich auf, lachte und hielt mich hoch. Ich war nicht verletzt, aber ich hatte mich erschreckt und fühlte mich gedemütigt. Besonders als ich mich selbst im Spiegel erblickte. Ein Schaumklecks saß wie ein lächerlicher Hut auf meinem Kopf.

»Mein süßer, lustiger Bye«, sagte sie und wickelte mich in ein Handtuch. Sie hat sehr lange Beine, ihre Haut war nass und die Schaumperlen darauf glitzerten. Sie fühlte sich, nackt wie sie war, rundum wohl. Sie duftete gut, aber ich war zu verärgert, um das irgendwie genießen zu können. »Du bist weggenickt, nicht wahr? Wir müssen dir einen Job besorgen. Etwas, das dich wach hält.«

Ich musste viel husten und niesen, um den blumig duftenden Schaum aus meiner Nase herauszubekommen. Und seitdem mag ich keine Geranien mehr.

Als Sarah den geflochtenen Korb holte, hatte ich schon fast wieder vergessen, dass ich ein sozialer Weichmacher werden sollte. Ich versuchte mich zu verstecken, aber es war zu spät. Sie schob mich sehr geschickt hinein, obwohl ich meine eigene Strategie hatte und mich an der Außenseite festkrallte, stocksteif machte und weigerte, meinen Kopf nach unten zu beugen. Sie schlug den Deckel zu und zurrte die Ledergurte fest.

»Los geht's, Bye«, sagte sie fröhlich.

Ich wusste, dass wir im Auto waren. Ich erkannte all die Autogeräusche. Natürlich hatte ich einen Anfall. Ich habe eine ziemliche Auswahl an Anfällen – ich kann beleidigt, wütend, gleichgültig, wahnsinnig oder verhext sein. Heute entschloss ich mich dazu, verrückt zu spielen. Ich warf mich gegen die Wände des Korbs, stieß tödliche Klauen durch die Öffnungen, fauchte, spuckte und jaulte – ich war furchtbar wahnsinnig.

Schließlich hielt Sarah den Lärm nicht mehr aus. An der Ampel löste sie die Riemen und öffnete den Deckel. »Ich hoffe, dein Betragen bessert sich«, schimpfte sie mich. »Ich habe ihnen gesagt, du seist brav.«

Mit den Pfoten auf dem Armaturenbrett stand ich auf dem Beifahrersitz und betrachtete die vorbeiziehende Szenerie wie ein Mitglied des Königshauses. Was für ein faszinierender Ort die Welt doch war! All diese Autos und Geschäfte und Menschen und Bäume, die blöden Hunde und die Vögel, der Himmel und die Luft. Ich liebte das alles. Vielleicht würde ich nur für kurze Zeit hier sein, aber ich wollte möglichst viel erleben. Ich wollte Teil dieses Lebens sein, alles in mich aufnehmen. Die Genüsse der Welt einatmen, sie durch meine Haut absorbieren.

»Da sind wir, Bye«, sagte Sarah und parkte das Auto. »Bitte geh für ein paar Minuten in deinen Korb und sei brav. Ich verspreche dir, dass es nur für kurze Zeit ist, und dann lasse ich dich wieder heraus. Ich möchte dich an diesem unübersichtlichen Ort nicht verlieren.«

Sarah bricht nie ein Versprechen. So saß ich also in dem dunklen, kratzigen Korb und spähte durch das Korbgeflecht hinaus. Sonnenstrahlen drangen wie Flammenzungen in den Korb, ich erblickte Wand- und Türabschnitte, die an mir vorbeizogen.

»Es ist wirklich nett von Ihnen, dass Sie kommen.« Ich erkannte die Stimme. Es war wieder dieser Mann. Ich hörte, wie sich Türen öffneten. »Ich weiß, dass es klappen wird.«

»Ich hoffe es, Peter. Wir haben so etwas noch nie zuvor gemacht.«

Sarah stellte meinen Korb auf den Boden und öffnete den Deckel. Ich schielte hinaus. Es war ein eigenartiges Zimmer. Ziemlich klein und kahl, mit einem Fenster hoch oben, durch das die Sonne in schwachen Streifen hereinschien. Ich sprang hinaus und ging umher, um die Umgebung zu inspizieren. Es gab seltsame Gerüche. Nicht von Katzen, Vögeln oder Hunden. Es roch nach Asche und Angst. Ein dicker Mann saß auf der Kante eines schmalen Betts. Sein graues, teigiges Gesicht war gezeichnet von einem Mangel an Tageslicht.

»Ich habe meinen Kater zu einem Besuch bei Ihnen mitgebracht«, sagte Sarah. Ich hörte, dass ihre Stimme besorgt klang, und ich fragte mich, warum. »Sein Name ist Byron, aber ich nenne ihn Bye. Er ist sehr zutraulich.«

»Wir lassen Sie für eine kleine Weile allein«, sagte der Mann, der Peter hieß. »Sind in zehn Minuten zurück.« Er begleitete Sarah nach draußen und sah, dass sie besorgt zu mir zurückblickte. »Keine Angst«, sagte Peter beruhigend. »Jemand ist an der Tür, für alle Fälle.«

Ich saß auf dem Boden und fragte mich, was man von mir erwartete. Mein flauschiges Fell war ganz zerzaust von der Reise, daher begann ich mich zurechtzumachen.

»Ich hatte mal so eine Katze wie dich«, sagte der Mann. »Nichts Besonderes. Nur so ein Katzenvieh, das wir in der Abfalltonne gefunden haben. Ein nettes kleines Ding. Wir haben sie Tiggy genannt.«

Ich gähnte höflich.

»Ist wahrscheinlich schon tot. Sie erzählen einem ja nichts.«

Er saß nach vorne gebeugt, seine großen Hände hingen zwischen seinen Beinen herab. Seine Finger waren braun vom Nikotin, und er trug abgewetzte Turnschuhe. Er redete weiter, und ich schaltete ab. Ich kann dabei übrigens einen intelligenten und aufmerksamen Gesichtsausdruck beibehalten. Tatsächlich aber betrachtete ich das zerkratzte Radio, die Taschenbücher mit den Eselsohren, das gesprungene Waschbecken und die tropfenden Wasserhähne. Dann erblickte ich eine Zeitung auf dem Bett. Also Zeitungen mag ich nun wirklich sehr gerne. Es gefällt mir, auf sie hinaufzuspringen und auf ihnen herumzutrampeln, mich in den Ecken zu verkrallen, mich unter den Seiten durchzugraben und in der Regel ein ziemliches Chaos zu verursachen.

Es war ein anmutiger Sprung. Ich landete, raschel, raschel, auf der Zeitung. Es war die ›Sun‹! Ich liebe die ›Sun‹! Ich ging in Kampfposition und attackierte die Balkenüberschriften auf der Titelseite. Meine ausgestreckten Krallen zerrten am Papier. Ich knurrte wild und schaute finster umher. Der Mann lachte, hustete und begann mitzuspielen, indem er Papierstücke für mich zusammenrollte und sie im Raum herumwarf. Er zog abgerissene Papierschlangen über den Boden und wedelte mit ihnen in der Luft herum, damit ich sie jagen konnte. Bald wirbelte überall Papier wie Schnee herum. Als wir die ›Sun‹ vernichtet hatten, war ich völlig erschöpft und ruhte mich aus. Er goß mir eine Schale Milch ein, was äußerst nett von ihm war. Eigentlich bevorzuge ich eine Pfütze mit leckerem Regenwasser, aber ich wollte ihn nicht verletzen. Als ich hinging, um die Milch aufzuschlecken, berührte er zaghaft meinen Kopf.

Sarah und Peter kamen herein und blieben stehen, als sie das Papierchaos im ganzen Raum sahen. Der dicke Mann grinste. »Wir haben ein bisschen gespielt«, erklärte er.

»Ich muss meinen Kater jetzt nach Hause bringen«, sagte Sarah.

»Er kann wiederkommen«, sagte Peter. »Nächste Woche vielleicht.«

»Ich werde eine andere Zeitung zum Spielen für ihn besorgen«, sagte der Mann.

Peter trug mich in meinem Korb zum Auto. Ich merkte, dass er zufrieden war. Seine Stimme wurde immer aufgeregter.

»Ich wusste, dass es funktionieren würde«, sagte er. »Dieser Mann ist einer unserer gewalttätigsten Kriminellen. Er hat Wärter und andere Insassen angegriffen. Nichts scheint ihn über einen längeren Zeitraum beruhigen zu können: weder Medikamente noch eine besondere Diät noch Einzelhaft. Aber er hat zufällig einmal gesagt, dass er Katzen mag. Dies ist das erste Mal, dass ich einen annähernd normalen Gesichtsausdruck bei ihm gesehen habe.«

Das erklärt noch immer nicht, was ein sozialer Weichmacher ist. Aber das bin ich wohl offensichtlich. Peter kam am nächsten Tag zum Abendessen zu Sarah und fütterte mich mit besonders leckeren Häppchen unter dem Tisch. Auf einer Gehaltsskala von eins bis zehn würde ich das als glatte achteinhalb einstufen.

Tootsie

Tootsie hatte eine gespaltene Persönlichkeit. Unter der Woche gelang es ihr, sich durch alle Verpackungen hindurchzukauen, die von Menschen erfunden worden waren. Sie bahnte sich einen Weg bis ins Innere und kam an alles, was sich darin befand, heran, egal, ob es sich um Käse, Schinken, Salami oder Chips handelte. Kein Mittagessen war vor ihr sicher. Die Kinder versteckten ihre Sandwiches vor ihr. Aber sonntags ging sie in die Kirche. Sie entschied sich für das alte viktorianische Gebäude aus schmutzigen roten Ziegeln, das an der Straßenecke stand. Alte Grabsteine lagen wie abgebrochene Zähne verstreut auf dem Friedhof. Unkraut breitete sich lustlos auf den Wegen aus. Das einzig Schöne waren die Kirschbäume, die den Friedhof einmal im Jahr mit einem Teppich aus weißen Blütenblättern bedeckten.

Tootsie saß ernst, still und aufmerksam auf der hintersten Kirchenbank. Das Licht von den farbigen Glasfenstern strömte durch ihr Fell und ließ sie wie einen Engel aussehen.

Sie saß mit dicht beieinander liegenden Pfoten da, als ob sie bete. Manchmal blieb sie einen ganzen Gottesdienst lang da. Wenn eine Hymne gespielt wurde, die sie besonders mochte, setzte sie sich auf die Schulter des Organisten und sah mit großem Interesse zu, wie er die Tasten und Pedale bediente. Sie liebte Chormusik über alles und schnurrte laut mit, besonders bei Chorstücken von Elgar.

»Diese Katze wird uns bald bitten, ihre Musikwünsche zu erfüllen«, meinte der Chorleiter, während er die weißen Haare mit bewundernswerter Geduld von seiner Jacke zupfte.

Tootsie durfte in die Kirche hinein, weil sie beim Pfarrer lebte (wenn man es überhaupt so nennen konnte), einem recht netten jungen Mann, der Samuel Metcalfe hieß. Die Katze gehörte schon zum Pfarrhaus, als er kam, und er gestattete ihr zu bleiben, obwohl er wenig Ahnung davon hatte, wie man sich um Katzen kümmert. Folglich durfte Tootsie genau das machen, was sie wollte.

Samuel dachte, alle Katzen kämen in die Kirche, wenn ihnen der Sinn danach stünde. Doch Tootsies Persönlichkeit hatte viele Facetten. Sie hatte eine fast kriminelle Ader. Sie konnte die Tür des Kühlschranks öffnen und ebenso den Brotkasten – sie hatte nämlich oft Lust auf eine Scheibe frisches Vollkornbrot. Die Tür zur Speisekammer war für sie ein Kinderspiel. Sie konnte sie schon seit langem öffnen, aber seitdem die Kammer nur noch ein Lagerraum für unnütze Dinge wie Dosen mit Bohnen, Tütensuppen und gelegentlich mal eine Karotte war, bediente sie sich hier nur noch selten.

Samuel war kein Pfarrer, der kochen konnte, daher gehörten die Tage der Sahnetorten und hausgemachten Rindfleischpasteten der Vergangenheit an. Tootsie fragte sich sogar, wie er es schaffte, am Leben zu bleiben. Er war spindeldürr und auf seinem Knie zu sitzen kam einer Bußübung gleich, weil es spitz und knochig war. Sein Kleiderschrank gähnte vor Leere. Tootsie hatte es aufgegeben, das Innere zu erkunden. Er hatte einen Anzug für Hochzeiten und einen für Beerdigungen und sonst nicht viel mehr als ein paar alte Cordhosen und einen Stapel Wollpullis.

Sie saß auf seinem Knie, weil sie ein gütiges Herz hatte und spürte, dass er ein gewisses Maß an Zuwendung und Trost brauchen konnte. Sie hatte jemanden sagen hören, dass Tiere eine therapeutische Wirkung hätten. Es kostete sie ja nichts, wenn sie sich hin und wieder auf eine Therapiesitzung einstellte.

»Du bist ein nettes kleines Ding«, sagte er und streichelte ihr seidiges Fell. Er war ein zu großer Theoretiker, um sich jemals an ihren Namen zu erinnern, und davon abgesehen war Tootsie kein Wort, das er mühelos hätte aussprechen können. Die Sorgen der Welt und seiner Gemeindemitglieder gingen ihm durch den Kopf. Gebete halfen ihm, aber sie konnten die Hungernden nicht ernähren oder für die Obdachlosen sorgen.

Tootsie streckte eine Pfote aus und gähnte. Sie liebte die friedlichen Sonntagabende. Samuel war dann immer entspannter. Die gefürchtete Predigt war gehalten und für eine weitere Woche geschafft. Nicht, dass sie etwas gegen Predigten hatte. Sie war sein einziges Publikum, wenn er den Text im Wohnzimmer probte, und seine Stimme lullte sie oft in einen leichten Schlaf. Sie hatte Übung darin, sich schnell hellwach zu blinzeln, wenn er eine Pause machte, um Luft zu holen, und ihre großen bernsteinfarbenen Augen waren dann feucht vor Ehrfurcht. Sie simulierte. Natürlich auf nette Art und Weise.

»Wir haben nächsten Sonntag eine richtige Hochzeit«, erzählte er ihr. »Es gibt nicht viele heutzutage. Sie werden zur Seltenheit.«

Eine Hochzeit. Das Wort bedeutete Essen. Essen im Überfluss vielleicht, aber wo? Ob sie in der düsteren Halle hinter der Kirche stattfinden würde? Wahrscheinlich nicht. Es gab ein Dutzend bessere Orte, die alle in der Nähe lagen und gut erreichbar waren. Tootsie wusste das, weil sie jeden Tag ihre Runde machte, alles überprüfte, kleinere Kontrollen durchführte und nach unhygienischen Mäusen, Ratten oder unverpacktem Müll Ausschau hielt. Wehe dem Café, in dem es eine randalierende Ratte oder einen angebissenen Burger im Abfalleimer gab.

Tootsie zählte die Tage bis zur Hochzeit. Na ja, sie zählte die Tage so ungefähr. Sie wusste, dass das Ereignis näher rückte, als eine Gruppe von Leuten zur Probe kam. Sie waren alle nervös. Sie konnte den Schweiß riechen.

»Ich werde bestimmt ohnmächtig, das weiß ich«, kreischte

eine kleine blonde Frau und klammerte sich am Arm eines schlaksigen jungen Mannes fest. »Und ich vergesse bestimmt den Text ...«

»Sie müssen sich nicht daran erinnern«, sagte Samuel. »Sprechen Sie mir die Worte einfach nach. Es ist nicht schwer.« Es war noch eine andere junge Frau da. Sie war groß, trug zerrissene Jeans und hatte ihr Haar zu einem Pferdeschwanz zusammengebunden. Sie sah gelangweilt aus und strich Tootsie kurz mit der Hand den Rücken entlang. »Hallo, du Schöne«, sagte sie. »Wer bist du denn? Möchtest du ein Blumenmädchen sein? Der Brautjungfernquatsch ist wirklich ein Witz.«

Tootsie kribbelte es am ganzen Körper und sie schlang sich um die Jeans herum, um sich für eine zweite längere Streicheleinheit einzuschmeicheln. Aber die Große musste hinter der Kleinen den Gang entlanggehen und hinter ihr stehen bleiben. Ein unsichtbares Objekt wurde ihr gereicht.

»Jetzt musst du meinen Brautstrauß nehmen«, zischte die Blonde ihr zu.

Die Brautjungfer seufzte und machte eine übertriebene Geste mit dem »Strauß«, so als wiege er eine Tonne. Samuel war nicht sicher, ob er es missbilligen oder sich darüber amüsieren sollte. Sie sah Samuel schuldbewusst an und spielte die Reuige. Tootsie wusste, dass sie es nicht ernst meinte. Diese junge Frau war ein Clown. Tootsie liebte Clowns. Sie hatte sie im Fernsehen gesehen. Sie erwartete ein paar Purzelbäume oder zumindest eine Pirouette, aber nichts geschah.

»Sei bitte vernünftig, Jenny«, sagte die Braut, als die Brautjungfer anfing, langsam und rhythmisch zur Kirchenmusik zu tanzen.

»Ich beweise nur, dass ich auf alles tanzen kann«, sagte Jenny. »Das ist eine besondere Begabung.«

Tootsie war hingerissen. Diese Hochzeit würde lustig werden. Jetzt musste sie herausfinden, wo sie das Essen anrichten würden. Es konnte in der Frittenbude, beim Inder oder beim

Kebabstand sein. Es gab unendlich viele Möglichkeiten. Tootsie würde keine Minute davon verpassen.

»Ich glaube nicht, dass sie diese Hochzeit ernst nehmen«,
sagte Samuel, als er sich eine Tomatensuppe für das Abendessen aufwärmte. Er saß am Küchentisch und strich für Tootsie
Butter auf eine halbe Scheibe Vollkornbrot. Dann schnitt er es
in kleine katzengerechte Würfel. Er hatte wunderbare Manieren. »Sie denken, es ist eine Art Spiel, so wie Scharade.«

Tootsie hatte keinen richtigen Hunger. Sie hatte ein schönes
Abendessen aus Nudeln und Pilzen auf neapolitanische Art gehabt, das ihr sehr gut geschmeckt hatte. Sie leckte die Butter
vom Brot und knabberte an ein paar Krusten, um ihren guten
Willen zu zeigen.

»Natürlich braucht die Kirche das Geld. Wenn es so weiter-
geht, können wir einfach nicht mehr alle Rechnungen bezahlen. Und wenn wir die Heizung vor dem Winter nicht reparieren
lassen, wird keiner mehr zum Gottesdienst kommen«, meinte
Samuel besorgt.

»Aber ich werde kommen«, versprach Tootsie, »auch wenn
ich die Predigt schon vorher gehört habe und die Chorknaben
mich in den Schwanz kneifen. Ich werde dich niemals verlassen.«

»Du bist eine brave Katze«, sagte Samuel, als ob er jedes
Wort gehört hätte.

Der Tag der Hochzeit war schön und strahlend. Keine Wolke
war am Himmel, und der leichte Wind ließ Blütenblätter auf
die Braut regnen, als sie unter den Kirschbäumen hindurch-
ging, die den Pfad durch den Kirchhof säumten. Eine gespannte Erwartung lag in der Luft. Sogar die Sonne tauchte die
beerenroten Ziegelsteine in ein schönes Licht und verlieh
ihnen einen Hauch von Erhabenheit.

Tootsie saß auf den Stufen und wartete auf Jenny. Sie hoffte,
dass sie wieder den Clown spielen würde. Ein paar Räder auf
dem Mittelgang zu schlagen, wäre ein guter Anfang. Aber sie

konnte sie nicht sehen. Eine große Frau in einem raschelnden Kleid stand am Eingang, ihr Haar war zusammen mit Blumen hoch auf ihrem Kopf aufgetürmt. Sie zitterte.

»Oh mein Gott«, sagte sie mit bebender Stimme. »Ich weiß nicht mehr, was ich tun muss. Hilf mir bitte.«

Dann beugte sie sich hinab und streichelte Tootsie. »Hallo, du Schöne«, sagte sie.

Tootsie wusste, wie das mit der Hilfe funktionierte. Man musste beten. Sie saß in der hintersten Kirchenbank, hielt ihre Pfoten nah beieinander und hoffte, dass Samuel das Beten übernehmen würde. Pflichtbewusst schloss Tootsie ihre Augen. Sie hatte das Gefühl, dass Räder schlagen absolut nicht infrage kam.

Sie schreckte hoch. Die Orgel donnerte einen Marsch, mit dem man die Toten auf dem Friedhof hätte wecken können. Alle drängten sich aus der Kirche hinaus, machten Fotos und warfen Konfetti. Tootsie gelang es, auf ein paar Fotos zu kommen und darauf selbstzufrieden zu lächeln. Die Leute begannen in Autos einzusteigen und wegzufahren. Tootsie lauschte angestrengt nach irgendeinem Hinweis.

»Kommen Sie mit«, sagte Jenny und zog Samuel am Ärmel. »Sie kommen doch zum Empfang, oder?«

»Nun, ich weiß nicht... Ich weiß nicht, ob ich eingeladen bin.« Er sah gleichzeitig erfreut und bestürzt aus. Er hatte die Gabe, zwei verschiedene Emotionen auf einmal auszudrücken.

»Natürlich sind Sie eingeladen.«

»Ich muss die Kirche noch zuschließen.«

»Beeilen Sie sich, es ist ja nicht Fort Knox.«

Tootsie blieb Samuel dicht auf den Fersen. Er stellte sich beim Zusperren äußerst ungeschickt an. Er ließ die Schlüssel fallen und stieß aus Versehen die Gesangsbücher um. Sie hörte, wie er gar nicht pfarrersgemäß fluchte. Sie folgte ihm nach draußen. Er stieg in sein altes Auto. Es war so alt wie alles andere, was er besaß.

Tootsie geriet in Panik. Sie konnte mit seinem Auto nicht Schritt halten. Innerhalb von einer halben Minute war es außer Sichtweite. Sie schnupperte nach seinem Geruch in der Luft. Er hatte seinen Hochzeitsanzug an, und daran war sie nicht gewöhnt, obwohl die verkratzten Lederschuhe, die er trug, dieselben waren, die er jeden Tag anhatte. Aber sie waren auch im Auto. Sie würde den Empfang verpassen, wenn sie sich nicht beeilte.

Sie kontrollierte den Inder, die Frittenbude und ergatterte einen ordentlichen Bissen Lamm beim Kebabstand. Wo waren sie bloß? Sie waren woanders hingefahren, und das war nicht fair. Dann erblickte sie Samuels Auto. Es stand schlecht geparkt in der Nähe einer Kneipe, die The Rocking Horse* hieß. Natürlich, genau hierhin würde ein Clown gehen.

Tootsie zögerte und schlich seitlich um das Haus herum. Sie waren alle im Garten. Es war eine große Menschenmenge, darunter Frauen mit spitzen Absätzen, die wacklig über den Rasen stöckelten. Auf den Stühlen lagen einige schöne Hüte, auf die sie sich gerne draufgesetzt hätte. Aber sie ging an den Hüten vorbei und marschierte schnurstracks auf den langen Tisch zu, der mit einem flatternden weißen Tischtuch bedeckt war. Das Wasser lief ihr im Maul zusammen. Sie konnte den Schinken und das Hühnchen und die Garnelen und den Schokoladenkuchen riechen, und das ließ sie vor Erregung zittern.

Einige Leute ließen bereits etwas fallen. Vorsichtig sammelte sie im Vorbeigehen ein paar Garnelen auf. Sie waren himmlisch. Samuel hatte ihre Gedanken nicht gehört, daher war es in Ordnung »himmlisch« zu sagen. Er redete mit Jenny. Das heißt, vielmehr hörte er Jenny zu, die über alles Mögliche plapperte. Er sah sehr gespannt aus.

Eine halbe Stunde später verstand Tootsie, warum Samuel sich so sehr nach weiteren Hochzeiten sehnte. Es war wegen

* The Rocking Horse = das Schaukelpferd (Anm. d. Übers.)

des Essens, das es in Hülle und Fülle gab, nicht nur, um die Reparatur für irgendeine kaputte Heizung bezahlen zu können. Tootsie konnte sich kaum noch bewegen. Ihr Bauch hing unförmig nach unten. Sie hätte keinen Platz mehr für einen weiteren Krümel des Hochzeitskuchens gehabt. Sie zog los, um einen Platz zum Schlafen zu suchen.

»Ist das nicht Ihre Katze?«, hörte sie Jenny von weit oben sagen.

»Ich weiß es nicht«, sagte Samuel, der offensichtlich den Verstand verloren hatte. »Ich kann mir nie merken, wie sie aussieht.«

»Es ist Ihre Katze, ganz sicher«, sagte Jenny bestimmt. »Vergessen Sie nicht, sie mit nach Hause zu nehmen.«

Tootsie entdeckte ein schönes Jackett, das über einem Stuhl hing. Es war aus so einem Wollzeug. Mithilfe eines geschickten Manövers zog sie es vom Stuhl herunter und trampelte es unter dem Tisch zu einem zufrieden stellenden Nest zurecht. Es war herrlich! Tootsie schlief ein und träumte von einem gebratenen Hühnchen, das Purzelbäume den Gang hinunter machte und günstig vor ihren Füßen landete.

Sie wurde durch einen Schrei geweckt. »Wo zum Teufel ist mein Jackett? Ich habe es auf diesem Stuhl gelassen. Es war mein gutes Kaschmirjackett.«

Tootsie machte sich aus dem Staub und ließ das gute Kaschmirjackett als zerknüllten Haufen unter dem Tisch zurück. Ein paar Minuten später hörte sie einen weiteren Schrei, aber dieses Mal klang er besorgt und wütend.

»Meine Lohntüte ist verschwunden! Ich habe sie hier hineingesteckt. Mensch, Scheiße! Es waren über 200 Mäuse!«

Tootsie saß auf dem Plastiketui und versteckte es unter ihrem zusammengerollten Schwanz. Es war eine Reflexhandlung gewesen. Jede Plastikverpackung war für sie Freiwild. Vielleicht war Lohn genmanipulierte Nahrung? Sie musste alles zumindest mal probieren. Aber es war völlig ungenießbar.

Tootsie knabberte an einer Ecke und spuckte sie angewidert aus. Sie hielt nach einer Wurst Ausschau, um den Geschmack loszuwerden.

Samuel fand die angeknabberte Packung, als er Tootsie für die Heimfahrt aufsammelte. Der Kaschmirmann war erfreut. Er gab Samuel 20 Pfund.

»Für die Kirche«, sagte er gerührt.

»Für die Heizung«, sagte Samuel und fügte ein stummes Amen hinzu.

Jenny stand in der Nähe und schwang ihre Schuhe hin und her, die sie in der Hand hielt. Sie hatte die Blumen in ihren Haaren gelassen, aber mittlerweile waren sie welk und verschmutzt und hingen über ihre Ohren herab.

»Kann ich Sie nach Hause fahren?«, gelang es Samuel zu sagen. Es kostete ihn Überwindung, und er schaffte es nur mit größter Mühe.

»Ich dachte schon, Sie würden nie fragen«, sagte sie.

Tootsie saß während der Fahrt auf ihrem Schoß und es war sehr zufrieden stellend. Jenny war warm und rund und überhaupt nicht knochig. Ihre Finger fuhren beständig durch Tootsies Fell, als ob sie fortwährend eine Melodie spielten und kitzelten spielerisch ihre Ohren, Pfoten und ihre Wirbelsäule. Tootsie bekam vor Vergnügen fast keine Luft mehr.

Als sie bei ihr zu Hause ankamen, stellte Jenny fest, dass sie sich nicht bewegen konnte.

»Meine Beine«, stieß sie hervor. »Sie sind eingeschlafen.«

Tootsie wusste nicht, wie es möglich war, dass Beine alleine einschlafen konnten. Die obere Hälfte von Jenny war eindeutig wach.

Die folgende Pantomime war wunderbar. Tootsie genoss jeden Augenblick, in dem Jenny torkelte, lachte, stolperte und sich abstützte. Tootsie rollte sich auf den Rücken und nahm eine lustige Position ein. Jenny war nicht die Einzige, die den Clown spielen konnte.

In die Lüfte entführt

Es war neblig und ich konnte meine Katze nicht sehen. Sie war eine kleine Russisch-Blau und war in dem wirbelnden Dunst nicht auszumachen, es war, als ob alles in dem gleichen trüben Farbton angestrichen worden wäre. Ihr dickes, weiches Fell war sicherlich mit feuchten Nebeltröpfchen besprenkelt.

»Lady«, rief ich. »Lady…«

Sie war eine Lady mit einwandfreien Manieren. Normalerweise kam sie auf meinen Ruf hin sofort herbeigeeilt, erwartungsvoll, mit leuchtenden Augen und hoch erhobenem Schwanz. Aber da war keine Katze, die sich um meine Beine schlang, nicht einmal eine nasse Katze. »Lady, Lady…«, rief ich erneut und versuchte angestrengt, durch den dichter werdenden Nebel hindurchzusehen.

Mein Garten gehörte mir nicht mehr. Ich konnte keine Bäume, Sträucher oder Blumenbeete erkennen. Er war ein fremdes Land. Ich konnte gerade noch meine Hand vor Augen sehen und selbst dessen war ich mir nicht sicher. Ich konnte die Hügel und Felsspitzen erahnen, die über mir aufragten. Ich konnte ihre überwältigende Gegenwart spüren, aber ich konnte sie nicht sehen. In der kühlen Entfernung hörte ich das Blöken der Lämmer, die sich im schottischen Hochmoor verirrt hatten.

Ich drehte mich um und ging hinein. Meine Bluse war klatschnass, mein Haar klebte mir im Nacken. Es gefiel mir nicht, dass Lady bei diesem schrecklichen Wetter draußen war. Ich wollte, dass sie bei mir in Sicherheit war, mit mir zusammengekuschelt in unserem Lieblingssessel saß und wir uns einen alten Film im Fernsehen anschauten. Es fiel mir schwer, mich zum Arbeiten an den Schreibtisch zu setzen, ohne dass sie bei mir war. Oft saß sie auf den Ablagekästen und beobachtete, wie meine Finger über die Tastatur flogen.

Nach zwei Tassen Kaffee konnte ich mich noch immer auf nichts konzentrieren. Ich ging wieder zur Tür und rief nach meiner Katze. »Komm Lady... sei ein braves Mädchen.« Bruchstücke überlieferter Erzählungen aus bergigen Gegenden fielen mir ein, nicht nur aus Schottland, sondern auch aus den französischen Alpen und Norwegen. Man erzählte von Babys und Kleinkindern, die einfach verschwunden waren...

Ich hörte einen leisen vertrauten Laut, und mein Herz klopfte aufgeregt. Sie war irgendwo in der Nähe und hatte leise und klagend miaut. Dann sah ich große Flügel, die aus dem Nebel herabstießen. Für einen Moment sah ich den mächtigen Umriss eines Goldadlers mit ausgebreiteten Flügeln. Seine Schwungfedern sahen wie lange Finger aus. Die Spannweite seiner Flügel war riesig, sie maß vielleicht zwei Meter. Ich erspähte große, kräftige Fänge und lange, scharfe Krallen.

Die großen Flügel glitten nach unten, wirbelten die Luft auf, und ich hörte einen weiteren leisen Schrei. Es war wie ein Stich ins Herz. Ich rannte vorwärts in den Nebel hinein, klatschte in die Hände und machte jede Menge wilde Geräusche, die jeden feindseligen Krieger abgeschreckt hätten.

»Hau ab! Fort mit dir!, du schreckliches Wesen!«, schrie ich. Angesichts dessen, was vielleicht gerade passierte, stockte mir der Atem und ich rang nach Luft. Ich befürchtete, dass ich Lady nie mehr wiedersehen würde. Der dichte Nebel hüllte alles ein, und der Adler war verschwunden.

*

Lady hätte den unerwarteten Ausblick genossen, wenn sie nicht so verängstigt gewesen wäre. Sie fragte sich häufig, wie es wohl wäre zu fliegen, sah Vögeln aufmerksam zu und beneidete sie um ihre mühelose Fähigkeit, sich fortzubewegen. Es behagte ihr gar nicht, die Krallen zu spüren, die ihren weichen, rundlichen Körper fest umklammert hielten. Aber in dieser festen Umklammerung lag auch eine gewisse Sicherheit, dass das Wesen sie nicht auf die Felsen unter ihnen fallen lassen würde.

Sie flogen den felsigen Hang hinauf, immer höher und höher und glitten dann oberhalb der Baumgrenze entlang. Schließlich kreiste der Adler über einem Felsvorsprung und landete auf einem Haufen aus Farn und Moos. Die scharfen Felsen zerkratzten Ladys Pfoten, aber sie war so froh, an einem Ort mit einem beinahe festen Untergrund zu sein, dass sie nicht protestierte. Sie zitterte am ganzen Körper. Nach einer Weile spähte sie über den Rand des Horstes hinaus. Er war hoch, sehr hoch. Sie war sich nicht sicher, ob sie auf so eine große Höhe gefasst war. Es war ein Schwindel erregender Unterschied zum Dach eines kleinen Hauses.

Das Adlerweibchen betrachtete das Abendessen. Es hatte zwei braune, gefleckte Eier und die Nahrung war knapp. Es war eine weite Strecke geflogen, bevor es das pelzige Tier erspäht hatte. Es war kein Kaninchen oder Nagetier, aber es sah rund und wohlgenährt aus. Das Adlerweibchen richtete seinen bohrenden Blick auf seinen gehaltvollen Fang. Lady starrte feindselig zurück. Sie riss ihre grünen Augen weit auf und ließ sie funkeln. Sie würde nicht kampflos aufgeben. Ein tiefes Grollen schwoll in ihrer Kehle an und ihre Krallen schlugen nach der Kehle des Adlers. Der Vogel wich zurück und geriet dabei fast aus dem Gleichgewicht. Lady fauchte. Der Adler war plötzlich auf der Hut, weil er eine Schlange vermutete. Aber das Fauchen kam von diesem kleinen wilden Wesen mit dem gebogenen Rücken und dem schlagenden Schwanz. Es war unheimlich. Der Adler hatte so etwas noch nie zuvor gesehen.

Lady kauerte sich gegen die Eier, die hinter ihr lagen. Das Adlerweibchen hielt dies fälschlicherweise für eine Drohung. Seine Eier waren wertvoll. Es brütete nur einmal im Jahr und es wollte nicht, dass sie durch dieses aggressive, fauchende, spuckende Säugetier beschädigt wurden. Das Adlerweibchen beschloss daher, das Abendessen zu verschieben, und flog davon, um etwas zu finden, das zahmer war.

Lady hörte auf zu zittern, aber sie wagte nicht zu schlafen. Sie döste mit halb offenen Augen. Sie wachte auf und war sofort hellwach, als das Adlerweibchen mit einer Maus in seinem gebogenen Schnabel zurückkam. Ladys Hunger war verschwunden, aber sie sah zu, wie der Vogel die Maus mit Schnabel und Krallen zerlegte. Er war ein unordentlicher Esser und als er wieder fortflog, putzte Lady die Überreste auf.

Jedes Mal, wenn der Adler zurückkam, kauerte sie sich zusammen, fauchte und knurrte. Sie zeigte ihre Krallen und ließ sie doppelt so lang aussehen. Der Adler hatte Klauen, aber er konnte dieses Furcht erregende Geräusch nicht machen. Dieses Geräusch und das Spucken beunruhigten den Vogel.

Lady schlief die ganze Nacht nicht. Sie hielt sich stets fern von dem Adler und rollte sich auf den Eiern zusammen. Sie spürte, dass der Adler ihr nichts tun würde, solange sie auf den Eiern lag. Die glatten, steinähnlichen Objekte waren ein Talisman. Sie würde schlau sein und diese schreckliche Situation überleben.

Ein paar Tage später schlüpfte das erste Küken aus seinem Ei und betrachtete noch ganz nass zum ersten Mal die Welt. Es dachte, Lady sei seine Mutter und schmiegte sich an sie. Lady leckte seinen nassen, federlosen Körper trocken und beruhigte es mit mütterlichem Schnurren. Der Goldadler sah das Paar verwirrt an. Das Küken war offenbar sicher. Die Katze machte keine Anstalten, den Babyadler anzufauchen oder anzuspucken. Die Katze schien sich langsam sogar erstaunlich wohl im Nest zu fühlen. Sie ging sogar am Rand entlang und streckte sich in der Sonne.

Die Adlermutter brachte bewältigbare Stücke wieder hochgewürgter Beute, um das Küken zu füttern, aber es war Lady, die es säuberte, mit ihrem Fell wärmte und es mit ihrer beruhigenden Art umsorgte. Die Adlermutter hatte ganz vergessen, dass sie Lady fressen wollte und brachte genügend Mäuse, Nagetiere und kleine Vögel für sie alle mit.

Sie waren eine seltsame Familie. Dann schlüpfte das zweite Küken. Es war eine bemitleidenswerte kleine Kreatur, schwach und am Verhungern. Lady tat ihr Bestes, um das Küken zu wärmen. Sie leckte es und versuchte so seinen Kreislauf anzuregen und etwas Leben in seinen dürren Körper hineinzubekommen. Dem ersten Küken wuchsen weiße Federn und ein weicher, flauschiger weißer Flaum. Seine Augen waren bereits dunkel und gierig. Das zweite Küken starb. Lady wusste nicht, ob es verhungert war oder ob das große Küken es getötet hatte. Die Adlermutter schien das nicht zu kümmern. Eins war genug.

Lady beobachtete die Adlermutter und sah zu, wie sie jagte, indem sie an einem Hang entlang oder über einen Grat glitt und die Beute in offenes Gelände trieb. Ihre scharfen Augen halfen ihr, ein kleines Tier aus großer Entfernung zu entdecken. Manchmal fand sie Aas, ein totes Reh oder einen Fuchs. Das Küken wuchs schnell. Bald würde kein Platz mehr für alle drei in dem sonnengewärmten Nest sein. Lady wusste, dass die Zeit für sie knapp wurde. Das Küken wurde aggressiv. Es hatte vergessen, wer es aufgezogen hatte.

Die Katze begann den felsigen Vorsprung zu erkunden. Schlau und vorsichtig testete sie den Halt und suchte nach Wegen, die nach unten führten. Darüber begann sie zu verzweifeln. Der lange Weg nach unten war tückisch. Es gab nur wenige Tritte. Lady wusste, dass sie den Halt verlieren, fallen und rutschen konnte, aber es gab keine andere Möglichkeit. Sie musste gehen.

Der Garten begann zu blühen, aber ich konnte mich nicht dazu aufraffen, das Unkraut in den Blumenbeeten zu jäten oder die Sträucher zurückzuschneiden. Es war ein einsamer Monat gewesen. Ich vermisste Lady. Meine schöne Lady. Wir waren seit langer Zeit zusammen, und ich trauerte über ihr schreckliches Schicksal. Ich nahm eine Tasse Kaffee mit nach draußen und setzte mich auf die Stufen meines Cottage. Die Heide überzog das Moor mit ihrem zarten Mauve-Farbton. Der Klang der singenden Vögel trieb mit dem Wind dahin. Das Leben kam ins Tal zurück.

Ich musste in der sanften Frühlingssonne eingedöst sein. Ein weiches Fell berührte meine Hand, dann eine nasse Nase. Meine Augen öffneten sich. Ich konnte es nicht glauben. Lady, dünn und verdreckt und keine Schönheit mehr, sah mich hoffnungs- und vertrauensvoll an und fragte sich, ob ich mich an sie erinnerte. Ihre Pfoten waren zerschnitten und bluteten, ihre Augen waren verkrustet. Ihr Blick war glasig vor Erschöpfung.

»Lady, meine Lady«, hauchte ich und nahm sie sanft in meine Arme, für den Fall, dass sie wieder verschwinden würde. »Du bist zu Hause ...«

Der fliegende Kater

Es begann an einem merkwürdig stillen Morgen. Kein Blättchen bewegte sich, und sogar die Schmetterlinge schienen bewegungslos über den Blumen zu schweben. Die abgestorbene Ulme streckte ihre aschfarbenen Äste zum Himmel. Sie wartete schon lange darauf, gefällt zu werden. Eine Meile darüber brachte eine gecharterte Tri-Star gähnende Frühaufsteher zu einem Pauschalurlaub nach Mallorca, und auf ihr sanftes Brummen folgten Kondensstreifen am Himmel.

Leopold ging auf sanften Pfoten vorsichtig über den taubehangenen Klee. Er war ein großer orangeweißer Kater mit einem breiten, überrascht blickenden Gesicht und flauschigen Wangen. Seine Augen waren leuchtend grün, was ihn noch verwunderter aussehen ließ. Er hatte ein unkompliziertes Leben: er fraß und schlief; gelegentlich fing er einen Vogel oder eine Maus, um nicht aus der Übung zu kommen.

Die Familie, bei der er lebte, war – wie Leopold es nannte – unecht und scheinheilig. Sie hatte alles – zwei Autos, zwei Farbfernseher, einen Videorecorder, große Stereoanlagen, eine Gefriertruhe, in die ein Wal hineinpasste, jedes Haushaltsgerät, das auf dem Markt war, und dennoch war sie so hinterhältig wie eine schielende Schlange. Sie gaben ihm Katzenfutter, das keinen Markennamen hatte, irgend so ein Misch-Masch aus nassem Getreide und undefinierbaren Tierteilen; nie kam er in den Genuss von frischer Leber oder Fisch. Sie tranken den billigsten Kaffee, kauften bröselige Kekse und schnitten alle 10 Pence- Sparcoupons aus der Zeitung aus. Sie waren wirklich unecht.

Was ihre Zuneigung anging, waren sie ebenfalls unecht. Wenn Leopold auf einen Schoß sprang, wurde er hastig runtergeschubst.

»Runter von meinem Anzug! Ich will deine Haare nicht überall haben. Husch, husch!«, sagte der scheinheilige Mann ungeduldig.

Die scheinheilige Frau war genauso schlimm. Ihre Kleidung war ebenfalls katzenungeeignet. Der einzige Mensch, der Leopold mochte, war die Tochter, Dana, aber sie war so beschäftigt mit ihren Prüfungen in der Schule und ihren Freunden, dass Leopold sie nur sah, wenn sie spät von der Disco nach Hause kam. Dann erlebten sie zusammen die gemütliche Ruhe der Küche um zwei Uhr morgens.

Als Leopold seinen frühmorgendlichen Spaziergang im Garten machte, hörte er ein schwaches »pieps, pieps«. Bei diesem Laut zog sich sein Magen zusammen. Er war hungrig. Das Abendessen von gestern vergaß man am besten, und außerdem würden sie ihm kein Frühstück geben, wenn er nicht mindestens eine Stunde draußen gewesen war. Leopold verstand diese Regeln nicht. Es war eine ihrer komischen Eigenarten. Er hatte festgestellt, dass sie bröselige Kekse aßen, wann immer sie Lust darauf hatten.

Leopold schlich sich an das Geräusch heran. Es war ein zart braun und weiß gesprenkeltes Drosseljunges, ein hilfloses Geschöpf, das Leopold geradeheraus und vertrauensvoll mit leuchtenden Augen ansah. Es torkelte ein paar Zentimeter und fiel vornüber auf seine rundliche Brust. Leopolds überraschter Blick schärfte sich vor Freude. Dies war offensichtlich irgendein Spiel. Er fuhr zaghaft mit der Pfote über die weichen Federn. Der Vogel piepste aufmunternd und hopste ein paar Zentimeter weiter. Ein paar Bäume entfernt, hörte die Vogelmutter den Ruf ihres Jungen, aber es beunruhigte sie nicht. Es musste alleine fliegen lernen.

Plötzlich machte Leopold einen Satz. Der Hals des Vögelchens hing schlaff zwischen seinen Kiefern. Leopold knurrte. Es war ein tiefer grollender Dschungelton, der von seinen wilden Vorfahren zeugte. Stolz trug er sein Opfer herum und stellte es wie auf einer Parade zur Schau. Die Federn schauten ringsum aus seinem Maul heraus und bildeten den reinsten Feldwebel-Schnurrbart. Er zermalmte den kleinen Körper nachdenklich. Das kurze weiße Fell unter seiner Nase war blutig.

Die Vogelmutter drehte durch. Sie flog voller Verzweiflung von Ast zu Ast. Sie flog im Sturzflug über den orangefarbenen Kater und dem, was von ihrem Jungen übrig war, hinweg und stieß laute, leidvolle Schreie aus. Aber es war zu spät. Sie konnte nichts mehr tun. Sie warf einen letzten Blick auf den großen Kater und flog blindlings in die leere Luft.

Es gab eine große Eiche, auf die Leopold gerne kletterte. Er wagte sich nie sehr weit hinauf, da er seine Grenzen kannte. Aber heute lag das Vogeljunge schwer in seinem Magen, und Leopold kletterte höher, in der Hoffnung, das unangenehme Gefühl hinter sich zu lassen. Die dicht verzweigten Äste ließen nicht erkennen, wie hoch er kletterte. Er ging weiter, höher und höher und sprang von einem Punkt, an dem er sich festkrallen konnte, zum nächsten. Da es nicht windig war, bewegten sich die Zweige kaum und vermittelten Leopold ebenfalls ein ungerechtfertigtes Gefühl der Sicherheit. Als ein abgebrochener Ast den Blick auf die Erde unter ihm freigab, war Leopold ziemlich verblüfft. Er konnte die Spitzen anderer Bäume unter sich sehen, die mit grünlichen Polstern bedeckt waren. Der Garten seines Hauses war ein verschwommener Farbfleck. In der Ferne sah er die Kirchturmspitze. Sie befand sich fast auf Augenhöhe. Ein Hubschrauber kam schwirrend in Sicht und bewegte sich mit unangenehm dröhnenden Rotorblättern geradewegs auf die Eiche zu.

Leopold sprang zurück. Er vergaß, dass er auf einem Ast war, auf einem Baum. Er fiel Hals über Kopf rückwärts hinab, Kaskaden von Blättern und abgebrochenen Zweigen begleiteten seinen Sturz. Der Wind rauschte durch seine Schnurrhaare. Abwechselnd sah er Himmel und Erde, während er auf den Boden zuraste.

Er breitete seine Pfoten hilflos in einer flehenden Geste an den großen Katzengott im Himmel aus. Er schloss fest seine Augen. Er wollte nicht sehen, was auf ihn zukam.

Leopold wurde sich einer Veränderung erst bewusst, als der stark rauschende Wind in seinen Ohren sich zu einem zarten Flüstern verringert hatte. Er fiel immer noch, aber es war nicht mehr dieser verheerende polternde Sturz erdwärts. Er schien zu treiben. Vielleicht war er gestorben.

Er öffnete ein Auge nur einen winzigen Spalt breit. Er sah den japanischen Ahornbaum, eine Buchenhecke und unter ihm ein Beet mit Dahlien, die gerade und mit festen Köpfen dastanden. Er landete genau in den Blumen und schüttelte sich.

»Rrraus aus meinen Dahlien!«, schrie die scheinheilige Frau aus einem Schlafzimmerfenster heraus.

Leopold entfernte sich würdevoll aus den umgeknickten Blumen und ging mit einer gekräuselten gelben Blüte hinter dem Ohr davon wie eine hawaiianische Hulatänzerin. Er machte sich über sein Aussehen keine Gedanken, denn er musste über zu vieles nachdenken.

Nach dem Frühstück setzte er sich vor die Eiche und betrachtete sie. Sie sah sehr hoch aus. Was war mit ihm geschehen? Wie konnte er so weit heruntergefallen sein und trotzdem überlebt haben? Er wusste, dass Katzen von einem Hausdach fallen und unverletzt auf vier Pfoten landen konnten, aber dieser Baum war mindestens drei Häuser hoch, jedenfalls erschien es Leopold so. Schließlich spazierte er zur hinteren, abgelegenen Seite des Waldes, dorthin, wo einsam und ungeliebt der geschwärzte Stumpf eines Baums stand, der vom Blitz getroffen worden war.

Er kletterte den schwarzen Stumpf hinauf und schnupperte den Schwefelgeruch, der noch immer in der Luft hing. Er setzte sich auf die Astgabel und blickte hinunter auf den Teppich aus Kiefernnadeln. Die Astgabel war ungefähr zweieinhalb Meter hoch. Er konnte entweder die verkohlte Rinde hinunterklettern oder er konnte springen.

Er sprang. Er rechnete damit, ruck zuck in zirka eineinhalb Sekunden auf dem Nadelbett zu landen. Aber eigenartigerweise schien er zu schweben. Es dauerte vier Sekunden, bis er landete. Es war rätselhaft.

Er dachte eine Weile darüber nach und entschloss sich dann, den Baumstumpf abermals zu erklimmen. Er sprang von der Astgabel ab. Dieses Mal dauerte es sechs Sekunden und er landete ein paar Meter entfernt auf trockenem Farn.

Langsam machte es Leopold Spaß. Wem schadete es schließlich schon, wenn er den Nachmittag damit verbringen wollte, von einem alten Baum herunterzuspringen? Ach, was sollte es! Er kletterte schnurstracks wieder hinauf, flink wie ein roter Pfeil. Recht vergnügt sprang er erneut mit ausgebreiteten Pfoten ab und fragte sich, wo er wohl landen würde.

Plötzlich erblickte er ein Nesselbüschel genau unter sich. Obwohl er ein dickes Fell hatte, kannte er Nesseln nur zu gut. Seine rosafarbene Nase war besonders empfindlich. Voller Schrecken streckte er seine Pfoten weit aus und segelte über die Spitze des Büschels hinweg. Ohne nachzudenken hob er seine beiden rechten Beine an, wendete in einem sanften Bogen und steuerte auf einen unbewachsenen Fleck am Boden zu.

Als er an diesem Abend zurückkehrte, schimpfte die Familie ihn aus und sagte, dass er zu spät zum Abendessen sei. Sie saßen vor dem Fernseher und stippten ihre zerbröselten Kekse in wässrigen Kaffee. Leopold leckte an den getrockneten Keksen, die noch an seinem Frühstücksteller klebten. Das Wasser in seinem Napf war nicht erneuert worden und setzte schon fast Algen an. Er sprang auf das Abtropfbrett und streckte seinen Hals zum tropfenden Wasserhahn.

»Rrrunter von dem Abtropfbrett, du böser Kater«, schrie die

Frau. Leopold entfernte sich gehorsam. Für den Bruchteil einer Sekunde streckte er während des Sprungs fast seine Pfoten aus, aber eine innere Vorsicht stoppte diesen Impuls, und er landete unbeholfen und aus dem Gleichgewicht gebracht auf dem Boden.

»Mach das bloß nicht noch einmal! Das erlaube ich nicht.«

Er saß im Dunkeln auf der Vordertreppe, bis Dana von ihrer Verabredung nach Hause kam. Sie war mit einem Jungen ausgegangen. Sie schniefte in ein zerknittertes Stück Taschentuch. Ihre Wimperntusche war in verschmierten Streifen heruntergelaufen. Sie machte sich einen Becher Milchkakao und goss Leopold eine große Untertasse davon ein. Sie wusste, wo ihr Vater eine Packung Schokoladenkekse versteckt hatte und bediente sich. Die übrigen Kekse verteilte sie so in der Packung, dass er keinen Unterschied feststellen würde.

»Natürlich kann ich ihnen nie von Roger erzählen«, sagte sie zum Kater und streichelte seine Ohren. »Sie würden nicht akzeptieren, dass er kein Geld und keinen Job hat. Sie würden es nie verstehen.«

Leopold putzte anmutig die heruntergefallenen Krümel auf. Nein, sie würden es nie verstehen. Am nächsten Morgen wartete er bei der Tür darauf, herausgelassen zu werden, und flitzte hindurch, sobald sie sich einen Spalt öffnete. Er verbrachte den ganzen Tag damit, zu üben und sich jeweils von einem Baum zum nächsthöheren zu steigern. Es war ein erhebendes Gefühl. Als es Nachmittag geworden war, gestand er sich anerkennend die Fähigkeit zu, über die er gerätselt hatte, seit er wie durch ein Wunder heil von der Eiche heruntergekommen war.

Es war nicht nur diese neue Fähigkeit, die ihn mit Freude und Begeisterung erfüllte, sondern die Tatsache, dass sie der Schlüssel zu etwas weit Wichtigerem war – der Flucht. Er ging recht unbeschwert zum Haus zurück und machte sich nichts daraus, dass sein Abendessen das ausgefallene Frühstück nicht wettmachen würde.

»Hast du dir eine kleine Maus zum Frühstück gefangen, hm?«, fragte die scheinheilige Frau und kratzte den letzten Tropfen Brei aus der Dose. »So ist Leopold ein guter Kater.«

Der gute Kater vertilgte das scheußliche Fressen. Es war jetzt wichtig, bei Kräften zu bleiben. Als er die Familie am Abend ausgehen sah, kletterte er auf das Dach des Hauses, ging um die Fernsehantenne herum und sprang auf den flachen Kamin hinauf. Er saß lange Zeit dort. Den Schwanz hatte er ordentlich über seinen Füßen eingerollt. Es war nicht etwa so, dass ihm der Mut fehlte; nur war dies das erste Mal, dass er sich überlegte, von etwas anderem als einem Baum herunterzuspringen. Und es konnte ja sein, dass Bäume eine entscheidende Voraussetzung dafür waren . . ., aber wie dem auch sein mochte, er würde es nie herausfinden, wenn er nur dasaß.

Er machte einen Schritt vorwärts in den leeren Raum, streckte automatisch seine Pfoten mit ausgestreckten Krallen von sich, versteifte seinen Schwanz und hob seinen Kopf. Diese Bewegungen verlangsamten seinen freien Fall. Dann beschrieb er vorsichtig einen weiten Bogen, wobei seine glänzenden Augen vor lauter Konzentration fast schielten. Er glitt durch den Garten, an den Dahlien vorbei, stieg über der Hecke auf und schwebte dann steil nach oben, als er sich einem überwachsenen Rhododendronbusch gegenübersah. Die Abendluft war kühl und friedlich, als er zu einem geraden wohlkalkulierten Aufstieg ansetzte, und seine Schnurrhaare zuckten, als der Luftwiderstand zunahm. Er blinzelte, als er an zwei aufgeschreckten Staren vorbeikam, die gerade nach Hause flogen, um sich zum Schlafen niederzulassen. Als er am höchsten Punkt seines Aufstiegs angekommen war, legte er seine Pfoten parallel nebeneinander, zog seinen Kopf ein und flog stromlinienförmig nach unten bis zum flachen Dach der Garage eines Nachbarn. Er schüttelte sich vor Erleichterung, setzte sich hin und begann, sein zerzaustes Fell zu lecken. Er hatte es geschafft. Er benötigte keinen Baum.

Nach diesem Erlebnis gab es für Leopold kein Halten mehr. Er sprang von überall hinunter. Seinen besten Tag hatte er, als es ihm gelang, in den Glockenturm der Kirche zu klettern und dann die enge Stahlleiter hinauf, die an der Seite der Turmspitze befestigt war. An der Spitze war ein kleiner wertvoller Platz für ihn und den Wetterhahn. Der blasse Metallhahn drehte sich quietschend und offensichtlich unkontrolliert und stieß Leopold beinahe von seinem Sitzplatz herunter. Leopold sprang ab, ging in einen perfekten Schwalbensturzflug über und fing sich in einer Höhe von zirka 30 Metern mühelos ab. Die Thermik der Luft trug ihn höher und er genoss das Gefühl von Weite und Freiheit. Unten erstreckten sich meilenweit ordentliche Reihen von Häusern und Gärten. Abgesehen von den dunklen grünen Waldflecken war nichts von den großen Wäldern, die einst die Hügel bedeckt hatten, übrig geblieben. Er flog über den hässlichen grauen Gasometer und verfolgte spaßeshalber den schlangenartigen Zug, der auf den Gleisen hin und her schwankte. Die Menschen waren so klein und sie liefen mit gesenkten Köpfen wacklig auf ihren Streichholzbeinen dahin, völlig in ihre Sorgen und Träume versunken. Niemand bemerkte einen großen orangeweißen Kater, der zufällig über ihnen vorbeiflog.

Leopold wurde abenteuerlustiger und erkundete das Land und die benachbarten Städte. Er folgte der Themse bis nach London, hielt sich aber nicht lange zwischen den hohen Apartmenthäusern und den Wolkenkratzer-Büroblöcken auf. Der Luftverkehr störte ihn, und die Tauben waren garstig.

»Ich habe gerade eine Katze vorbeifliegen sehen«, sagte ein verblüffter Fensterputzer in einer Hängebühne am einundzwanzigsten Stockwerk eines Bürogebäudes.

»Wohl aus'm Fenster gefalln«, meinte sein Kumpel missmutig und polierte eine dunkle gespiegelte Fensterscheibe. »Wahrscheinlich rausgestoßen.«

»Sie ist geflogen. Es war eine orangefarbene Katze.«

»Wir ham ne kleine Tigerkatze. Gesellschaft für meine Alte.«
Der Fensterputzer kniff seine Augen zusammen, als er gegen
die Sonne schaute. Was immer es auch sein mochte, es war fast
außer Sichtweite und flog gerade über die Spitze der St. Paul's
Kathedrale, deren Kreuz in den hellen Sonnenstrahlen fun-
kelte. Vielleicht war es ein orangefarbener Vogel. Er biss sich
auf die Lippen und wendete sich wieder seiner Arbeit zu. Er
wollte nicht gefeuert werden.

Natürlich konnte Leopold es auf Dauer nicht geheim halten.
Er wurde leichtsinnig. Die Familie gab eine Party mit wässri-
gem Gin und billigem Whiskey, um die letzte Beförderung des
scheinheiligen Mannes zu feiern. Als sie aufräumten, glitt Leopold unter den Stühlen hindurch und suchte nach Bröckchen
von den Cocktail-Snacks. Wenn sie dem allgemeinen Standard
der Verköstigung im Haus entsprachen, würden die meisten
Gäste sie fallen gelassen haben. Er fand eine armselige Garnele
auf einem aufgeweichten fingergroßen Stück Toastbrot, das
hinter einer Topfpflanze steckte. Es war nicht schlecht. Der
Käse, den sie verwendet hatten, war schon so alt und krümelig,
dass er sich von den Ananaswürfeln getrennt hatte, und so lagen
viele Krümel auf dem Boden.

Die scheinheilige Frau hatte sich darüber hinaus einen Dip
geleistet, der aus getrockneter Hühnersuppe und haltbarer
Sahne bestand. Nicht viele Leute hatten gedippt, daher war
eine Menge davon übrig. Während die Frau alles zusammen-
kratzte und überlegte, ob sie daraus noch mal eine Suppe machen könnte, tropfte ein großer Klacks von ihrem Finger auf
den Teppich. Leopold rannte hin, um ihn zu retten.

»Weg da, du verdammter Kater! Schau, was ich wegen dir gemacht habe«, tobte sie. Sie schlug mit ihrem in Ziegenleder
eingebundenen Gästebuch nach ihm. (Jemand hatte sich mit
den Worten »Unglaubliche Party, meine Liebe« eingetragen.)

Das Buch traf Leopold seitlich am Kopf. Rasch streckte er
seine Pfoten aus und sprang auf die Fensterblende in Sicher-

heit. Die Frau tobte und bemerkte an diesem Aufstieg nichts Ungewöhnliches. Sie schlug erneut nach ihm, und er sprang ab und flog durch das ganze Zimmer bis zu einem Regal auf der anderen Seite.

»Du böses Ding«, schrie sie und fragte sich, ob sie genug Wasser in den Gin getan hatte.

»Mammi«, sagte Dana, die gerade die Türen öffnete, um die verrauchte Luft rauszulassen, »ich glaube, Leopold kann fliegen.«

Leopold segelte in die Nachtluft hinaus. Er teilte sich eine knorrige Eiche mit einer alten Eule und dachte über die Zukunft nach. Nun wussten sie es. Vielleicht machte es ja auch nichts. Was sollte es denn schließlich schon für eine Bedeutung für sie haben?

Es war schwer, die alte Gewohnheit aufzugeben, und zur Frühstückszeit nickte Leopold der schläfrigen Eule zu und machte sich auf den Weg nach Hause. Er flog in den Garten hinunter und schlenderte zur Hintertür, wobei er lässig den Schwanz hin und her bewegte.

»Liebling«, säuselte die Frau und nahm ihn in ihre Arme. »Liebling Leopold, du bist zu Mammilein zurückgekommen! Du guter Kater, komm und trink etwas köstliche Milch.«

Leopold wurde gegen ihren zweitbesten Pullover mit den Paillettenknöpfen gedrückt und war zutiefst beunruhigt. Sie roch nach Moschus und Gesichtscreme. Er versuchte sich aus der Umklammerung zu lösen, aber sie hielt ihn ganz fest. Er hörte, wie die Hintertür sich schloss, und damit war sein Schicksal besiegelt.

Sie verkauften ihn an einen Zirkus. Als er im Kombiwagen des Zirkusbesitzers weggefahren wurde, umarmte sich die scheinheilige Familie freudig, winkte mit dem fetten Scheck und plante, mehr Autos und mehr Fernseher zu kaufen sowie eine Reise auf die Bahamas zu machen.

Die ersten zwei Tage gefiel der Zirkus Leopold noch ganz

gut. Sie setzten ihn in einen großen Käfig, der nach Bär roch, und Menschen kamen und schauten ihn an. Sie brachten ihm leckere Dinge wie Fisch mit Pommes frites, Beefburger und Anchovis-Pizza mit.

Dann stellte der Zirkusbesitzer ihn auf die Waage und verordnete ihm eine Diät. Leopold durfte keine einzige Unze mehr zunehmen. Aerodynamik nannte er das.

Leopold verstand den Zirkus nicht. Es war so hell und laut, und seltsame Tiere knurrten in der Nacht. Sie gaben ihm allerdings besseres Futter als er gewöhnt war, obwohl es verdächtig nach den Resten des Löwenfutters aussah.

Der Ärger begann, als Miss Dora, die Trapezkünstlerin, sich weigerte, Leopold die Leiter zu ihrer Plattform hoch oben im Dach des großen Zeltes hinaufzutragen. Sie weigerte sich strikt, ihn auch nur zu berühren.

»Ich werde am ganzen Körper einen Ausschlag bekommen«, sagte sie. Sie war so entrüstet, dass jedes Glitzerelement ihres kurzen Kostüms erzitterte.

Die Zirkushelfer hängten eine Art Korb auf, in dem Leopold nach oben zur Plattform gezogen werden sollte. Leopold hasste es. Ihm wurde schlecht, als der Korb hin und her schwankte und sich ruckartig höher und höher auf den schwach erleuchteten schwarzen Bereich des Zeltdachs zubewegte. Er trat aus dem Korb auf die schmale Plattform und schaute sich höflich um. Sie war tatsächlich sehr hoch. Miss Dora stand so weit von ihm weg wie möglich. »Husch, husch«, sagte sie, und ihr Federkopfschmuck wippte bei jedem Wort. »Geh weg.«

Jemand schaltete einen Scheinwerfer ein, der Leopold blendete. Er machte einen Schritt zur Seite, um dem grellen weißen Licht auszuweichen und fiel orientierungslos von der Plattform. Starr vor Schreck plumpste er wie ein Stein hinab und landete mit einem heftigen Aufprall im Sicherheitsnetz, so dass alle vier Pfoten und der Kopf in den Maschen steckten; es war sehr entwürdigend.

»Schau mal, Leopold«, sagte der Zirkusdirektor. Er sprach langsam und bewusst. »Wenn du dort oben auf die Plattform kommst, möchte ich, dass du zur anderen hinüberfliegst.« Leopold sah ihn verwirrt mit seinen grünen Augen an. »Flieg rüber so wie Miss Dora. Der Unterschied ist lediglich, dass du ein kluger Kater bist und keine Trapezstange brauchst.«

Miss Dora machte ein verdrießliches Gesicht. »Ich mag bei meiner Vorführung keinen Kater dabeihaben. Es ist erniedrigend.«

Wieder wurde Leopold zur Plattform hinaufgezogen. Wieder fiel er ins Netz. Schweißperlen bildeten sich auf der Stirn des Besitzers. Er hatte ein Vermögen aufs Spiel gesetzt.

Dieses Mal drehte Leopold sich im Netz und verfing sich derart, dass sie es zerschneiden mussten, um ihn herauszubekommen. Er bemühte sich, nicht selbstzufrieden auszusehen, als er zu seinem Käfig zurückkehrte.

»Bitte, Katerchen«, sagte der Zirkusbesitzer händeringend am nächsten Tag. »Fliege für mich. Ich hab eine Stange Geld in dich investiert. Du möchtest doch bestimmt nicht, dass der alte Joss Bankrott geht, oder?«

Miss Dora hatte ihren Körper dick mit einer Anti-Insekten-Salbe eingecremt, um sich vor Leopolds tödlichen Haaren zu schützen. Der Gestank war schrecklich. Er konnte ihn keine Sekunde lang ertragen. Er sprang mit hoher Geschwindigkeit von der Plattform ab, drehte dann zwei schnelle Runden in der Arena, erblickte dabei das Ausgangsschild und hielt direkt auf die Öffnung zu. Elegant segelte er über die große Zeltspitze hinweg, bevor er auf das weite Land zusteuerte. Er spürte, wie seine Pfoten ganz leicht zuckten, als er höher in den Himmel stieg. Er hatte diese Höhe noch nie zuvor erreicht. Sein Schwanz flatterte hinter ihm, sein Fell füllte sich mit Luft und die losen Hautfalten unter seinen Achseln wölbten sich wie ein Fallschirm.

Leopold hielt Ausschau nach dem Meer. Er dachte schon seit

einer Weile daran, richtig fliegen zu lernen. Er hatte etwas Angst davor, zu den Bergen zu fliegen und nach einem Adler oder Condor zu suchen. Sie waren so groß und unberechenbar. Aber bei Möwen war das etwas ganz anderes. Und sie konnten fliegen, daran gab es keinen Zweifel. Leopold würde seine Fähigkeit dazu einsetzen, sie genau zu beobachten.

Er war ziemlich überrascht, als er das Meer schließlich fand. Es war überhaupt nicht so, wie er erwartet hatte, sondern bestand nur aus einer meilenweiten sich hebenden und senkenden nassen blauen Öde. Aber die Möwen waren zu Tausenden da. Sie kreischten, ließen sich im Sturzflug fallen und zankten sich. Leopold bewunderte besonders ihre präzisen Starts und ihre Landungen auf dem Wasser.

Er flog zum Kieselstrand hinunter, um ein paar flache Starts zu üben, aber jedes Mal fiel er geradewegs im Sturzflug ins Meer. Es war schrecklich, und er stellte bald fest, dass er nicht sehr gut fliegen konnte, wenn sein Fell nass war.

»Krah, krah«, kreischten die Möwen, als Leopold abermals kopfüber in die Wellen stürzte. Er umhüllte sich mit einer Aura von Würde und kletterte ins Heidekraut hinauf, um sich trocknen zu lassen.

Als er die Klippen entdeckte, wusste er, dass er die Antwort gefunden hatte. Sie waren beeindruckend steil und hoch; die Erhabenheit der zerklüfteten Felswände erfüllte Leopold mit solchem Stolz, dass er am ganzen Körper bebte. Hier würde sein Zuhause sein. Er würde ein Klippenkater sein; er sah sich schon trittsicher wie Tarzan in der Felswand herumspringen und stellte sich vor, wie er seine Nahrung im Stechginster auf der Landspitze fangen und in einer kleinen Höhle schlafen würde. Er konnte die Möwen den ganzen Tag beobachten und ihre Geheimnisse erfahren. Er würde eifrig von seinem Absprungplatz auf der Klippenspitze aus üben, herumexperimentieren und seine Art zu fliegen ihren Flugkünsten angleichen. Es würde wunderbar werden.

Die Möwen waren angesichts dieses eigenartigen orangefarbenen Wesens etwas beunruhigt. Sie wussten, dass Katzen Vögel fraßen, aber was für eine Art Katze war das? Sie ließen sich auf ein Schutzgeschäft im Mafia-Stil ein und ließen hin und wieder eine frisch gefangene Makrele für Leopold fallen, damit er im Gegenzug die Pfoten von ihnen ließ. Das passte Leopold prima. Er hatte ohnehin keine Lust auf ein Maul voller nasser Federn.

Leopold fraß viele gute Sachen. Frischen Fisch, Kaninchen und Mäuse; er trank den Tau aus duftenden Morgenpfützen, in denen sich silbriges Sonnenlicht spiegelte. Er war sehr glücklich.

Seine Flugkünste verbesserten sich. Er konnte länger in der Luft bleiben, und es war längst nicht mehr so anstrengend. Er konnte mit fantastischer Präzision im Gleitflug zur Landung ansetzen. Er experimentierte damit, sich in der Luft durchsacken und fallen zu lassen, so dass ihm das Herz bis zum Halse klopfte, und sich, kurz bevor er auf die Wellen traf, abzufangen. Mit sorgloser Unbekümmertheit flog er dicht über der Oberfläche des Meers dahin. Er lernte, einen Looping zu fliegen und wie ein glühender Meteorit im Sturzflug dahinzuschießen; er perfektionierte die Siegesrolle um die eigene Achse und stieg im Anschluss daran steil in den blauen Himmel auf, bis alles so blau war, dass er nicht mehr sagen konnte, wo das Meer und wo der Himmel war.

Auf einem dieser Flüge segelte er gedankenverloren vor sich hin, als er plötzlich feststellte, dass er kein Land mehr sehen konnte. Er flog in einem Kreis herum und suchte mit seinen grünen Augen den Horizont ab. Er konnte nichts Festes oder Vertrautes sehen. Er flog langsam und fragte sich, in welche Richtung er weiterfliegen sollte. Er hatte keine Ahnung, wie weit dieses Meerding sich erstreckte.

Er wurde langsam müde und zog immer größere Kreise. Dann bemerkte er, dass die Sonne verschwunden war und es dunkler wurde. Das beunruhigte ihn nicht, da er sehr gut im Dunkeln sehen konnte. Aber es war noch nicht Nacht. Diese graue düstere Stimmung kündigte etwas anderes an; das Heraufziehen regenbeladener Gewitterwolken.

Leopold sah nach oben, als er ein entferntes Grollen hörte. Es würde einen Mordssturm geben und er würde darin gefangen sein. Er wusste, was passieren würde, wenn sein Fell nass wurde. Er wusste, was passieren würde, wenn er auf dem Wasser landen musste. Schluss, aus und vorbei mit Leopold.

Er flog tapfer mit schmerzenden Gliedern weiter. Der erste dicke Regentropfen traf ihn genau zwischen den Augen. Er blinzelte und verlangsamte sein Tempo. Er musste einen kühlen Kopf bewahren, sonst würde dieses Ding ihn besiegen.

Er versuchte höher zu steigen, um über den Sturm zu gelangen, aber es war zu spät. Die Gewitterwolken waren dunkel und bedrohlich; Blitze erhellten die rollenden unheimlichen Wolkenmassen. Er wünschte sich allmählich, er wäre beim Zirkus oder sogar bei der scheinheiligen Familie geblieben.

Der Sturm braute sich zu einer schäumenden schwarzen Masse über ihm zusammen; der Regen begann mit der Wucht eines Vorschlaghammers auf ihn herabzuprasseln. Innerhalb von Minuten war er völlig durchnässt, und sein flauschiges Fell klebte an seiner Haut. Er hob den Kopf und versuchte auf diese Weise seine Höhe zu halten. Entschlossen kämpfte Leopold, um sich zu behaupten, und hoffte, dass die monatelange Übung ihm nun zu Gute kommen würde. Aber er verlor an Geschwindigkeit und an Höhe. Das dunkle Wasser türmte sich in großen weißen schäumenden Wellen unter ihm auf, tiefe saugende Strudel taten sich auf. Ein nasser orangeweißer Kater würde bald im hungrigen Meer verschwinden.

Leopold konnte jetzt fast nichts mehr sehen. Seine Augenlider wurden durch den attackierenden Regen zugedrückt. Er begann zu fallen. Während er hinabfiel, miaute er erbärmlich …

»Heiliger Strohsack, was regnet es denn da vom Himmel? Ist ja gut, mein Kerlchen, wehr dich nicht. Mike Kelly hat dich ganz sicher.«

Leopold stellte fest, dass er von starken Armen aufgefangen worden war, die die Wucht seines Sturzes abgefangen hatten. Es war ein Wunder. Er musste direkt in die Arme eines Heiligen gefallen sein.

Der Heilige trug glänzendes gelbes Ölzeug und einen breitkrempigen Südwester, von dem der Regen heruntertropfte. In seinem faltigen, zerknitterten, braun gebrannten Gesicht befanden sich die blausten Augen, die Leopold jemals gesehen hatte.

»Wo kommst du denn her? Ich nehme an, du bist aus einem dieser Flugzeuge rausgefallen? Meine Güte, ich nehm dich besser mit nach unten und trockne dich ab, bevor du dir noch den Tod holst.«

Mike Kelly trug Leopold nach unten in die kleine Kabine und begann sein Fell mit einem rauen Handtuch trockenzurubbeln. Es war der kleinste Raum, den Leopold je gesehen hatte. Eigentlich hatte er Katzengröße. Er sah sich interessiert um. Das Zimmer schwankte und rollte auf ganz eigenartige Weise, aber es schien den Mann nicht zu beunruhigen, daher war wohl alles in Ordnung.

»Nun, du sitzt jetzt erst mal hier fest«, fuhr Mike Kelly fort. »Ob es dir gefällt oder nicht. Ich segle um die Welt und ich werde die nächsten Wochen keinen Landgang machen. Aber dann kannst du von Bord gehen, wenn du willst, oder du kannst mit mir zurück nach Irland kommen. Wie es dir beliebt. Mir ist es egal. Was denkst du?«

Leopold hatte sich bereits entschieden. Niemand hatte ihn jemals zuvor nach seiner Meinung gefragt oder ihn als ebenbürtig behandelt.

»Ich brauche eine Schiffskatze und ein bisschen Gesellschaft«, sagte Mike und öffnete eine Dose Kondensmilch. »Daher kommst du mir gerade recht. Du wirst dir deinen Unterhalt verdienen, und ich denke, wir werden gut miteinander auskommen...«

Es war der Anfang einer lebenslangen, von Zuneigung geprägten und auf Gegenseitigkeit beruhenden Freundschaft. Leopold segelte mit Mike auf der ganzen Welt umher, begleitete ihn an seltsame, fremde Orte und überwinterte manchmal in Irland in Mikes Cottage, während sein Katamaran im Dock lag, um repariert zu werden, und die nächste Reise geplant wurde.

Der Zirkusbesitzer verklagte die scheinheilige Familie wegen Vortäuschung falscher Tatsachen, und der Streit zog sich jahrelang vor Gericht hin. Schließlich stellte der Richter das Verfahren mit der Begründung ein, es sei sinnlos fortzufahren, wenn keine der Parteien einen Beweis liefern könne, zum Beispiel den betreffenden Kater selbst. Die Kosten waren gewaltig, und die scheinheilige Familie, die den Scheck bereits eingelöst und das Geld ausgegeben hatte, war ziemlich still, als sie einen Termin mit dem Leiter ihrer Bank vereinbarte. Dana ging nicht hin. Statt dessen brannte sie mit Roger durch und lebte fortan mit ihm in einem Wohnwagen.

Leopold gab das Fliegen nicht völlig auf, obwohl es eine ganze Weile dauerte, bis er nach diesem schrecklichen Sturm wieder die Nerven dafür hatte. Er achtete darauf, nicht zu hoch oder zu weit fortzufliegen, da er feststellte, dass das Navigieren nicht seine Stärke war. Er entwickelte sogar eine neue Technik bis zur Perfektion, bei der er sich in flachem Anflug dem Deck näherte und dann dort landete.

Falls Mike je bemerkt hatte, dass sein Kater um den Masttopp herumflog, war er zu taktvoll, es zu erwähnen. Gelegentlich hörte man, wie er ein paar unheilige Bemerkungen über den Blarney Stein* machte, oder sich fragte, ob es wohl am irischen Whiskey lag.

Eines Tages, so gelobte er, würde er ein Buch über Leopold schreiben, aber andererseits, wer würde ihm schon glauben?

---

* Der Blarney Stone ist ein Stein, der sich in einem irischen Schloss nordwestlich von Cork befindet und jedem, der ihn küsst, ewige Beredsamkeit verleiht (Anm. d. Übers.)

Der Kater des Weihnachtsmanns

»Haaatschi!«

Der Weihnachtsmann war aufgewacht und fühlte sich gänzlich unwohl. Sein Kopf dröhnte, sein Hals glich einem Reibeisen, und seine Arme und Beine schmerzten. Er drehte sich auf die andere Seite und zog die leuchtend rote Bettdecke bis zur Nasenspitze hinauf.

»Oh je«, stöhnte er, »ich glaube, ich bekomme die Grippe.«

Der Kater des Weihnachtsmanns sah von einem Fensterbrett aus zu. Er hoffte, dass der Weihnachtsmann sich nicht verletzen würde, wenn er hinunterfuhr. Er konnte womöglich weit hinabfallen, und er war ein großer, schwerer Mann. Die Wände wackelten beim nächsten gewaltigen Niesen, und der Weihnachtsmann suchte unter seinem Kopfkissen nach einem Taschentuch.

»Es ist mit Sicherheit die Grippe«, murmelte er heiser. »Und das ausgerechnet jetzt. Was für eine Katastrophe.«

Kater versuchte zu helfen. Er trampelte auf den Kissen herum, fischte nach sauberen Taschentüchern, angelte nach Hustenpastillen unter dem Bett und schmiegte sich wie eine Wärmflasche gegen den wuchtigen Körper des Weihnachtsmanns. Aber der Weihnachtsmann brütete mit Fieber vor sich hin und schubste Kater weg.

»Entschuldigung Kater, aber mir ist heiß genug. Welches Datum haben wir heute?«, krächzte er.

Aber was Zeitangaben und das Datum betraf, war Kater ein hoffnungsloser Fall. Er verstand nicht, welches Prinzip dem Ganzen zugrunde lag. Er wusste, wann es Morgen und wann es

Abend war, hatte aber kein Gefühl dafür, was dazwischen lag. Er riet einfach aufs Geratewohl und sagte: »Eine halbe Stunde nach 23.«

»Es ist unmöglich. Mir wird es nicht rechtzeitig besser gehen«, sagte der Weihnachtsmann. »Du wirst den Kindern sagen müssen, dass dieses Jahr Weihnachten ausfällt. Sieh zu, dass ein Stapel von Bekanntmachungen fotokopiert wird, die besagen, dass Weihnachten aufgrund gewisser Umstände, die außerhalb unserer Kontrolle liegen, dieses Jahr abgesagt wurde, und wirf sie als Flugblatt für mich ab. Oder noch besser, lass es im Fernsehen ansagen. Alle Kinder sehen heutzutage fern.«

Der Weihnachtsmann brach das Gespräch ab, da er einen Hustenanfall hatte, und Kater zog sich zurück, um nicht durch die Heftigkeit des Anfalls umgeblasen zu werden. Er ging hinaus zu den Ställen, um die Rentiere zu füttern. Sie stritten miteinander darüber, in welcher Aufstellung sie an diesem Abend die Schlitten ziehen würden.

»Ich bin der Älteste«, sagte Archduke, der ein alter Griesgram war. »Ich bin immer der ganz vorne.«

»Aber ich bin am fotogensten«, sagte Clarissa und klimperte mit ihren langen Wimpern. »Ich sollte die Erste sein.«

Kater bereitete ihr Abendessen zu. Kleie und Schokoladensplitter für das männliche Rentier. Kleie und Joghurt für Clarissa, die auf Diät war, seit sie Fotos von sich auf der Titelseite der ›Sun‹ gesehen hatte.

»Es wird kein Weihnachten geben«, sagte Kater. »Der Weihnachtsmann hat die Grippe. Es wird abgesagt.«

»Aber wir können die Kinder nicht enttäuschen«, sagte Clarissa und bekam ganz feuchte Augen. »All diese armen kleinen Kinderchen, die ihre Socken aufhängen ...«

Archduke betrachtete Kater abwägend. »Du könntest es machen, Junge«, sagte er in einem überheblichen Ton. »Das ist doch ein Kinderspiel oder, wie du es vielleicht nennen würdest, ein Katzenspiel.«

»Wenn du mich noch ein Mal Junge nennst«, fauchte Kater, »dann hänge ich deinen Kopf an eine Wand.«

Kater dachte an die enttäuschten Kinder, während er die Rentiere striegelte, und stellte sich die leeren Socken und die Tränen am Morgen vor. Mit seinen Krallen kämmte er ihr Fell und er polierte ihre Geweihe, bis ihm die Spucke ausging. Er hatte eine Idee. Die Geschenke waren alle vorbereitet und standen aufgetürmt und mit Postleitzahlen beschriftet im Lagerhaus. Nichts wurde mehr auf dem Grundstück hergestellt, seit die Elfen und Spielzeugmacher gestreikt hatten, weil sie den doppelten Stundenlohn wollten. Der Weihnachtsmann forderte alles bei einem Versandhaus an, und er bekam aufgrund seiner Großbestellung Mengenrabatt.

»Wann wäre es an der Zeit aufzubrechen?«, fragte Kater vorsichtig und hoffte, dass er eine Antwort bekam, die er verstehen konnte.

»Wir müssten los, bevor es dunkel ist«, sagte Archduke. »Wegen der Zeitverschiebung in den verschiedenen Ländern.«

»Ah ja, die Zeitverschiebung«, sagte Kater zustimmend und nickte. »Okay, ich mache die Fahrt dieses Jahr. Aber ich werde keinen albernen roten Hut tragen.«

Aus dem Büro besorgte er sich für die erste Runde einen Computerausdruck mit den Adressen der Kinder. Sie waren auf Endlospapier gedruckt, das begann, wie ein Banner im Wind zu flattern. Die erste Schneeflocke des Winters schwebte aus einem trostlosen Grau herab und landete auf Katers Nase. Er fand, dass dies ein gutes weihnachtliches Omen war.

Archduke führte das Team aus vier Rentieren an, weil er den Weg kannte. Sie hatten den Schlitten und zwei Anhänger mit einer Menge Geschenke beladen und brachen auf. Sie kamen rasch am Himmel vorwärts, da Kater leichter war als der Weihnachtsmann und der Luftwiderstand daher geringer war.

»Hier sind wir«, brüllte Archduke und schlitterte auf einem

verschneiten Dach entlang, bis er zum Stehen kam. »Lynda und William, fünf und sieben Jahre alt.«

»Schhh«, sagte Clarissa und tänzelte auf Zehenspitzen wie eine Tänzerin. »Du weckst noch die kleinen Kinder auf.«

Kater betrachtete die Aufkleber. Er würde diese hochnäsig blickenden Rentiere nicht wissen lassen, dass er nicht lesen konnte. Welches Geschenk war für welches Kind gedacht? Er nahm an, dass es nicht so wichtig war. Es war der gute Wille, der zählte. Wie ein Windhauch glitt er den Kamin hinunter und stopfte die Geschenke geschwind in die Strümpfe. Er bewegte sich sicher und so leicht wie ein Lamettafaden, fast ohne ein Geräusch zu machen.

Kater arbeitete schnell, sogar Archduke musste das zugeben. Bald waren die Schlitten leer, und er schickte die Rentiere zurück, um die zweite Ladung zu holen, während er auf einem Dach saß, nach Luft schnappte und die Sterne beobachtete, die ihm freche Nachrichten zublinkten.

»Hau ab hier«, fauchte ein dürrer schwarzer Kater mit schlitz-förmigen grünen Augen. »Dies ist mein Revier. Was fällt'n dir eigentlich ein?«

»Immer mit der Ruhe«, sagte Kater. »Siehst du denn nicht, dass ich der Weihnachtskater bin?«

»Na klar! Und ich bin die Königin von Saba«, zischte der schwarze Kater.

Plötzlich war Kater von räudigen Katzen jeder Farbe und Größe umzingelt. Schwarze, orangefarbene, braune und schmut-zig weiße. Hasserfüllt sahen sie ihn an. Sie fauchten und knurr-ten. Kater ging auf den rutschigen Dachziegeln langsam rück-wärts. Die Situation behagte ihm ganz und gar nicht.

»Jetzt hört mal zu, Freunde ...«, begann Kater. »Jetzt ist doch gerade die Zeit, in der man freundlich zueinander sein sollte, und so weiter ...«

Archduke stieß aus den Wolken herab wie ein Meteorit, und Kater sprang nach oben, so dass es ihm gerade noch gelang, sich an einer Kufe festzuhalten. Er zog sich nach oben auf den Schlitten.

»Die hätten dich fast vermöbelt«, sagte das alte Rentier.

Vermöbelt? Kater dachte, dass vermöbelt irgendetwas mit dem Sessel des Weihnachtsmanns zu tun haben musste.

»Sie waren nicht sehr freundlich«, sagte Kater geschockt. Er leckte sein Fell, das immer noch aufgestellt war. Aber Kater erholte sich schnell von dem Schreck, da er nun in Sicherheit war.

Einige Häuser hatten keine Schornsteine, und Kater musste ein offenes Fenster oder eine offene Tür finden. Er entdeckte einige Katzentüren. In einem Haus war gerade eine laute Party im Gange, daher schlüpfte er durch die Vordertür hinein. Er konnte Rumpunsch und mit Würstchen gefüllte Brötchen schnuppern.

»Hallihallo, Weihnachtsmann«, riefen die Gäste grinsend und hicksend. »Willst'n Glas Punsch?«

Er konnte nur nicken, da sein Maul voller Geschenke hing. Er trug die Pakete nach oben, so, als wären es kleine Kätzchen.

Zwei kichernde Menschen mit roten Wollmützen krochen auf dem Treppenabsatz herum und verschütteten ihren Rotwein auf dem Teppich. »Schhh...«, sagten sie. Kater kletterte über sie drüber und ging ins Kinderzimmer. Ein zerzaustes dreijähriges Mädchen setzte sich mit großen Augen im Bett auf.

»Hallo, Weihnachtsmann«, sagte sie freudig.

Kater verpasste ihr einen sauberen linken Haken mit seiner Pfote, und sie schlief sofort wieder ein. Aber am nächsten Morgen bestand sie lautstark darauf, dass sie den Weihnachtsmann gesehen und er ihre Wange gestreichelt habe. »Das hat er wirklich! Das hat er wirklich!«

»Sieh nur«, kreischte Clarissa und spähte hinab. »Die ganzen Fotografen auf dem Bürgersteig da unten. Sie sind gekommen, um mich zu fotografieren.«

»Nein, das sind sie nicht«, sagte Kater, der ein ausgezeichnetes Gehör hatte.

»Sie warten darauf, die Spice Girls zu knipsen, die von einer Party nach draußen kommen. Vielleicht hätten sie gerne einen Schnappschuss von mir. Ich könnte Kater Spice sein.«

»Schnurrhaar Spice«, sagte Archduke und brach in brüllendes Gelächter aus. »Ich könnte Rentier Spice oder Schlittenglöckchen Spice sein.«

Die Geschenke waren fast alle weg. Aber es gab noch viele Länder, in die sie fahren mussten. Kater schüttelte den Kopf. Der Weihnachtsmann musste sich verrechnet haben. Er lenkte die Rentiere in Richtung Kosovo, aber die Häuser waren verlassen und rauchten, und es gab weder Dächer, auf denen man landen konnte, noch gab es Strümpfe, die man hätte füllen können. Und er konnte keine Kinder sehen oder riechen. Sie flogen über überfüllte Flüchtlingslager, in denen endlose Reihen von zusammengeschusterten Zelten im Schlamm standen, und folgten leise weinenden Stimmen. Sie sahen ungewaschene, feuchte Socken an kleinen Beinchen, die fast wie eine zweite Haut waren. Dann besuchten die Rentiere verschiedene Gegenden Afrikas, wo spindeldürre, hungerbäuchige Kinder halbnackt herumstanden. Ihre Nasen liefen und Fliegen krabbelten in ihren Augen herum. Sie hatten gar keine Socken.

»Ich verstehe das nicht«, sagte Kater. »Es soll doch Weihnachten sein.«

»Ich glaube nicht, dass sie wissen, was Weihnachten ist«, sagte Clarissa, während ihr der Schweiß von der eleganten Nase tropfte.

Archduke sah noch ein letztes Mal auf dieses desolate Bild hinab und zog dann so steil und so schnell nach oben, dass Kater nach hinten gegen den roten Sitz geworfen wurde. Er hielt sich mit seinen Krallen fest, während die Rentiere nach Hause eilten.

Die Morgendämmerung überzog den Himmel mit eisigen Fingern, und Kater fragte sich, warum er den Kindern, die alles hatten, so eine Menge von Geschenken gebracht hatte und denen, die nichts hatten, kaum etwas. Kater rieb die Rentiere trocken und fütterte ihnen Kleie mit Schokoladensplittern. Er gab Clarissa ihren Lieblings-Zitronenjoghurt, und sie leckte sein Fell mit duftendem Atem.

»Du warst ein großartiger Weihnachtsmann«, gähnte sie.

Der Weihnachtsmann keuchte und hustete immer noch, und seine Nase war röter denn je. »Tut mir Leid, dass Weihnachten ausfällt«, murmelte er.

Kater stupste den Weihnachtsmann sanft am Ohr. »Mach dir keine Sorgen, Weihnachten fällt nicht aus. Weihnachten findet definitiv statt.«

Aber das Wimmern der vergessenen Kinder, die in Armut lebten, hallte in Katers Gedanken wider, und es beunruhigte ihn. Vielleicht würde er nächstes Jahr zuerst nach ihnen sehen.

»Wie spät isses?«, stöhnte der Weihnachtsmann.

Kater dachte rasch nach. »Es ist Viertel vor Morgen«, antwortete er.

Der Lebensberater

»Nein, nein, nein, Jasper! Jetzt ist Schluss mit den Feldmäusen, Maulwürfen, Spitzmäusen, Blaumeisen, Spatzen und Goldfinken. Ich weigere mich, dir zu erlauben, weiter irgendwelche verstümmelten Tierkörper anzuschleppen. Jasper? Hörst du mir zu? Hörst du mich? In diesem Haushalt wird nicht mehr getötet.«

Jasper zuckte zusammen. Er stand geduckt im Flur und versuchte in der Tapete zu verschwinden. Sie war noch nie so böse gewesen. Sein letztes Geschenk lag auf ihrem besten Teppich und seine Innereien ergossen sich in grellen Farben darauf. Er hatte gedacht, dass sie sich darüber freuen würde. Die Worte entlassen, gefeuert, runtergestuft, pensioniert, arbeitslos und überflüssig schossen ihm durch den Kopf. Er wartete zitternd auf seine Abfindung, aber sie blieb aus. Nicht mal einen alten Keks bekam er.

Er sah sie beredt an – seine leuchtenden Augen konnten sehr beredt dreinblicken – und bat um Erlaubnis, gelegentlich den Garten durchstöbern zu dürfen.

»Nein, ganz bestimmt nicht«, antwortete sie. »Jetzt ist Schluss damit. Es wird nicht mehr getötet. Ich warne dich, Jasper. Mir reicht's jetzt mit den toten Mäusen und Vögeln, die überall im Haus deponiert werden.«

Jasper gab sich ganz dem Gefühl seines verletzten Stolzes hin und verweigerte mit kalkulierter Verachtung sein Abendessen. Er hörte, wie sie sich unterhielten, während sie am Küchentisch saßen und sich die Makrele mit Pommes frites und eine Flasche Merlot schmecken ließen.

65

»Armer, alter Jasper«, sagte der Mann und lachte belustigt vor sich hin, den Mund voller saftiger Pommes frites. »Er sollte Berater werden. Seine außerordentlichen Kenntnisse weitergeben. Das machen die doch alle, oder?«

»Wer ›die‹?«

»Menschen, die ihren Arbeitsplatz verlieren.«

Jasper war sich selbst gegenüber ehrlich. Er wusste, dass er eigentlich *keine* außerordentlichen Kenntnisse hatte. Er war lediglich schlagfertig. Aber die Idee, ein Berater zu werden, gefiel ihm. Es klang irgendwie gut. Es gab viele Trottel in der Gegend, die er nur zu gut kannte. Ihm gefiel die Vorstellung, ein cooler Kater zu sein, der ihnen Ratschläge erteilte und ihr Leben organisierte. Außerdem würde er auf diese Weise darum herumkommen zu erklären, warum er nicht mehr jagte. Er wollte nichts über den angedrohten Verlust gewisser Privilegien wie der gemütlichen Decke, dem Platz vor dem Kamin, dem besten Stuhl oder den Huhn- und Truthahnhäppchen sagen. Er zweifelte daran, irgendjemandes Probleme lösen zu können. Seine eigenen konnte er nicht lösen.

Er saß bei hereinbrechender Dunkelheit auf der Vordertreppe, zählte die Sterne und plante seine Beratungstätigkeit. Er musste Werbung machen und benötigte ein ordentliches Foto und Briefpapier. Er wusste das vom Werbefernsehen, das er sich ansah, wenn sie dachten, er schlafe. Er fand einen Sommerschnappschuss von sich, auf dem er ganz unformell kopfunter von ein paar nackten Armen getragen wurde. Er kaute den oberen Körper des Trägers ab. Trotz der unvorteilhaften Pose sah das Foto Jasper recht ähnlich. Briefpapier zu beschaffen, war ein größeres Problem. Es musste professionell aussehen. Es sollte die Beziehung zu potenziellen Kunden fördern. Es durfte nicht protzig sein, sollte aber seine gute Abstammung erkennen lassen und einen soliden, verlässlichen Eindruck machen. Alte Weihnachtskarten reichten da nicht aus.

Die Etiketten von alten Katzenfutterdosen waren ideal. Sie

versprachen einen gewissen Standard und Inhalt. Es war sogar das Bild einer Katze darauf, die man an einem nebligen Tag für Jasper halten konnte. Das Wort »Gourmet« stach in großen Buchstaben deutlich hervor. Er war sich nicht sicher, was es bedeutete, aber es klang nobel. Und es gab Dutzende von den Dosen in der Mülltonne. Er kratzte die besten Etiketten herunter und vermied es, diejenigen zu nehmen, auf denen Saucenflecken waren.

Er benötigte kein Büro. Die meisten Berater arbeiteten von zu Hause aus und sparten somit Zeit und Geld. Er brauchte nur eine kleine Ecke irgendwo, damit ein potenzieller Kunde ihn erreichen und sich ungestört beraten lassen konnte. Er entschied sich für einen abgelegenen Platz im Steingarten. Er würde verschlüsselte Nachrichten hinterlassen, in denen er mitteilte, dass er in Kürze wieder zur Verfügung stünde, und irgendetwas von großer Arbeitsbelastung sagen, selbst wenn er sich irgendwo verkrochen hatte oder sich auf dem Garagendach sonnte.

Seine äußere Erscheinung bereitete ihm größere Probleme. Er musste sein Aussehen adretter gestalten und verbrachte daher Stunden damit, sich zu kämmen und damit zu experimentieren, sein Fell mal so und mal so zu formen. Er hielt seine Pfoten peinlich sauber, und seine Schnurrhaare waren makellos. Er fand eine gebrauchte Aktentasche, in der er seine Papiere umhertragen konnte, falls und wenn er irgendwelche Papiere haben sollte. Er wollte keine protzige Aktentasche, vor allem keine, die er nicht öffnen konnte.

Die große Schwierigkeit war die Werbung. Er musste sich erst noch einen Namen machen. In seinem Bezirk war Mundpropaganda am besten, da nicht viel gelesen wurde. Die Möglichkeit, sich ein Image aufzubauen, fiel Jasper direkt in den Schoß. Er hätte nicht mehr Glück haben können.

Tinker, der alte Tigerkater von nebenan, war aufgebracht und gekränkt. Die Familie hatte sich ein neues Katzenjunges zugelegt, ein aufgekratztes, gestreiftes Ding ohne Manieren und ohne Respekt gegenüber Tinker. Tinker schlich im Garten herum und spie Gift und Galle, aber er fühlte sich zu alt, um irgendetwas gegen den Eindringling zu unternehmen.

»Komm, erzähl mir alles darüber«, sagte Jasper sanft. »Ich habe einen Eid als Berater abgelegt (er konnte ›hippokratisch‹ nicht richtig aussprechen), daher werde ich sehr diskret sein. Ich werde nichts gegenüber niedriger gestellten Katzen ausplaudern.«

»Ich muss an meine Position denken«, sagte Tinker und bewegte seine arthritischen Knochen vorsichtig um einen Stein herum. »Schließlich bin ich der älteste Kater in der Straße.«

»Selbstverständlich wird alles, was du mir erzählst, streng vertraulich behandelt.«

Tinker schüttete Jasper sein Herz aus. Er begann eine endlose Schmährede gegen reale und eingebildete Ungerechtigkeiten, unter denen er seit dem Eintreffen des Emporkömmlings zu leiden hatte. Jasper unterdrückte ein Gähnen. Diese Beratungstätigkeit erforderte zweifellos Geduld und Durchhaltevermögen.

»Zunächst einmal musst du den besagten Jugendlichen entschieden in seine Schranken weisen«, sagte Jasper. »Sei der Erste bei den Mahlzeiten, bestehe darauf, die besten Stücke des Fressens zu bekommen, fordere den besten Stuhl für dich sowie den wärmsten Platz in der Sonne. Schmeichel dich bei der Familie ein, indem du dich ausgiebig um ihre Beine schmiegst, mit der Pfote sanft über ihre Arme streichst und deinen Kopf an ihnen reibst. Bald werden sie des Katzenjungen überdrüssig werden, das Laufmaschen in ihre Strumpfhosen macht und wertvolle Gegenstände umwirft. Falls das Katzenjunge ein Lieblingsspielzeug hat, solltest du dieses sofort verstecken. Unter keinen Umständen gibst du das Spielzeug zurück, es sei denn, das Katzenjunge gibt dir ein ernst gemeintes Versprechen, gehorsam zu sein und dir dauerhaft Respekt zu erweisen.«

»Du liebe Güte, du liebes Schnurrhaar«, sagte Tinker beeindruckt. »Ich hätte nie an all diese Dinge gedacht. Du bist ja großartig, Jasper. Was hast du gesagt, bist du?«

»Ein Berater.«

»Na so was. Die Dinge entwickeln sich. Schick, einen Berater in der Straße zu haben.«

Tinker gelang es, das Katzenjunge einzuschüchtern und langweilte dann jeden, der in Hörweite war, mit einem langen Bericht über seine Vorgehensweise zu Tode. Jedenfalls war es eine ausgezeichnete Werbung für Jasper. Die Kunden begannen bei ihm Schlange zu stehen. Da war Blackie, der sich endlose Gedanken über sein zerrissenes Ohr machte, das wie ein Kohlblatt aussah; Lucy, die sich schrecklich in einen kastrierten Kater aus der nächsten Straße verliebt hatte, der ohnehin eine schwache Libido hatte; Leftie, der seine gemeinen Besitzer nicht mochte und fort wollte.

Leftie wollte dringend einen Termin haben, daher hielt Jasper ihn mit dem Terminkalendertrick hin.

»Es tut mir Leid, nächsten Mittwoch werde ich auf der Gartenparty des Pfarrhauses sein. Dienstag, nein, da geht es nicht, da ist doch der Flohmarkt, oder? Man sollte nie einen Flohmarkt verpassen.«

Jasper setzte seinen Kunden zurück, indem er Bemerkungen fallen ließ, die ihm selbst schmeichelten, etwa, dass er vom Pfarrer persönlich eingeladen worden sei und etwas besitze, das man für einen guten Preis verkaufen könne. Er deutete damit an, dass er ein Teil der gehobenen Gesellschaft war und dass Leftie mit einem gewissen Einsatz auch dazugehören konnte. Wie jeder wusste, wurde Leftie nie zu irgendetwas eingeladen.

Jasper ergriff die Initiative, einen Termin festzulegen. »Wäre vier Uhr morgens zu früh?«, fragte er, wohl wissend, dass Leftie nie herausgelassen wurde, bis seine Besitzer zufällig daran dachten. »Oder vielleicht kurz vor Mitternacht?«

Auf diese Weise etablierte sich Jasper als ernsthafter Arbeiter, als außerordentlich viel beschäftigtes, hart arbeitendes Individuum, das sich Tag und Nacht abrackerte. Leftie schluckte, da er sich fast schon geschlagen geben musste, denn er wusste nicht, dass man nie den ersten angebotenen Termin annehmen sollte. Er war so verzweifelt und hatte keine Ahnung, dass man in so einem Fall eigentlich Folgendes sagte: »Nun, ich habe heute Abend eine Verabredung. Es könnte ziemlich spät werden...« Er wusste nicht, wie man vorgab, nicht interessiert zu sein.

»Ich bin ziemlich ausgebucht«, fuhr Jasper fort.

»Dann nehme ich den Mitternachtstermin«, sagte Leftie müde. Er wusste, dass er stundenlang draußen bleiben musste, wahrscheinlich sogar die ganze Nacht, egal, wie das Wetter war.

»Ich werde mich von der Besprechung früher loseisen«, sagte Jasper. »Oder ich sage sie ab. Zeit ist Geld.«

»Danke, danke«, sagte Leftie und kam sich sehr klein und unbedeutend vor. »Wo treffen wir uns?«

Leftie wollte nicht gesehen werden, wenn er sich mit einem Berater traf. Seine Leute waren unberechenbar, daher war es sehr wichtig, das Treffen geheim zu halten.

Jasper war klug genug, es nicht zu übertreiben. Er wollte nicht in den Ruf kommen, eine Art James Bond zu sein, indem er unerreichbare Treffpunkte auswählte. Er hatte keine Lust, wegen irgendeiner Besprechung auf Bäume, Regenrohre oder siebenstöckige Parkhäuser zu klettern. Und genauso wenig würde er einen Kunden bewirten, einen potenziellen Kunden noch viel weniger. Ebensowenig würde er die Gastfreundschaft eines Kunden in Anspruch nehmen. Wenn jemand ihm eine Maus anbot, würde er sagen: »So was rühre ich nicht an.«

»Unten beim Bach«, sagte Jasper. »In der Nähe von Nummer 34, da, wo der Müll liegt.

Jasper hatte noch keine richtige Gebührenordnung ausgearbeitet. Da Geld im Leben der Katzen keine Rolle spielte, war es unbedingt notwendig, sich die Gebühren in Naturalien bezahlen zu lassen. So eine Entscheidung durfte er nicht überstürzen. Er musste auch bedenken, welche Leistung der Kunde erbringen konnte. Frustriert wie sie war, bezahlte Lucy beispielsweise mit ihrer üppigen Weiblichkeit. Das war Jasper sehr recht, da er zu faul war, jemanden zu hofieren und zu umwerben. Tinker schleppte etwas eingefrorenes Huhn an, das er geklaut hatte. Es taute in der Sonne auf und lag dann weich und wässrig in einer Lache aus einer stark gewürzten Sauce. Aber Leftie ... womit konnte er bezahlen? Mit nichts. Er war nichts und hatte nichts. Er hatte nie irgendetwas. Jasper erwähnte es bei ihrem ersten Treffen nicht. Als Leftie die Gebührenfrage ansprach, nickte Jasper bloß und tat das Thema mit einer beiläufigen Bemerkung darüber ab, dass dies von der ersten Einschätzung abhinge. Leftie versuchte das zu verstehen und kam zu dem Schluss, dass es nicht billig sein würde.

»Mein normaler Satz beträgt...«, begann Jasper. »Aber natürlich ist deine Situation ziemlich außergewöhnlich. Ich denke da an Schweizer Franken oder Amerikanische Dollar.«

Leftie sah verwirrt aus. Er schluckte und blinzelte. Er sah seine Freiheit bereits in weite Ferne rücken. Er hasste seine gemeinen Besitzer wirklich. Sie schenkten ihm keine Zuneigung, waren nicht nett zu ihm und gaben ihm nichts Ordentliches zu fressen. Er hatte die Nase voll davon, übrig gebliebenen Haferschleim zu bekommen und schikaniert zu werden. Manchmal ließen sie ihn die ganze Nacht draußen, so dass ihm nichts anderes übrig blieb, als auf einer kalten Türschwelle zu schlafen.

»Ich bezahle dir, so viel du willst«, sagte er.

»Plus Spesen natürlich«, sagte Jasper schnell. »Es könnte sein, dass ich jemanden brauche, der mir bei der Recherche hilft. Die Beratungstätigkeit ist ein teures Geschäft.«

In diesem Fall wusste Jasper, dass er verpflichtet war zu arbeiten. Er musste sich darum kümmern, dass Leftie sein Zuhause verlassen konnte und eine ordentliche Unterkunft fand. Ein paar Feiertage standen bevor, die er doppelt abrechnen musste. Dann waren da die Unkosten, die Quadratmeter, die er im Steingarten belegte, die Beleuchtung, die Müllbeseitigung, das Flachmachen des Unkrauts sowie das Einschüchtern von Insekten. Er konnte wohl kaum Fotokopierkosten dazurechnen, weil er nicht sicher war, wie man Fotokopien machte.

»Es wird dich einiges kosten«, sagte Jasper.

Leftie war es mittlerweile egal, was es kostete. »Fahr bitte fort«, sagte er.

»Ich könnte dir monatlich eine Rechnung vorlegen«, sagte Jasper. »Wenn dir das helfen würde?«

»Es dauert einen Monat?«, unterbrach ihn Leftie mit plötzlich aufwallender Heftigkeit. »Ich will in weniger als einem Monat Ergebnisse sehen.«

»Es kann sein, dass ich bei dir miteinziehen muss, um die Situation beurteilen zu können«, sagte Jasper und stellte sich bereits vor, dass er ein paar Mahlzeiten umsonst bekam.

»Das könnte ein bisschen riskant sein«, erwiderte Leftie.

Einer von Jaspers Freunden war ein großer buschiger roter Kater, namens Rosso. Er hasste seinen Namen. Er wusste, dass er nach einem Getränk benannt worden war; noch dazu war es eins, das nur 14,8 Prozent Alkohol hatte. Er wollte einen kostenlosen Rat von Jasper, wie er seinen Namen loswerden konnte. Er war bereit, ihm gegenüber überaus gastfreundlich zu sein, ihm seine Kameradschaft oder etwas zum Tausch anzubieten, irgendetwas dergleichen. Er wollte nur nicht richtig für die Beratung *bezahlen*. Rosso war fest entschlossen, von der alten Bekanntschaft zu profitieren, egal, wie flüchtig sie sich kannten, da sie einige Dächer, einige Nightclubs und ein paar kleine flauschige Miezen miteinander geteilt hatten.

»Ich hasse diesen Namen wirklich sehr«, sagte Rosso. »Im Grunde meines Herzens bin ich ein Napoleon, ein Nelson, Cäsar oder Mandela. Such mir einen anderen Namen, der kein Getränk ist.«

»Kein Rat kann erteilt werden, bevor wir uns über die Konditionen einig sind«, begann Jasper, aber Rosso hörte ihm nicht zu. Er ging auf dem Rasen auf und ab und murmelte und knurrte vor sich hin »Shakespeare, Keats, Blair, Clinton ...«

Jasper rannte in Deckung. Er wusste nicht, ob er mit einem wahnsinnigen Rosso fertig würde. Er benötigte eine neue Strategie. Aber eins nach dem anderen! Leftie war sein wichtigster Kunde. Er musste herausfinden, was genau los war, um sich dann für die beste Vorgehensweise zu entscheiden. Er musste eine Menge Nachforschungen anstellen. Jasper wappnete sich nicht mit einer Reihe von Fragen. Er zog es vor, dass sein Klient sich weiter über die Situation ausließ, vorzugsweise auf indiskrete Art. Irgendwo würden schon wertvolle Informationen vergraben sein, die Jasper zu seinem Vorteil nutzen konnte. Seine Familie hatte einen Kassettenrekorder, aber es zeigte sich, dass es zu hoch für Jasper war, ihn zu bedienen. Er wurde angeschrien, weil er die Kassette herausgezogen hatte und sich das glänzende schwarze Band wirr um die Tasten gewickelt hatte. Es war überhaupt nicht seine Schuld. Er versuchte nur herauszufinden, was drinnen vor sich ging.

Er schlich sich mit geducktem Kopf und eingezogenem Schwanz in Lefties Haushalt ein, aber das Täuschungsmanöver war gar nicht nötig. Niemand bemerkte ihn. In zwei Fernsehern liefen unterschiedliche Seifenopern in voller Lautstärke, während gleichzeitig Heavy Metal Rockmusik aus dem Badezimmer dröhnte; ein paar Jugendliche aßen Beefburger, ein anderer saß mit einem indischen Currygericht vom Schnellimbiss auf dem Fußboden, ein Mädchen lackierte sich ihre Fingernägel knallrot und ein Baby heulte und kaute an einer Cornflakesschachtel herum. Um das Bild der glücklichen Familie zu vervollkommnen, lag ein Mann schnarchend auf dem Sofa und eine Frau drehte ihre Haare mit heißen Lockenwicklern auf.

Jasper saß unter dem Tisch und fragte sich, wie Leftie hier hineinpasste. Niemand sprach mit Leftie oder redete ihn mit seinem Namen an. Niemand streichelte ihn, und er wurde nicht einmal am Schwanz gezogen. Der einzige Kontakt bestand darin, dass er von einem Fuß aus dem Weg geschoben wurde. Die Frau mit den Lockenwicklern in den Haaren ging in die Küche und fing an mit Töpfen zu klappern. Leftie saß still rechts von der Kühlschranktür auf dem Boden. Er saß eine halbe Stunde so da, während die Frau weiter mit Töpfen klapperte und die Kühlschranktür zuschlug. Sie gab ihm gar nichts. Als er es mit einem schwachen Miaunzen versuchte, sah sie ihn an.

»Habe ich nicht schon genug zu tun?«, schrie sie den Kater an. »Lass dich von einem der anderen füttern.«

Leftie leckte an einigen getrockneten Überbleibseln auf ein paar Tellern, die verstreut auf dem Boden standen. Es war nichts anderes übrig. Japer wünschte, er hätte eine Videokamera, um die Mitleid erregende Szene aufzunehmen.

»Wir brauchen ein Kennwort«, sagte Jasper, während er sich hinausschlich. »Wir werden es ›Operation Null‹ nennen, weil du in diesem Haus nichts bekommst.«

»Danke«, sagte Leftie dankbar. »Ich bin wirklich beeindruckt.«

»Nullifizierung«, sagte Jasper, dem plötzlich einfiel, Fachchinesisch zu sprechen. »Es ist ein klarer Fall von Vernachlässifizierung.«

»Hoi!«, sagte Leftie.

Jasper wusste, dass er von seinem Netzwerk Gebrauch machen musste. Das Klatsch- und Tratsch-Netzwerk in der Straße funktionierte ausgezeichnet und war eine echte Informationsquelle für lokale Nachrichten. Jasper spazierte umher und sammelte Informationen. Ihm war schwindlig vor lauter Neuigkeiten. Lucy hatte die Nase voll von ihrem impotenten Liebhaber; das Katzenjunge machte die Familie ganz verrückt; Tinker versteckte alles, was er finden konnte; Rosso und Blackie hatten miteinander gekämpft, so dass Blackie nun zwei zerfledderte Ohren hatte, die gut zueinander passten.

Er fand heraus, dass Lefties Familie übers Wochenende weg-fuhr; sie machten eine Reise in irgendein Ferienlager, die sie beim Bingospielen gewonnen hatten. Keine Vorkehrungen wa-ren für Lefties Betreuung getroffen worden. Sie würden ihn wahrscheinlich draußen lassen, damit er für sich selbst sorgte. Der Moment des Handelns war gekommen. Wenn man etwas unternehmen wollte, musste man es jetzt tun. Dies war eine Krisenzeit, die Zeit der Entscheidung, jetzt ging es ums Ganze. Aber Jasper war sich nicht sicher, was er genau tun sollte. Er ent-schloss sich, die weitere Vorgehensweise an den Ereignissen auszurichten.

Da Leftie fast am Verhungern war, stellte Jasper ihn diskret Tinkers Besitzern vor. Leftie tat ihnen Leid, und sie versorgten ihn. Dann zeigte Jasper dem Katzenjungen, wie es durch ein Fenster an der Rückseite des Hauses, das die Besitzer vergessen hatten zu schließen, in Lefties altes Zuhause klettern konnte. Das Katzenjunge war außer sich. Es zog die Gardinen herunter und zerriss sie, stieß Milchkartons um, trampelte auf Kleidung herum, die auf dem Boden liegen geblieben war. Es hatte eine tolle Zeit. Es fühlte sich befreit.

Als die Familie von ihrem Gratiswochenende zurückkam, be-merkte sie in ihrem Haus keinen Unterschied. Sie bemerkte auch nicht, dass sie eine andere Katze hatte. Abgesehen davon, dass sie mit dieser Katze mehr Spaß hatten und sie fröhlich Es-sen klaute, wann immer das möglich war.

Jasper organisierte ein Dreiertreffen mit Blackie, Rosso und der hübschen Lucy.

»Zwei Liebhaber«, schnurrte sie. »Einer so männlich und der andere so berühmt.«

»Berühmt?«, schluckte Rosso.

»Rossellini«, sagte Lucy. »Ein berühmter Regisseur, wuss-test du das etwa nicht? Und Rossini – er hat den ›Barbier von Sevilla‹ komponiert. Ich kenne einige seiner Arien. Möchtest du sie hören?«

»Tja, ich hatte eigentlich nicht vor, länger zu bleiben…«, sagte Rosso, der sich mit seinem neuen Status brüstete.

Tinker hatte mittlerweile eine schwere Kleptomanie entwickelt. Leftie nahm es auf sich, alle versteckten Gegenstände aufzustöbern und sie möglichst an ihren ursprünglichen Ort zurückzubringen.

»Was bitte macht mein Lippenstift im Besteckkasten? Und deine Pfeife habe ich unter meinem Kopfkissen gefunden. Ich glaube, das waren diese Katzen.«

»Ach lass nur«, sagte ihr Mann. »Wenigstens hat Tinker scheinbar neuen Auftrieb bekommen, und der kleine Streuner ist sehr süß und zahm geworden. Sie scheinen gut miteinander auszukommen.«

Jasper saß im Steingarten und fühlte sich völlig ausgelaugt. Es war an der Zeit, Urlaub zu machen. Die Beratungtätigkeit war anstrengend. Vielleicht sollte er die Nachricht streuen, dass er an eine Geschäftsübergabe dachte.

Tinker kam herbeigeschlendert. »Wo ist mein Bericht?«, knurrte er.

»Dein Bericht?«

»Du musst mir noch eine Analyse der Situation liefern«, sagte Tinker. »Und eine Zusammenstellung von Empfehlungen. Das hast du selbst gesagt.«

Jasper verlor den Mut. Dann sammelte er sich. »Ein Bericht wird dich einiges kosten«, sagte er.

»Ich kann es mir leisten«, erwiderte Tinker. »Leftie wird ihn mir vorlesen. Er ist jetzt meine rechte Hand.«

Jasper fand einen gedruckten Jahresbericht, der mit der Post gekommen und aussortiert worden war. Das Papier hatte eine gute Qualität und war farbig bedruckt. Der Bericht war gewichtig und verwirrend. Er war voller Statistiken, detaillierter Grafiken und Rentabilitätsvorschauen. Leftie würde nicht über die erste Seite hinauskommen.

»Hier ist dein Bericht«, sagte Jasper.

»Gut«, sagte Tinker und setzte sich mit eingerolltem Schwanz darauf. »Natürlich muss ich ihn verstecken. Man kann nicht vorsichtig genug sein. Ich möchte nicht, dass jeder über meine Angelegenheiten Bescheid weiß.«

Jasper nickte zustimmend, bevor er davonspazierte, um seine wohlverdiente freie Zeit zu genießen und sich in seinem Erfolg zu sonnen.

Der Kater aus dem All

Das ist ein wirklich seltsamer Ort, dachte Acenoprst. Er blickte um sich und schüttelte sein Fell. Er war das scharfe grüne Zeug unter seinen Pfoten nicht gewohnt. Er zog seine Krallen ein, damit die Ballen besser mit dem stachligen, kitzligen Boden zurechtkamen, auf dem er hier draußen lief. Er schnupperte in die Luft und sah nach oben. Was für eine Menge Himmel! Er war riesig. Er hatte ihn noch nie aus dieser Perspektive gesehen. Er sah nicht Furcht erregend aus, aber er würde lieber vorsichtig sein.

Acenoprst fand es schwierig, mit dem Gras zurechtzukommen, aber er löste das Problem, indem er um den Bruchteil eines Zentimeters vom Boden abhob. Andere Oberflächen waren okay, Kies, Beton, Asphalt. Diese Menschen waren schon komisch. Sie hatten all diese braune Erde, auf der sie laufen konnten, und bedeckten trotzdem Hektare davon mit hartem Material. Aber Acenoprst war nicht hier, um sie zu kritisieren. Er war hier, um sie zu warnen.

Er wich automatisch einem gefährlichen Asteroiden aus. Zumindest dachte er, es sei ein gefährlicher Asteroid. Er wusste nicht genau, wie sie aussahen, obwohl er die Theorie sehr gut beherrschte. Er sah sich das Objekt genauer an. Es war kein Asteroid, sondern eins dieser Ball-Dinger, nach denen die Menschen absolut verrückt waren und mit denen sie ständig spielten.

Die großen Asteroiden hatten das Aussterben der Dinosaurier, Pterodaktylen und des großen Tyrannosaurus-Rex-Geschlechts ausgelöst. Aber das war eine Kollision gewesen, die einmal in

65 Millionen Jahren vorkam. Kleinere Asteroide hatten die Erde mindestens schon dreimal im letzten Jahrhundert getroffen und über zweihundert Krater in unbewohnten Gegenden zurückgelassen. Einige befanden sich in der Wüste von Wabar, in Südarabien, im Golf von Mexiko und sogar im sibirischen Ödland. Jetzt raste ein riesiger Fels durch die Atmosphäre und hielt genau auf diese kleine, eigenartig geformte Insel zu. Er würde die Stadt London ohne vorherige Warnung treffen und auslöschen und eine massive Verwüstung im ganzen Land verursachen. Er würde die Zerstörungskraft von einem Dutzend Atombomben haben.

Acenoprst streckte sich. Er musste bald mit der Arbeit anfangen. Er hatte nicht viel Zeit.

Sie benutzten seltsame Gegenstände, um sich auf ihren Straßen fortzubewegen. Sehr primitive Vehikel, wie Schachteln, die auf vier Räder gesetzt waren. Es gab viele Leute, die ohne Abdeckung auf zwei Rädern balancierten. Das war schon eine vorausschauendere Fortbewegungsart. Vielleicht würden sie ja bald die Mobilität entdecken, die allein durch Gedanken bewirkt wurde.

»Ist das ein Kater?«

»Armes Kerlchen. Er hat ein Auge verloren.«

Zwei junge Menschen stiegen von ihren Rädern ab und kamen auf Acenoprst zu. Er sah sie unverwandt an. Er war für diese erste Annäherung geschult worden, aber niemand hatte damit gerechnet, dass diese Begegnung mit solch unreifen Exemplaren stattfinden würde.

»Er hat so eine hübsche Farbe«, fuhr das Weibchen fort. Acenoprst war in der Lage, sofort das Geschlecht der Menschen zu erkennen.

»Mauve. Igitt.«

»Es ist eher lilafarben. Ganz glänzend und flauschig.«

»Seine Nase ist ganz flach gedrückt. Eigentlich hat er fast gar keine Nase. Nur Löcher.«

»Vielleicht hat er einen Unfall gehabt. Meinst du, wir sollten ihn zu einem Tierarzt bringen?«

»Sei nicht blöd, Selina. Wie sollten wir einen Tierarzt denn bezahlen? Wir haben kein Geld, keine Arbeit, gar nichts.«

»Wir können das arme Ding nicht einfach hierlassen«, sagte Selina. »Halt mal mein Fahrrad, Joe.«

Acenoprst merkte, wie er von dem Mädchen in die Arme genommen wurde. Er sah ihr mit seinem einen Auge direkt in die Augen. Er konnte ihre Gehirnmasse sehen. Sie besaß Intelligenz, aber sie war noch nicht völlig entwickelt. Er sendete einen Gedanken direkt an ihren Empfangsbereich.

»Hallo Mensch«, sagte er.

»Hallo Kater«, sagte sie, da sie ihn deutlich hörte. Sie drehte sich aufgeregt zu Joe um. »Dieser Kater spricht mit mir!«

»Das kannst du einem anderen erzählen.«

»Er spricht in meinem Kopf zu mir.«

»Ich wusste ja schon immer, dass du einen Dachschaden hast. Los, lass uns nach Hause fahren. Es wird dunkel, und ich habe Hunger.«

»Sieh nur«, sagte Selina. »Sein Fell leuchtet im Dunkeln. Es ist ein Leuchtkater.«

»Du meinst wohl eher, er ist verdammt unheimlich.«

Acenoprst wurde in ihren Anorak gestopft und fest eingepackt, denn das Mädchen zog den Reißverschluss zu. Darauf hatte man ihn nicht vorbereitet. Man hatte ihn auf eine formellere Begegnung vorbereitet. Jedenfalls bewegten sie sich etwas wacklig auf ihren zwei Rädern fort. Er spürte, wie der Wind an seinen Ohren vorbeirauschte, und vernahm Geräusche von der anderen Seite der Welt, die immer noch von der sich bewegenden Luft weitergeleitet wurden. Er hörte Regen und Stürme sowie einen Orkan. Die Geräusche waren beunruhigend. Menschen stritten sich und kämpften miteinander. Er verstand es nicht.

Er war neugierig, vor allem, da er auf all diese eigenartigen

Dinge nicht vorbereitet war. Da war diese völlige Sorglosigkeit dieser beiden jungen Leute; die Unbedarftheit ihrer Gedanken und Gespräche; das Fehlen jedweder Panik.

»Bring mich zu eurem Anführer«, sagte er zu Selina.

Sie brach in ein fröhliches, ausgelassenes Lachen aus. »Sei nicht dumm«, sagte sie. »Wir haben keinen Anführer. Wir leben allein. Niemand sagt uns, was wir tun sollen.«

»Aber ich muss mit jemandem sprechen. Ich habe etwas sehr Wichtiges mitzuteilen«, sagte Acenoprst ernst.

»Das kannst du einem anderen weismachen«, neckte sie ihn. »Ich habe eine schöne Dose Sardinen für dich.«

Er saß vor dem stinkenden Fisch und bewegte sich nicht. Er aß nur einmal pro Jahr. Er musste erst in ein paar Monaten wieder etwas fressen. Er schnupperte an dem Unterteller mit Milch. Das war nicht nach seinem Geschmack. Verrückte Kühe. Er trank normalerweise gefiltertes, temperiertes Wasser, das nach Monaten portioniert in Beutel verpackt war. Man musste dann nicht mehr überlegen. Selina nahm den nicht angerührten Fisch und klatschte ihn auf ein Sandwich für Joe. »Spare in der Zeit, so hast du in der Not«, sagte sie.

Ihren minimalistischen Lebensstil befürwortete er. Eine Matratze auf dem Boden, zwei Stühle und Kisten, die als Tische genutzt wurden und um Dinge darin zu verstauen. Er sprang auf einen Stuhl hinauf und ließ seinen Blick durch den Raum schweifen. Er war kahl. Seinem eigenen Zimmer nicht unähnlich. Er spürte eine ungewohnte, heftige Sehnsucht nach seinem Zuhause und seiner Schlafwiege. Er konnte nicht bei Selina und Joe bleiben, das erkannte er jetzt. Er würde damit seiner Ausbildung zuwiderhandeln. Er schlüpfte aus dem Zimmer, während sie dicht umschlungen auf dem Boden schliefen. Er betrachtete Selina zum letzten Mal. Sie war schwanger geworden. Er konnte sehen, wie sich die Zellen teilten. Es war faszinierend, aber er hatte keine Zeit, um den Ablauf dieser primitiven Fortpflanzung weiter zu beobachten.

Er ging durch eine Seitentür nach draußen. Die Nacht war sehr klar und wurde durch die nächsten Sterne erleuchtet. Er kniff sein Auge zusammen und versuchte, den gefährlichen Asteroiden auszumachen, aber er war zu weit entfernt und raste durch eine andere Himmelssphäre. Diese Atmosphäre war so verschmutzt, dass es ein Wunder war, dass man überhaupt irgendwelche Sterne sehen konnte.

Auf den Straßen war immer noch viel los. Man hatte Acenoprst gesagt, dass die Menschen in der Nacht schliefen, aber diese hier taten das nicht. Ihre Schachteln auf Rädern tuckerten immer noch extrem langsam herum und stießen Abgase aus. Acenoprst war froh, dass er ein Atmungsimplantat hatte und dieses üble Zeug nicht einatmen musste.

Eine Gruppe trinkwütiger Männer strömte aus einer Kneipe heraus. Acenoprst konnte ihren Alkoholkonsum exakt messen und die Absorptionsrate vorhersagen. Er schüttelte sich und schloss sein Auge. Er wollte nicht wissen, was sie gerade gegessen hatten.

»Da haben wir ja eine hübsche Katze«, sagte ein großer, stämmiger Mann und wankte zu seinem Auto hinüber. »Ich werde sie meiner Alten mit nach Hause nehmen. Sie mag Katzen.«

Er verstaute Acenoprst in seinem Wagen und fuhr unsicher die zwei Meilen bis nach Hause. Acenoprst hatte das Gefühl, dass er seine Pfoten drücken sollte, eine menschliche Angewohnheit, aber er wusste, dass er vor kleineren Unfällen, zum Beispiel mit dem Auto, geschützt war.

Die Alte war nicht erfreut. Sie kreischte und sagte, Acenoprst sei eine Missgeburt und vom Teufel besessen, der sie durch ihn anstarre. »Er hat nur ein Auge! Schaff ihn aus dem Haus«, schrie sie.

Acenoprst tat es Leid, dass sein Aussehen sie erschreckte, und schickte ihrem Geist beschwichtigende Gedanken. Schließlich beruhigte sie sich und sagte, dass der Kater über Nacht in der Küche eingesperrt bleiben konnte. Aber am nächsten Tag müsse er in ein Tierheim gebracht werden. Die seien ja schließlich dafür da, um solche Wesen zu retten. Acenoprst spitzte seine Ohren. Genau das wollte er! In dieser Rettungsstelle würden sie sicher seine Mission verstehen, die darin bestand, die Stadt London vor der bevorstehenden Katastrophe zu retten. Endlich war er auf dem richtigen Weg. Er durfte nicht an ein Scheitern denken. Er verbrachte die Nacht damit, auf einem Mixer zu sitzen, da dies der höchste Punkt im Zimmer war, den er bei der vorhandenen Anziehungskraft erreichen konnte.

»Er hat ein schönes Fell«, sagte die Alte am nächsten Morgen widerwillig, als sie wie gewohnt ihren Tee zubereitete. Acenoprst sah interessiert zu. Sie hatten schon komische Angewohnheiten. Getrocknete Blätter nass zu machen und dieses Zeug dann zu trinken. Acenoprst war auf ungewohnte Weise erregt vor lauter Vorfreude, als sie ihn in das Auto luden, um ihn zum Tierheim zu bringen. Das hatte er nicht erwartet. Er war nicht auf Emotionen programmiert.

»Außergewöhnlich«, sagte Vanessa Bailey, die leitende Tierärztin. Sie betrachtete Acenoprst etwas ungläubig und ehrfürchtig. »Ich habe noch nie so etwas gesehen.«

Sie untersuchte Acenoprst effizient, aber sanft. Er hätte ihr alles sagen können, was sie wissen wollte. Aber er genoss ihre professionelle Verwunderung. »Dieser Kater ist absolut einzigartig«, sagte sie und schob das tragbare Röntgengerät zur Seite. »Wie kommt er hierher?«

»Ein Arbeiter hat ihn gefunden, als er letzte Nacht durch die Straßen ging, aber seine Frau wollte ihn nicht behalten. Soll ich ihn in einen Käfig tun?«, fragte ihre Tierarzthelferin Mandy.

»Ich denke nicht«, sagte Vanessa. »Er ist viel zu intelligent, um in einen Käfig gesperrt zu werden.« Sie wendete sich Acenoprst zu und fragte ihn direkt: »Bleibst du hier, wenn ich dich frei rumlaufen lasse?«

»Natürlich«, sagte Acenoprst in ihren Kopf hinein. »Du kannst mir vertrauen.«

Vanessa schluckte. Sie war sprachlos. Sie machte ein paar Notizen, um ihre Verwirrung zu überspielen. »Ich denke, ich werde ein paar Fotos machen. Ich könnte eine Arbeit über diesen Kater schreiben.«

»Für die Zeitungen?«

»Nein, nein. Eine wissenschaftliche Abhandlung für die Tierärztegesellschaft. Ich könnte ihn den Baileys Kater nennen.«

»Mein Name ist Acenoprst«, sagte er.

»Aceno-pr-st?«, sagte sie stockend und kämpfte mit der Aussprache. »Aceno-prost?«

»Ich muss mit eurem Anführer sprechen«, fügte er hinzu.

»Der Direktor ist unterwegs, um Fördermittel aufzutreiben«, sagte Vanessa. »Er kommt erst in einer Woche wieder.«

»Ja, das weiß ich doch«, erwiderte Mandy und sah Vanessa seltsam an.

Vanessa rief eine Freundin an, die für eine Wissenschaftssendung im Fernsehen arbeitete. »Ich habe hier einen sehr eigenartigen Kater«, sagte sie, und es gelang ihr nur mit Mühe, ihre Aufregung zu unterdrücken. »Er hat ein Auge, keinen Magen und ein völlig anderes Atmungssystem. Die Röntgenbilder verwirren mich. Ich habe noch nie so etwas gesehen.« Vanessa wusste, dass sie sich wiederholte. Sie konnte nichts dagegen tun.

»Hatte er einen Unfall?«

»Nein. Er ist in jeder Hinsicht absolut gesund. Er ist sogar überaus gesund. Ein perfektes Exemplar.«

»Ich nehme an, dass wir Platz in einer Sendung für ihn finden können. Okay, Vanessa. Das klingt lustig. Wir sprechen uns in ein paar Tagen wieder.«

Etwas später untersuchte Vanessa in ihrer Praxis ein schwarzweißes Kätzchen, dem es offensichtlich sehr schlecht ging. Acenoprst sah ihr aus einer gewissen Entfernung zu.

»Es hat eine Tonbandspule einer CX 90 Type 1 Kassette mit Beethovens Fünfter Symphonie verschluckt«, sagte er und stellte damit eine goldrichtige Diagnose. »Du wirst einen chirurgischen Eingriff machen müssen.«

»Ich denke, da hast du Recht«, sagte Vanessa.

»Redest du wieder mit dir selbst?«, fragte Mandy.

»Ja«, antwortete Vanessa, die nichts über ihre besondere Beziehung zu dem Kater sagen wollte. »Ignorier es einfach.«

Sendungen, die auf der Erde für das Fernsehen gemacht wurden, galten als primitiv und veraltet, und so kam es Acenoprst bei seinem Besuch in den Fernsehstudios so vor, als sei er in eine frühere Zeit zurückversetzt worden. Es war fast wie im Mittelalter. Er saß ruhig auf einem erhöhten Podium, während Leute um ihn herum einen großen Wirbel machten.

»Hat er ein Beruhigungsmittel bekommen? Wird er herunterspringen? Beißt er?«

»Nein, nein, nie«, antwortete Vanessa. »Er ist ganz brav. Du rennst doch nicht weg und ruiniert alles, oder?«, fragte sie den Kater.

»Auf mich ist Verlass«, erwiderte er.

Die Sendung begann, und Vanessa überstand das Interview sehr gut, obwohl sie sehr nervös war. Acenoprst war sehr stolz auf sie. Er gestattete ihr, seine auffallenden abweichenden Merkmale zu präsentieren. Er zwinkerte entgegenkommend mit seinem einen Auge und das Publikum machte »oh« und »ah«. Es war Zeit, seine Nachricht an die Produzentin, ihre Anführerin zu richten.

»Mein Name ist Acenoprst. Ich wurde von Freunden geschickt, die sich weit entfernt im All befinden. Ich bin hierher gekommen, weil ich eine dringende Warnung für die Bürger von London habe. Ein riesiger Asteroid wird in vier Monaten, zwei Wochen und drei Tagen mit einer gewaltigen Wucht in Ihrer Stadt einschlagen. Genau um eine Minute vor zwölf Uhr mittags.«

Die Produzentin schüttelte ihren Kopf. Die Worte hatten sich mit Anweisungen überschnitten, die durch ihren Kopfhörer kamen. Sie fluchte vor sich hin. Die Kameramänner nahmen ihre Kopfhörer ab und reinigten sie von Fusseln. Vanessa hatte es gehört. Sie rührte sich nicht.

Acenoprst begann erneut und schickte seine Nachricht diesmal weiter hinaus, so dass sie auch das Publikum im Studio erreichte. »Mein Name ist Acenoprst. Ich wurde von Freunden geschickt, die sich weit entfernt im All befinden. Ich bin hierher gekommen, weil ich eine dringende Warnung für die Bürger von London habe ...«

Die Leute im Publikum sahen sich gegenseitig verwirrt an, während sie den Rest der Nachricht hörten. Sie schüttelten den Kopf und flüsterten sich gegenseitig etwas zu. Die Kameramänner schwenkten ihre Geräte in Richtung Publikum. Eine Handkamera begann, erschreckte, ängstliche Gesichter einzufangen.

Ein Mann erhob sich von seinem Sitzplatz. »Sie behandeln uns wie Versuchskaninchen«, rief er. »Sie schicken unterschwellige Gedanken in unsere Köpfe.«

»Sie wollen uns in Panik versetzen!«

»Sie wollen uns täuschen ...«

Das Publikum begann hastig aus den Sitzen zu klettern und zu den Ausgängen zu rennen. Ein paar bewahrten Ruhe und warteten ab, wie es weiterging. Es wurde jetzt eine richtig gute Sendung.

So funktionierte es nicht. Acenoprst dachte, dass er nun besser die über zwei Millionen Menschen ansprechen sollte, die die Sendung sahen. »Mein Name ist Acenoprst. Ich wurde von Freunden geschickt, die sich weit entfernt im All befinden. Ich bin hierher gekommen, weil ich eine dringende Warnung ...«

»Was sagst du da? Musst du das tun?«, zischte Vanessa.

Er sah sie ernst an. »Deshalb bin ich hier«, sagte er. »Ich bin geschickt worden, um die Erdenmenschen zu warnen. Ihr seid in schrecklicher Gefahr. Wir konnten die Bahn durch Hochrechnungen ermitteln; wir haben die Kollisionskraft, die Zeit des Einschlags und das Ausmaß der Schäden berechnet.«

»Aber warum haben sie dich geschickt?«, stieß Vanessa hervor und wünschte sich eine Sekunde später bereits, sie hätte es nicht gesagt. Es klang unhöflich, und sie wollte seine Gefühle nicht verletzen.

Acenoprst richtete sich würdevoll auf. »Ihr macht ungeheuerliche Dinge mit unseren Leuten. Ihr friert sie ein, balsamiert sie, schneidet sie auf, um zu sehen, wie sie innen aussehen. Aber da ihr für eure Tierliebe bekannt seid, nahmen wir an, dass ihr eine Katze nicht foltern würdet.«

»Werden wir alle sterben?«

»Ihr werdet ausgelöscht.«

»Was sollen wir tun?«

»Geht fort. Es gibt Orte auf eurem Planeten, die sicherer sind.«

Es musste zwar einiges organisiert werden, aber im Laufe von ein paar Wochen verlegte Vanessa das gesamte Tierheim mit den Angestellten und Tieren nach Queensland in Australien.

Acenoprst blieb eine Weile bei ihr. Sie ernannte ihn zu ihrem Berater, und er war bei allen Untersuchungen dabei und teilte ihr seine Diagnose mit. Die Leute waren beeindruckt von ihrer hohen Erfolgsquote. Sie wurde im ganzen Land berühmt.

Die britische Regierung führte vorbeugende Maßnahmen durch und unternahm nationale Anstrengungen. Sie siedelte Gemeinden um und grub Bunker. Der Tower von London und Big Ben wurden in einen Stahlmantel gehüllt; beim Buckingham Palast musste man es darauf ankommen lassen.

»Ich werde mich nie an deinen Namen gewöhnen«, sagte Vanessa einige Wochen später, die immer noch Probleme mit der Aussprache hatte.

»Dann nenn mich einfach Cat Person*. Mehr bedeutet es nicht.«

»Ist es ein Anagramm?«

»Die Buchstaben sind alphabetisch geordnet.«

Er sah besorgt und traurig auf die Uhr. Es war fünfzehn Minuten vor zwölf, Mittlere Greenwich-Zeit. Der Asteroid raste auf London zu, genau so, wie Acenoprst es vorausgesagt hatte. Es tat ihm Leid um Selina und Joe. Besonders jetzt, wo ihm die Bedeutung der multiplen Zellteilung bewusst geworden war – Selina war mit Zwillingen schwanger.

Vielleicht würde er nicht warten, um zu sehen, was passierte. Vielleicht war es an der Zeit, sich auf den Heimweg zu machen.

---

* Catperson = Katzenmensch (Anm. d. Übers.)

Die Suche nach Corky

Es war der explodierende Reifen, der die getigerte Katze mittleren Alters panisch eine steile, grasbewachsene Böschung neben der Autobahn in der Nähe von Doncaster hinaufflüchten ließ. Die ganze Szene war schrecklich… Rauch, Flammen, Knalle, Sirenen, laute Stimmen von beunruhigten Menschen, Schreie. Corky wollte einfach fort. Es war ihr egal, wohin, und sie dachte nicht darüber nach, wo sie hinlief. Außerdem brauchte sie Luft. Ihre Lungen waren voller Rauch, so dass sie fast erstickte.

Reg und Gloria Desanges hatten an Weihnachten Verwandte in Sutton Coldfield in den westlichen Midlands besucht. Sie fuhren in ihrem Mercedes heimwärts nach Newcastle upon Tyne. Corky, ihre elfjährige Tigerkatze, lag zusammengerollt in ihrem Reisekorb auf dem Rücksitz neben den Weihnachtsgeschenken und schlief tief und fest. Sie war das Autofahren gewöhnt. Sie fuhr mit ihren Besitzern überall hin. An einer verkehrsreichen Anschlussstelle wurden sie langsamer, die Autos stauten sich. »Ich hoffe, das dauert nicht zu lange«, sagte Reg und spähte nach vorn.

Plötzlich gab es einen heftigen Aufprall, als ein Auto von hinten auf sie auffuhr. Es entstand ein Dominoeffekt. Es gab eine Karambolage, bei der ein Auto nach dem anderen aufeinander krachte. Mrs Desange wurde nach vorne geschleudert und verlor das Bewusstsein. Alles passierte auf einmal. Es war ein schrecklicher Schock für Reg, aber dann atmete er tief durch und zwängte sich aus dem Auto.

Überall war ein heilloses Durcheinander aus zusammengequetschten Autos, Rauch und Menschen, die um Hilfe riefen. Er dachte zuerst an seine Frau. Es gelang ihm, sie aus dem Auto zu heben und zum Straßenrand zu bringen. Ihr linker Knöchel sah nicht gut aus, und sie war nach wie vor bewusstlos. Er vergewisserte sich, dass sie atmete und wickelte sie in seinen Mantel ein. Die Polizei war schnell vor Ort, und ein Polizeibeamter kam herbeigelaufen, um zu sehen, ob er helfen konnte.

Plötzlich dachte Reg an Corky. Die Katze war immer noch hinten im Auto. Sie war in ihrem Korb hinter dem Beifahrersitz gefangen. Eine lodernde Flamme züngelte schon aus dem Auto heraus. Innen war alles voller Rauch. Reg rannte zum Auto hinüber und beugte sich in das Wrack hinein.

»Corky! Corky!«, rief er und kämpfte schnaufend mit den Rauchgasen.

Der Polizeibeamte versuchte ihn zu stoppen und zog ihn zurück. Reg wehrte sich und schrie: »Lassen Sie mich in Ruhe. Meine Katze ist da drinnen. Ich muss sie rausholen.«

»Seien Sie nicht dumm«, entgegnete der Polizist. »Ihr Leben ist wichtiger als das von einer Katze.«

Reg wurde sehr wütend. »Nein, das ist es nicht«, sagte er heftig und wiederholte es mehrfach. »Nein, das ist es nicht. Ich werde sie da rausholen.«

Der Verkehrspolizist Tony Ashton versuchte Reg davon abzuhalten, sich in die Nähe des brennenden Autowracks zu begeben. »Bitte, Sir, es ist zu gefährlich. Das Auto kann jeden Moment explodieren. Das ist heller Wahnsinn.«

»Ich werde meine Katze da rausholen«, sagte Reg wild entschlossen. Sein Gesicht war rauchgeschwärzt.

Er spürte die Hitze der Flammen und das heiße Metall des Autos, das seine Kleider versengte. Er beugte sich hinein. Er wusste, dass Corky mittlerweile völlig verängstigt sein würde. Er hustete, als er versuchte, den deformierten Korb herauszubekommen. Er bewegte sich nicht. Er war hinter dem zusammengequetschten Sitz eingeklemmt. Die Katze war gefangen. Er kämpfte mit den Verschlüssen des Korbs. »Corky! Corky! Komm her...«

Seine Finger ertasteten das Fell in dem deformierten Korb. Er umfasste den Körper der Katze fest mit den Händen und zog sie heraus. Er befürchtete, dass die Katze vielleicht schon gestorben war. Aber Corky lebte noch. Sie zitterte und war völlig verängstigt durch die Flammen und all den Lärm. Sie starrte Reg erschreckt an und wehrte sich mit Pfoten und Klauen gegen seinen festen Griff. Corky erkannte nichts und niemanden. Sie wurde starr vor Panik und Angst. Dann explodierte ein Reifen, und sie schoss aus Regs Armen hinaus.

Corky flüchtete wie eine kleine Rakete die steile Böschung hinauf. Im Nu war sie oben, auf der anderen Seite und aus dem Blickfeld verschwunden.

Reg und Gloria wurden mit dem Krankenwagen ins Krankenhaus von Doncaster gebracht. Gloria mussten sie über Nacht dortbehalten. Sie vermuteten, dass sie sich ihren linken Knöchel gebrochen hatte, außerdem hatte sie ein Schleudertrauma und ein paar Prellungen. Reg wurde gegen den Schock behandelt. Er wusste, dass er sehr viel Glück gehabt hatte, aber er wollte so schnell wie möglich an den Ort, an dem sich die Massenkarambolage ereignet hatte, zurückkehren. Er dachte ständig an Corky, die verängstigt und allein da draußen war.

Sobald er sich vergewissert hatte, dass Gloria bequem im Bett lag, kehrte Reg zur Autobahnauffahrt zurück. Sie waren dabei, die Autowracks abzuschleppen und die Straße freizuräumen. Überall war Wasser und Öl, und Metallteile lagen verstreut herum. Auch braune Blutflecken trockneten auf der Straße. Reg verbrachte zwei Stunden damit, die Umgebung nach Corky abzusuchen, aber er konnte keine Spur von seiner Katze entdecken. »Corky! Corky!«, rief er, bis er heiser war.

Sie mussten nach Hause fahren. Es war ein ziemlich elendes Neujahr. Reg und Gloria hatten keinen Grund zum Feiern. Sie hatten ihr Auto, ihre Geschenke und ein paar Habseligkeiten verloren. Aber all das machte nichts. Mehr als alles andere vermissten sie Corky, ihre Tigerkatze.

»Wir dürfen nicht aufgeben«, sagte Gloria. »Corky muss irgendwo da draußen sein. Du hast sie die Böschung hinaufrennen sehen. Sie war doch nicht verletzt, oder?«

»Ich glaube nicht. Ich werde ein Auto mieten und sie suchen«, sagte Reg schließlich, weil er wusste, dass er Corky nicht einfach verloren geben konnte.

»Ich komme mit dir mit«, sagte Gloria und drückte tröstend die Hand ihres Mannes.

Trotz ihrer Verletzungen war Gloria entschlossen, mit ihrem Mann nach Südyorkshire zurückzufahren, um nach Corky zu suchen. Draußen war es eiskalt, und die letzten Tage hatte es geschneit. Sie packten sich warm ein und fuhren zum Ort der Autobahnkarambolage zurück. Sie verbrachten den ganzen Tag damit, die raue, unwirtliche Landschaft abzusuchen und riefen wieder und wieder nach ihrer Katze. Sie klapperten mit einer Schachtel voller Katzenkekse. Es war ein Geräusch, das Corky normalerweise erkannte. Sie suchten Felder, Wälder und mit Büschen bewachsene Flächen ab. Es war eine raue und trostlose Gegend, und sie hatten nicht viel Hoffnung. Corky konnte in ihrer Panik kilometerweit gelaufen sein.

Corky war nicht zu sehen. Sie suchten immer noch weiter, als es bereits zu dunkel war, um etwas zu erkennen. Gloria hatte Schmerzen. Im schneebedeckten Gelände herumzustiefeln, war nicht gerade die richtige Erholung für ihren verletzten Fuß. Für den Fall, dass Corky in der Nähe war, stellten sie ein paar Teller mit Katzenfutter an verschiedenen Plätzen hin. Schließlich gaben sie auf und mieteten sich zutiefst deprimiert in einer Pension in der Nähe ein, wo sie zumindest etwas essen, sich aufwärmen und erholen konnten. Sie dachten nur an Corky, die bei diesem schrecklichen Wetter immer noch irgendwo da draußen war. Die Temperatur fiel sehr schnell. Es würde wieder eine eiskalte Nacht werden.

Am nächsten Morgen kehrten sie zur müllübersäten Schlucht auf der anderen Seite der Böschung zurück. Es war eine richtige Müllhalde, voll von ekelhaftem Unrat. Sie betrachteten diesen Ort verzweifelt.

»Ich bin sicher, dass sie hier irgendwo ist«, sagte Gloria und stolperte über die rutschigen Steine. »Sie würde nicht zu weit fortlaufen. Sie hätte zu viel Angst.«

»Vielleicht müssen wir doch weiter entfernt suchen«, sagte Reg hoffnungslos. »Sie könnte kilometerweit gelaufen sein.«

Zwischen dem Müll lag ein Stapel alter Reifen. Eine Sekunde lang dachten beide, sie hätten den oberen Teil von Corkys gestreiftem Kopf gesehen.

»Schau mal«, flüsterte Reg. »Da drüben! Zwischen den Reifen. Ist das nicht...?«

Sie näherten sich sehr vorsichtig und leise. Sie konnten sie jetzt besser sehen. Corky hatte sich in den Reifen zusammengerollt, um sich vor Schnee und Kälte zu schützen.

»Corky... Corky...« Leise riefen sie ihren Namen. Sie wollten sie nicht erschrecken.

Corky war immer noch verängstigt. Sie miaute einmal kläglich.

»Gott sei Dank, sie lebt noch«, sagte Gloria. »Du lieber Himmel, sie ist völlig durchgefroren.«

Die Katze zitterte. Schneeböen wehten um sie herum. Reg hob sie vorsichtig aus den Reifen heraus, da sie möglicherweise irgendwo verletzt war. Der Schnee war an ihrem Fell festgefroren. Sie fror fürchterlich.

»Leg sie in die Reisetasche«, sagte Gloria schnell. »Es wird sie etwas warm halten, bis wir sie zum Auto zurückgebracht haben.«

In dieser Nacht schlief Corky in der Sicherheit ihres Schlafzimmers. Sie stand immer noch unter Schock. Sie streichelten sie und sprachen ständig mit ihr. Es dauerte eine ganze Weile, bis sie mehr als ein paar Schlucke warmer Milch trank. Schlaf und Wärme und die Zuneigung ihrer Besitzer war alles, was sie wollte.

»Etwas hat im Haus ohne sie nicht richtig gestimmt«, sagte Reg. »Wir mussten sie finden. Es ist so eine Erleichterung, sie wieder zu Hause zu haben.«

»Sobald sie wieder ganz die Alte ist, werden wir sie so richtig verwöhnen«, kündigte Gloria fröhlich an. »Sie darf alle ihre Lieblingssachen haben. Schokoladenbonbons und Fisch! Sie bekommt alles, was sie will.«

Jetzt war im Haus wieder alles in Ordnung. Sie waren wieder alle zusammen.

Der Ersatz-Humphrey

Humphrey war verschwunden. Das machte Schlagzeilen. Alles, was Humphrey tat, kam auf die Titelseite. Er war früher schon einmal verschwunden gewesen, als er den Dschungel des St. James Parks erkundet und ein paar Enten zu Tode erschreckt hatte. Die Schlagzeile »Park-Killer« sprang einem damals in die Augen. Als ob er jemals eine Ente umbringen würde. Und dann war da diese andere Geschichte über die vier kleinen Rotkehlchen, die aus ihrem Nest verschwunden waren ... Das war alles nur üble Nachrede. Humphrey wies es heftig von sich, irgendetwas damit zu tun zu haben. Sie waren ganz von selbst weggeflogen.

Einmal hatte er einen Wohnsitz beim Sanitätskorps der königlichen Armee eingerichtet und ihre Unterkünfte zu seinem zweiten Zuhause gemacht. Dann hatte er einmal ein paar Monate bei ein paar Kumpeln in Millbank verbracht. Jemand erkannte ihn und brachte den Kater schnurstracks zu seinem offiziellen Wohnsitz zurück. Aber dieses Mal war er wirklich verschwunden, und die Schreiber der Skandalgeschichten sagten, es sei deshalb, weil die Frau des neuen Amtsinhabers von Nummer 10 keine Katzen mochte. Entweder sie mochte keine weißen Haare auf ihrer Kleidung, auf den Sofas, den Betten etc., oder sie war vielleicht darauf allergisch.

Die Briten, eine Nation mit acht Millionen Katzenliebhabern, reagierten angesichts dieses angeblichen Affronts sehr aufgebracht. Sie entschieden in diesem Zweifelsfall nicht zugunsten der Angeklagten. Sie erhoben Vorwürfe, dass der Kater umgesiedelt oder pensioniert worden sei, dass man selektive Säuberungen vorgenommen habe, sogar der Vorwurf der Euthanasie wurde laut. In der Gerüchteküche brodelte es. Es kursierten viele verschiedene Versionen. Humphrey hatte dies getan und Humphrey hatte jenes getan. Er wurde mehrfach gesehen, sogar beim entfernten Land's End. Fakten wurden von den Titelseiten verdrängt, als Gerüchte über Humphreys neue Existenz in irgendeinem Vorort-Paradies gestreut wurden.

Es gab einen Humphrey Fototermin, aber es hieß, dass der Kater unter Drogen stehe. Experten untersuchten die Fotos auf Anzeichen erweiterter Pupillen. In einer anderen Geschichte wurde berichtet, dass die Assistentin der Privatsekretärin Tierheime durchforstete. Es war die Assistentin, die eine Tigerkatze von einer Siamkatze unterscheiden konnte. Das Battersea Tierheim für Hunde war zuerst an der Reihe, da es am nächsten lag und auch Katzen aufnahm.

Zunächst machte die Assistentin sich anhand der Akte mit den Zeitungsausschnitten und Fotos detaillierte Notizen. Humphrey hatte hundert Fototermine gehabt. So sah man ihn beispielsweise, wie er um Normas Beine strich oder wie er auf der Haube einer weißen Luxuslimousine eines Besuchers saß. Die Assistentin notierte sich, an welchen Stellen er weißes und an welchen er schwarzes Fell hatte, und dass er diese zwei auffälligen schwarzen Kennzeichen unter dem linken Nasenloch und der Unterlippe hatte.

»War er ein schwarzer Kater mit weißen Flecken oder ein weißer Kater mit schwarzen Flecken?«, fragte sie verzweifelt.

Die Antwort lautete, dass er von vorne weiß und von hinten schwarz aussah.

Es dauerte einige Wochen, um den Ersatz-Humphrey zu finden. Lebte er eben noch in einem kleinen Käfig und langweilte sich zu Tode, wurde er im nächsten Moment plötzlich durch Londons Straßen gefahren und war auf dem Weg zu einer der berühmtesten Adressen Englands. Für ihn hatte das keine große Bedeutung. Er war ein schüchterner Kater und die Scheinwerfer blendeten ihn.

»Humphrey ist wieder zu Hause«, verkündeten die Zeitungen. Es war aber nicht wie sein Zuhause. Es war ein fremder Ort, und er war sich nicht sicher, wo er überall hingehen durfte. Das Haus ging in das benachbarte Gebäude über, und er streifte auf den Gängen und Treppen herum und sah sich die gerahmten Bilder von Menschen und Gebäuden aus der ganzen Welt an. Humphrey war sehr zurückhaltend und ruhig.

»Er ist nicht er selbst«, sagten sie, wenn sie an ihren Schreibtischen saßen, und schüttelten den Kopf über ihren Kaffeetassen. »Humphrey bettelt uns normalerweise immer um Kekse an ...«

Humphrey wusste nicht, was von ihm erwartet wurde. Sie setzten ihn immer wieder auf die saubere Türschwelle. Er mochte den Sonnenschein und genoss es, wenn ihn jemand streichelte und tätschelte. Sogar der Polizist sagte »Hallo«. Manchmal merkte er, dass er kurz davor war zu schnurren, aber er wagte es dann doch nicht, es zu riskieren. Er war nicht glücklich über die anderen Bewohner der Türschwelle. Es waren große Leute, die Hände schüttelten und Reden hielten und grundsätzlich weitersprachen, egal, ob ihnen lauter Jubel oder Buhrufe entgegenhallten. Humphrey drehte den emsig knipsenden Fotografen den Rücken zu und weigerte sich, irgendetwas zu tun, um sich einzuschmeicheln oder sich katzenhaft zu benehmen.

»Früher mochte Humphrey es, wenn er fotografiert wurde«, sagten sie. Woher wollten sie das wissen? War Humphrey etwa auf- und abgesprungen, hatte er mit seinem Schwanz gewunken und auf irgendeine geheimnisvolle Art signalisiert »Seht mich an Leute! Seht mich an!«?

Er warf ihnen einen verächtlichen Blick zu und schlüpfte bei der ersten Gelegenheit in den kuhlen Flur. Er mochte die Sekretariatsangestellten, das Putzpersonal, die Lieferanten von

Speisen und Getränken und einige von den Pressesprechern. Er machte überhaupt keinen Ärger, was alle um ihn herum erleichterte. Sie wollten, dass die Gerüchte über Humphrey von selbst aufhörten.

Wer eigentlich in Nummer zehn und elf wohnte, konnte er nicht herausfinden. Es war ein solches Kommen und Gehen. An diesem Ort war es nie ruhig. Manchmal bekam er davon Kopfschmerzen.

Der Garten hatte eine sehr hohe rote Ziegelmauer, auf der große Nägel und Stracheldraht angebracht waren. War das so, damit Humphrey nicht hinauskonnte? Oder damit Marodeure nicht hineinkonnten? Er beschnupperte jeden Zentimeter im Garten und schnappte einen Hauch von altem Kordit bei einem Kirschbaum auf, der vor kurzem gepflanzt worden war, aber schwach und deplatziert wirkte. Der Geruch hing immer noch in der Luft. Es war ein Garten, in dem alles sehr ordentlich angelegt war, mit Rosenbeeten und in regelmäßigen Abständen gepflanzten Blumen. Er erinnerte sich an einen anderen Garten vor langer Zeit, mit wuchernden wilden Blumen und Kletterpflanzen und einem Steingarten, in dem er sich in der Sonne aalen konnte. Es gab kleine Pfade, die sich durch die Büsche schlängelten und ihn zu geheimnisvollen Verstecken brachten. Dort war er glücklich gewesen, und er wurde geliebt. Er wusste nicht, warum er eines Tages weggebracht wurde. Es war im Winter. Das Haus war schrecklich still geworden und sein Wassernapf war leer. Er ging dazu über, an einem tropfenden Wasserhahn zu lecken. Ein paar uniformierte Leute kamen mit einem Drahtkäfig und steckten ihn hinein. Aber das schien jetzt schon eine ganze Weile her zu sein.

Er erkundete den Bankettsaal und schritt über das Silber und die Kandelaber auf dem blank polierten Tisch hinweg. Er erkundete das Kabinettszimmer, fand hier aber kein gemütliches Plätzchen, an dem er hätte schlafen können. Er wurde von den weich gepolsterten Stühlen im Salon heruntergescheucht. Das

Leben war langatmig und langweilig. Die Zeit hing ihm wie eine schwere Kette um den Nacken. Dann hatte er eine Idee. Chaos. Das war die Antwort. Das war es, was er tun würde. Auf irgendeine Weise würde er ein Chaos verursachen.

Es ging sofort los. Unten gab es gerade einen großen Empfang. Menschen drückten sich gegenseitig und drängelten. Anscheinend wurden wichtige Gesandte vorgestellt und in der Halle fotografiert. Alle schüttelten eifrig Hände und sagten schwülstige Begrüßungen in mehreren Sprachen. Humphrey legte los. Er war zwischen ihren Beinen, stieß seinen Kopf gegen zarte Knöchel, fuhr mit der Pfote über Knie, die in Hosen steckten, kletterte auf den Kaminsims und sprang auf Sessel. Schließlich setzte man ihn nach draußen.

Fast sofort war er wieder zurück. Er bestand darauf, Aufmerksamkeit zu bekommen. Er begann durchdringend zu heulen. Die VIPs waren zunächst amüsiert, dann irritiert. Humphrey wurde wieder weggebracht. Er tauchte im Speisesaal auf, schlitterte über den blank polierten Tisch und stieß dabei ein Blumenarrangement um. Blüten flogen auf einige Teller.

»Es tut mir wirklich Leid«, sagte der Gastgeber und sein Lächeln erstarrte, als er das Wasser mit einer gestärkten Serviette aufwischte. Der Kater schlitterte zufrieden fort. Das machte fast Spaß. Aber das Dienstpersonal scheuchte ihn aus dem Zimmer. Er saß auf der Treppe und plante seine nächste Tat.

Er erhaschte einen zarten Duft von geräuchertem Lachs, der mit Seezunge gefüllt war. Lecker, lecker! Und so schnell wie er verschwand, würde für ihn kaum etwas übrig bleiben. Er sprang auf einen breiten Schoß, fuhr mit der Pfote über einen Teller, angelte sich einen Streifen Lachs und hielt ihn hoch.

»Schaffen Sie sofort diesen Kater hier raus!«, sagte die Gastgeberin bestimmt.

Humphrey wurde entfernt. Er war sehr zufrieden mit sich, da er sich geweigert hatte, den Lachs loszulassen und alle anknurrte, die sich ihm näherten. Als er außer Sichtweite war, kaute er glücklich vor sich hin. Aber zurück im Speisesaal war Humphrey gleich wieder unter dem Tisch und suchte nach Croûtons. Der zarte Knoblauchgeschmack war köstlich.

»Ich habe doch angeordnet, dass der Kater entfernt wird.«

»Gewiss, Madam.«

Humphrey wurde in einem Anrichtezimmer eingeschlossen. Obwohl er eigentlich in Einzelhaft sein sollte, gelang es ihm, das Konzert nach dem Abendessen gründlich zu verderben. Er lief über die Klaviertastatur und trampelte auf Notenblättern herum. Alle Diplomatie verflüchtigte sich. Die Gäste fuhren früh nach Hause. Humphrey hatte offensichtlich gewonnen.

Am nächsten Tag war es genauso schlimm, wenn nicht noch schlimmer. Er hatte dieses Mal ein größeres Publikum. Er übernahm die Regie bei einem Fototermin auf der Türschwelle. Es ging um eine ernste Angelegenheit, und die Presseleute kamen in Scharen.

»Das Ziel ist, beim Feind größtmögliche Verwirrung zu stiften.« Die Worte hallten über das Pflaster. Humphrey unterbrach die Rede auf seine eigene Art. Niemand konnte die Fragen verstehen, ganz zu schweigen von den Antworten, oder gar ein gutes Foto machen. Es war unmöglich, das Motiv scharf zu stellen. Der Kater wurde rasch fortgetragen, aber nicht, bevor er in die ›Sechs-Uhr-Nachrichten‹ gekommen war.

Aber nach Sekunden war er wieder zurück. Es war verblüffend. Fast schon übernatürlich. Er tauchte überall auf. Das Chaos wurde immer schlimmer, und die Angestellten und die Polizei waren verwirrt. Humphrey begann sich total lebendig zu fühlen. Sein Fell war aufgestellt, seine Ohren zuckten, sein bauschiger schwarzer Schwanz schlug hin und her. Der Spaß fand ein abruptes Ende, als in einem Moment voll ungezügeltem Enthusiasmus eine Sèvres-Vase von einem Schränkchen herunterfiel und zerbrach. Humphrey schritt vorsichtig über die Scherben hinweg. Er könne nichts dafür, schien er zu sagen.

Aber alle anderen waren da offensichtlich anderer Meinung. Er war in Ungnade gefallen, verbannt aus dem Königreich.

»Ich weiß nicht, was die letzten Tage in dich gefahren ist«, sagte eine Pressedame. Humphrey mochte sie. »Ich denke, es liegt daran, dass dir langweilig ist. Du brauchst ein paar Spielsachen.«

Langweilig, langweilig, langweilig, stimmte Humphrey zu und verengte seine Augen zu Schlitzen. Die Pressedame holte eine Stoffmaus hervor, die mit Katzenminze ausgestopft war, sowie ein paar Tischtennisbälle und ein Silberglöckchen, das sie von einem Türgriff baumeln ließ. Es war ein Anfang.

»Jetzt wirst du keinen Unfug mehr machen, nicht wahr?«, fragte sie.

Humphrey brachte die ausgestopfte Maus in den Garten, hieb und schlug mit den Pfoten nach ihr, warf sie in die Luft und kämpfte einen erbitterten Kampf. Der andere Kater sah interessiert zu und hoffte, dass er, so wie bei den gestrigen Spielen, wieder mitspielen durfte. Niemand hatte bemerkt, dass der echte Humphrey zurückgekehrt war. Er war schon immer ein Wanderer gewesen und war in die Downing Street zurückgekommen, um zu sehen, was so los war.

Es schien viel los zu sein.

Sie waren identisch. Die weißen und schwarzen Stellen waren genau gleich. Sie hatten beide ein kleines schwarzes Mal unter dem linken Nasenloch und unter der Lippe. Aber der echte Humphrey hatte zusätzlich eine schwarze Träne unter seinem rechten Auge. Der Ersatz-Humphrey hatte kein solches Kennzeichen. Seine klaren grünen Augen blickten aus schneeweißem Fell heraus.

Humphrey warf die Maus Humphrey zu. Ein Wächter rieb sich ungläubig die Augen. Es war spät, und seine Schicht war fast zu Ende. Er brauchte unbedingt etwas Schlaf. Doch, er sah es wirklich. Es konnte nicht zwei von dieser Sorte geben. Oder etwa doch?

Auf der Suche nach Ruhm

»Tinpot!«

»Buster!«

»Ich will ihn Tinpot nennen.«

»Aber ich werde ihn Buster nennen.«

»Es ist mein Kater.«

»Nein, es ist meiner. Der letzte hat dir gehört.«

Tinpot Buster legte seinen Schwanz über seine Nase und schloss die Ohren.

Er konnte das ständige Gezanke der Geschwister nicht ausstehen. Und die beiläufige Bemerkung »der letzte hat dir gehört«, ließ ihm das Fell zu Berge stehen. Er würde auf seine neun Leben Acht geben müssen, dabei hatte er in seinem unkonventionellen Leben bereits einige verbraucht.

Er war ein Kater, der gerettet worden war. Gerettet musste man groß schreiben, denn er war häufiger gerettet worden, als er ein warmes Frühstück bekommen hatte. Eine Feuerwehrbrigade hatte ihn einmal als Maskottchen gewählt. Sie hatten ihn aus vielen Situationen gerettet, in denen er festsaß, zu ertrinken drohte oder in einer anderen bedrohlichen Lage war, konnten aber nie jemandem etwas für ihre Dienste berechnen.

»Es ist Zeit, dass du ein Zuhause findest«, sagten sie, als sie ihn in einem heulenden Sturm von einem Schornsteinkopf herunterholten. Er liebte den Blick von der ausfahrbaren Leiter. Es war der beste Teil jeder Rettungsaktion.

Dieses neue Zuhause war abgesehen von den ewigen Streitereien zwischen Bruder und Schwester entsetzlich langweilig. Tinpot Buster saß herum und versuchte, zufrieden und dankbar auszusehen. Er war ein bisschen dankbar. Er bekam ordentliches Futter. Sie kämmten ihn und suchten ihn dabei nach Flöhen ab. Ein Sessel wurde offiziell zu seinem ernannt. Das Mädchen legte ein Schildchen auf den Sessel: Dies ist Tinpots Sessel. Der Junge legte ein anderes darauf: Dies ist Busters Sessel. Tinpot Buster zerkaute beide Schildchen. Er interessierte sich nicht mehr für seinen Namen. Wenn jemand ihn fragte, knurrte er: »Nenn mich TB.«

Die Toleranzschwelle bezüglich der Langeweile war bei TB im Moment schrecklich niedrig. Wurde sie überschritten, fühlte er sich gänzlich unwohl. Etwas *musste* passieren, und wenn es nicht von selbst geschah, würde er dafür sorgen müssen. Er sah sich eines Abends mit halbem Auge eine Fernsehshow an und tat so, als schliefe er. ›Stars in Their Eyes‹ hieß die Show und wurde von einem großen Kerl moderiert, der Matthew Kelly hieß. Das war wirklich ein schöner Name, dachte TB. Er würde gerne Kelly heißen.

Es war eine Unterhaltungssendung, bei der sich Leute verkleideten und so taten, als seien sie jemand anderer. Ihm gefiel der Gedanke, so zu tun, als sei er Matthew Kelly. Er könnte eine Show organisieren. Das würde Leben in sein trostloses Wohnviertel bringen.

»Ich werde eine Show veranstalten«, kritzelte er auf die Wände in der Umgebung. »Sie heißt ›Wer bin ich‹, und ihr müsst vorgeben, jemand anderer zu sein. Jemand, der berühmt und begabt ist, sonst werden wir nie erraten, wer ihr seid. Und für die beste Nummer gibt es einen tollen Preis.«

Diese letzte geniale Behauptung überraschte sogar TB, der nicht die geringste Ahnung hatte, was für einen Preis er verleihen sollte. Bei den Katzen, die zufällig vorbeikamen, keimte Interesse auf. Sie machten einen Buckel und begannen sich zu putzen. Sie standen in jedem Fall auf Preise.

»Zuerst findet das Vorsprechen statt, um die Nieten auszusieben, und dann machen wir die Show«, kündigte TB an.

»Wo?«, fragten sie im Chor.

»In der Gemeindemüllgrube.«

Es gab ein entsetztes Gejammere. »Oh nein, nicht in der Müllgrube! Wir wollen etwas Glamouröses, eine Bühne mit Samtvorhängen. Wir lieben Samt.«

»Es gab eine Aufführung von ›Cats‹ im Fernsehen, und das Ganze spielte auf einer Müllhalde. Da waren alte Autos, alte Reifen, Motorräder, Öfen, Einkaufswagen. Wenn das West End es auf einer Müllhalde machen kann, dann können wir das auch.«

Ein paar Katzen entfernten sich langsam mit stolz erhobenen Schwänzen in Richtung Mondlicht. TB lenkte ein. »Okay, okay. Ich besorge ein paar Vorhänge. Ich brauche einen Produzentenstuhl«, fügte er hinzu, um Zeit zu gewinnen.

TB wusste, dass Regisseure und Produzenten immer einen Stuhl mit ihrem Namen auf der Lehne hatten. Er fand eine alte Cornflakesschachtel und setzte sich drauf. Er las, dass die Cornflakes irgendwo »produziert« worden waren. Das genügte ihm.

»Ich wäre gern Sean Connery als 007«, sagte Boris, ein gut aussehender, aber schon älterer Russisch-Blau-Kater gedehnt.

»Kommt nicht infrage. Du kannst nicht 007 sein«, erwiderte TB ungläubig.

»Warum nicht?«, fragte Boris entrüstet. »Ich bin zur Hälfte Ausländer. Ich kann den Akzent nachmachen und alle Weiber lieben mich.«

»Du müsstest dir den Kopf rasieren. Sean Connery hat eine Glatze«, bemerkte TB.

»Ich werde tun, was er tut. Einen Hut tragen«, sagte Boris fauchend. Er sah eiskalt und gefährlich aus, genau wie 007. TB wich zurück.

Blackie schlenderte herbei. Er war ein sehr gemütlicher Kater, völlig verwöhnt. »Ich habe gehört, dass das Vorsprechen hier stattfindet«, sagte er grinsend.

»Ja, ja«, sagte TB und steckte sich etwas Stroh wie eine Zigarre in den Mund. »Was kannst du uns zeigen, Junge?«

»Ich würde gerne Arthur, den Kater aus der Whiskas-Werbung spielen. Er ist so hinreißend.«

»Aber das geht nicht«, spottete TB. »Arthur ist ein weißer Kater. Du bist fast ganz schwarz, bis auf ein paar weiße Flecken.«

»Make-up, mein Lieber. Make-up. Körperpuder oder Mehl. Sie verändern einen doch völlig, oder? Du hast doch bestimmt Maskenbildnerinnen engagiert, nicht wahr?«, fragte Blackie ihn aus.

»Es ist alles organisiert«, knurrte TB, der noch nicht mal an das Make-up gedacht hatte. TB hatte das Gefühl, dass für einen Abend genügend Bewerber vorgesprochen hatten, aber es hatte sich in Windeseile herumgesprochen, und die Kandidaten standen bereits Schlange.

Eine schüchterne braune Katze kam langsam näher. Keiner kannte ihren Namen. Sie sagte nur selten etwas und wurde nicht häufig in der Gegend gesehen. »Ich wäre gern in deiner Show«, sagte sie zögernd. »Ich wollte schon immer auf die Bühne.«

»Wie heißt du und wer möchtest du sein?«

»Mein Name ist Sweetie-pie und ich würde gerne einer der Corgis, dieser süßen Hunde der Queen, sein.«

TB war kurz davor zu explodieren. »Ein Corgi! Du kannst kein Corgi sein!«

»Warum nicht?« Dafür, dass sie so eine zierliche Katze war, hatte sie ganz schön Mumm. »Ich sehe aus wie einer. Ich bin klein und habe ein kurzes, struppiges bräunlich rotes Fell. Sie machen heutzutage Geschlechtsumwandlungen, warum sollte also nicht auch eine Artumwandlung möglich sein?«

TB gab sich aufgrund der biologischen Fachsimpelei geschlagen. »Ich warne dich. Es könnte ein Fiasko werden.«

»Das ganze Leben ist ein Risiko«, murmelte sie und schlich fort.

Eine andere rötliche Katze platzte herein und setzte sich hin. »Ich möchte Lulu sein«, sagte sie mit einem strahlenden Lächeln und hüpfte auf und ab wie ein Jo-Jo.

»Wie heißt du?«

»Lulu.«

»Nein, wie ist dein richtiger Name.«

»Lulu.«

TB stöhnte. Das war genau die Richtige für ihn. »Nein, das ist, wer du sein möchtest. Ich möchte deinen richtigen Namen wissen, den, den du von deinen Besitzern bekommen hast.«

»Das habe ich dir gerade gesagt. Lulu. Ich heiße Lulu und ich kann wie Lulu singen. Möchtest du mich singen hören? Ich sehe sogar so aus wie sie.«

TB war von der vielen geistigen Arbeit erschöpft. »Der Letzte, der Letzte«, jammerte er. »Wir haben genug für die Show.«

Milly lebte nebenan. Jeder mied sie. Sie war eine bemitleidenswerte graue Katze, die nur aus Haut und Knochen bestand. Sie hatte ein zerrissenes Ohr, einen Hautausschlag und sie hinkte. »Ich möchte gerne Cher sein«, sagte sie zögernd.

»Cher?« TB rollte sich verzweifelt von seinem Produzentenstuhl herunter. »Du kannst nicht Cher sein. Sie ist wunderschön, glamourös, hinreißend. Und du bist ... du bist ...« Ihm fehlten die Worte.

»Jemand hat mir einmal gesagt, ich hätte schöne Augen«, flüsterte sie. »Lass mich bitte, bitte in deiner Show auftreten. Ich habe nie Spaß.«

»Wenn dafür Zeit ist, wenn dafür Zeit ist«, sagte TB und attackierte die Cornflakesschachtel. »Aber ich kann nichts versprechen. Ich kann gar nichts versprechen.«

»Ich danke dir, TB«, sagte Milly. »Du hast ein wunderbares Wesen.«

TB nahm sein wunderbares Wesen mit nach drinnen und demolierte eine Topfpflanze, bis sie vom Fensterbrett fiel. Es gab so viel zu tun. Er musste Vorhänge finden und eine Maskenbildnerin. Das Publikum war kein Problem. Gemeindemüllhalde hin oder her, jeder, der im Umkreis von einigen Kilometern wohnte, wollte zu der Veranstaltung kommen. Sie war ausverkauft. Er hatte nur vergessen, irgendeinen Eintritt zu verlangen oder Tickets zu besorgen. Vielleicht würde er mit einem Hut herumgehen...

Er verbrachte den ganzen Tag auf der Gemeindemüllhalde und organisierte verschiedene Dinge. Er fand ein paar zerissene Stoffe und schleifte sie herbei. Das könnten die Vorhänge sein. Er konnte sie nicht aufhängen, aber er könnte sie ein bisschen herumwerfen. Er trampelte auf Kisten und Reifen herum, um die Sitzplätze zu prüfen. Er stellte einen alten Fernseher auf, arrangierte ein paar Lampen und Draht darum herum und bewunderte sein Werk. Es begann wie eine Theaterbühne auszusehen. Es begann professionell auszusehen.

»Tinpot wird auf meinem Schoß sitzen.«

»Buster wird auf meinem Schoß sitzen.«

»Nein, wird er nicht.«

»Doch, wird er schon.«

TB wurde in ihren Armen hin und her gezerrt und fast erdrückt. Es wurde bereits dunkel. Wenn das so weiterging, würde er zu spät zu seiner eigenen Show kommen. Er kämpfte heftig, wobei er nicht kratzen oder beißen, sondern nur loskommen wollte. Er sprang aus ihren Armen heraus und büßte dabei ein paar Fellbüschel ein.

Das Publikum traf bereits ein und zankte sich um die Sitzplätze. Der Mond sah wie ein Scheinwerfer aus, der mit einem silbernen Lichtstrahl den Bereich, den TB als Bühne ausgewählt hatte, erleuchtete. Sie wirkte beseelt. Die Teilnehmer versammelten sich nervös in den Kulissen. Boris übergab sich leise. »Fellknäuel«, hustete er. »Es sind nur Fellknäuel.«

TB ging in die Mitte der Bühne, vollführte einige großspurige Gesten wie Matthew Kelly, machte ein paar Ansagen zu

Verhaltensregeln und zum Feuerschutz und erklärte dann ausführlich, worum es bei ›Wer bin ich‹ ging.

»Und nun kommt unser erster Teilnehmer. Komm, Boris, erzähl uns alles über dich selbst und sag uns, wen du darstellst.«

Boris kam als Sean Connery, der 007 spielte, auf die Bühne und hatte bereits eine Art Hut auf. Es war eine Plastiktüte. Gedehnt sprach er ein paar Worte mit einem schottischen Akzent und alle weiblichen Katzen im Publikum kreischten und warfen sich auf ihn. TB musste ihn retten und von der Bühne zerren.

»Ich habe ja gesagt, dass ich gut bin«, sagte Boris grinsend und leckte sein zerzaustes Fell.

»Zu gut«, sagte TB.

Blackie lief unruhig in den Kulissen auf und ab und wartete ungeduldig darauf, auf die Bühne zu gehen. TB sagte ihn als Nächsten an. »Und nun kommt unser Blackie als Arthur, der Kater aus der Whiskas-Werbung!«

Blackie saß in der Mitte der Bühne, tauchte seine Pfote gemächlich in eine leere Dose und leckte dann anmutig sein Fell. Dabei machte er große Augen und blickte glücklich und zufrieden drein. Er hatte eine weggeworfene Dose mit weißer Farbe gefunden und sich darin gewälzt. Sein schwarzes Fell war weiß gesprenkelt. Die kunstvoll stilisierte Darbietung nahm und nahm kein Ende. Die Katzen heulten erheitert. Schließlich zog Blackie eingeschnappt ab.

»Denen wird das Lachen noch vergehen, wenn ich wirklich im Fernsehen bin. Ich werde schon von einer Agentur vertreten.«

»Schön für dich«, sagte TB. »Ich hoffe, es ist ein gemütlicher Job.«

Sweetie-pie leckte nervös ihre Lippen. Sie hatte den ganzen Tag geübt. Und ihr war zu schlecht gewesen, um etwas zu fressen.

»Und nun begrüßen Sie bitte die kleine Sweetie-pie als einer der Corgis der Queen!«

Das Publikum schwieg fassungslos. Sweetie-pie kam auf die Bühne, verbeugte sich, knickste und kläffte. Es war ihr gelungen, sich eine rosafarbene Schleife um den Hals zu binden, und sie trabte auf eine lustige steife Art auf und ab. Dann kläffte sie wieder und knickste. Die Katzen wurden so hysterisch, dass sie umfielen und ihre Bäuche vor lauter Lachen schmerzten. Sie umklammerten sich gegenseitig, um sich aufrecht zu halten. Sie verbeugte sich erneut auf ganz königliche Weise. Die Katzen begannen, die erste Zeile der Nationalhymne zu singen und auf den Kisten und Reifen herumzustampfen. Sie ging steif mit hoch erhobenem Kopf von der Bühne und bemerkte die Spottrufe überhaupt nicht.

Lulu sprang auf die Bühne, ohne zu warten, bis sie angesagt wurde. Sie sah mit ihren strahlenden Augen und ihrem buschigen Schwanz wirklich aus wie Lulu. Sie öffnete den Mund und begann zu singen. »She loves yer, yeah, yeah, yeah. She loves yer, yeah, yeah, yeah«, schmetterte sie mit rauer Stimme.

»Nein, nein, nein ... das sind die Beatles«, schrie das Publikum.

»What's it all about, Alfie ... Alfie«, begann Lulu erneut.

»Das ist Cilla Black«, schrien sie.

Lulu ging ihr ganzes Repertoire durch, Song um Song, und sang sogar einen Madonna-Hit. Keins davon war ein Lulu-Lied. Das Publikum begann »Boom, Bang-a-Bang« zu singen. Lulu merkte es rasch und fiel mit ein. Es war insgesamt ein riesiger Erfolg. Das Publikum klatschte sich selbst Beifall für seine unterstützende Rolle.

TB konnte Milly in dem schwachen Licht fast nicht sehen. Sie war so dunkel wie ein Schatten. Vielleicht hatte sie es sich anders überlegt und war nach Hause gegangen.

»Du hast es versprochen«, sagte sie neben ihm.

»Bist du sicher? Cher?«

»Ja, Cher.«

Milly ging auf die Bühne und streckte sich. Sie war so dünn.

Die Beleuchtung schmeichelte ihrem zerrissenen Ohr und ihrer schlechten Haut. Sie sah schlank und geheimnisvoll aus. Ihre Augen waren riesig. In ihrer Pose lag eine leise Verlockung. Sie war wie ein hilfloses Kind und ein verblasster Popstar zugleich. Sie öffnete ihr Maul, um zu singen, und die Töne waren tief, traurig und ergreifend. Es gab wenig Text. Es war reiner Klang, der in die Nachtluft hinausströmte wie der Gesang eines Vogels. Das Publikum wurde sehr still. Der Klang brachte Erinnerungen zurück. Sie wurden eingefangen von ihren eigenen Erinnerungen, von Nostalgie, Bitterkeit, Traurigkeit, Einsamkeit... Milly führte sie zu ihren eigenen Seelen zurück. Die Nacht wurde durch ihre Botschaft angerührt, und die aufsteigenden Töne reichten weit über die Gemeindemüllhalde, die Häuser, Straßen und den Flughafen hinaus.

Irgendwann während Millys Song stellte TB fest, dass er in einem Abflussrohr feststeckte. Er wusste nicht, wie er dort hingekommen war. Es war ihm ein Rätsel. Der Bruder und die Schwester kamen, da sie nach ihm suchten. Dann traf die Feuerwehrbrigade ein und sägte das Rohr durch, so dass TB herausklettern konnte.

»Es ist schon wieder dieser Kater«, sagte der Feuerwehrmann. »Ich erkenne ihn. Ich dachte, wir hätten ein Zuhause für dich gefunden.«

»Er ist mein Kater«, sagte das Mädchen.

»Nein, er ist mein Kater«, sagte der Junge.

»Gut«, sagte der Feuerwehrmann. »An wen sollen wir also die Rechnung schicken?«

»An ihn.«

»An sie natürlich...«

TB traf Milly ein paar Nächte später auf der Mauer. Ihre Haut verheilte wieder, und sie sah glücklicher aus, als er sie je gesehen hatte.

»Du warst ziemlich gut«, sagte er anerkennend.

»Danke«, sagte sie. »Und danke, dass ich in deiner Show auftreten durfte. Verrätst du mir etwas, das ich schon immer wissen wollte? Wofür steht ›TB‹?«

»Äh ... Tony Blair?«, meinte Tinpot Buster und verzog dabei keine Miene.

Mrs Chippy

Es war sehr kalt. Der erste Spaziergang an diesem Morgen. Es war eine beißende, schmerzende Kälte. Seine Pfoten froren fast am Deck fest. Er musste sich schnell bewegen. Er kannte sich in jedem Teil des Schiffes aus, aber er spürte, dass etwas im Moment überhaupt nicht stimmte. Das Deck hatte sich verändert. Es hatte eine ungewöhnliche Schräglage. Er verstand nicht, was los war. Er wartete und lungerte ein bisschen herum. Es war am Abend des 21. November im Jahre 1915, als die Besatzung jemand rufen hörte: »Sie sinkt, Jungs!«

Sie krabbelten aus den Zelten auf das harte Eis hinaus und sahen zu, wie ihr Schiff durch den Druck der Eisschollen zu Tode gequetscht wurde. Sie ging nicht leise unter. Man konnte ihr Todesächzen deutlich in der klaren antarktischen Luft hören. Ihr Heck stieg mit knarrendem Widerwillen in die Luft, während der Bug durch das Eis stieß und in das eiskalte Wasser darunter eintauchte. Ihre drei Masten zersplitterten unter quälenden Schmerzen, als ob Nervenenden aus lebender Materie gezogen würden. Sie sank so schnell, dass es einem wie Zauberei vorkam. In einem Moment wurde sie zerquetscht und im nächsten tauchte sie steil hinab, und das Eis schloss sich mit gnadenloser Brutalität über ihr und besiegelte ihr Schicksal für immer.

Es war das Ende der ›Endurance‹. Aber was war aus dem unerschrockenen Mrs Chippy geworden? Wie konnte ein Kater hier auf dem Polareis leben? So mutig er auch war, er konnte wohl kaum nach Robben oder Pinguinen jagen, um etwas zum Fressen zu bekommen. Und dann waren da noch diese Hunde … sogar die Welpen mit zivilisierten Namen wie Roger, Toby, Nelson und Nell hätten den Kater in dem Kampf ums Überleben in Stücke gerissen.

Es sollte die letzte große Reise sein, die Überquerung des Südpolarkontinents von Meer zu Meer. Die Wissenschaftler sahen sich 1800 Meilen voller zermürbender Entbehrungen gegenüber, um die Ersten zu sein, die den Kontinent überquerten. Sie waren Teil einer führenden britischen Expedition, die die geografische Wissenschaft voranbringen und Beobachtungen über die magnetischen Verhältnisse machen sollte. Zwei Schiffe wurden für die Reise ausgerüstet – die ›Aurora‹ und die ›Endurance‹. Die ›Aurora‹ sollte als Basisschiff zur Erkundung genutzt werden, und die ›Endurance‹ sollte die Gruppe mitnehmen, die von dem berühmten Forscher Sir Ernest Shackleton geleitet wurde. Die ›Endurance‹ war ein neues Schiff, das speziell für die Arbeit im Polargebiet gebaut worden war.

Wie Mrs Chippy an Bord gekommen war, wusste niemand so genau. Er tauchte auf ebenso geheimnisvolle Weise auf wie Perce Blackborrow, ein muskulöser, gut aussehender blinder Passagier. Beide wurden wegen ihrer Dreistigkeit zur Arbeit verpflichtet. Mrs Chippy gehörte dem Zimmermann Henry McNeish, was den Namen des Katers erklärte*. Wie sie später feststellten, hätte er eigentlich Mr Chippy heißen müssen, aber der ursprüngliche Name blieb an ihm hängen.

Der Kater beobachtete die Vorbereitungen für die Abfahrt mit unergründlicher Distanz. Er war sich der Gerüchte eines unmittelbar bevorstehenden Weltkriegs nicht bewusst, und er wusste auch nicht, dass die ›Endurance‹ dem Marineministerium zur Verfügung gestellt worden war. Winston Churchill hatte ein Telegramm geschickt, in dem er erklärte, die Expedition solle stattfinden.

* Engl. to chip = Späne abschlagen (Anm. d. Übers.)

Am Samstag, nachdem der Krieg erklärt worden war, segelte die ›Endurance‹ aus dem Hafen von Plymouth los. Mrs Chippy warf einen letzten Blick auf die Küste, bevor sie aus dem Blickfeld verschwand. Er würde die Bäume, die gepflasterten Straßen und ein warmes Feuer, vor dem er sich wärmen konnte, vermissen. Und er würde besonders das feste Gefühl von Erde und Gras unter seinen Füßen vermissen. Dieser schaukelnde Ort würde ihm ein ganz anderes Leben bieten.

Vier Monate später verließ die ›Endurance‹ Südgeorgien und nahm Kurs auf südlichere Gefilde. Mrs Chippy hörte das Rasseln des Ankers, der früh an diesem kalten Dezembermorgen nach oben gezogen wurde, und wusste, dass sie sich endlich wieder bewegten. Er rannte auf dem Deck entlang, so trittsicher wie jeder Matrose, und schnupperte in den trüben, verhangenen Morgen hinein. Die Kapitäne der Walfänger aus Südgeorgien hatten Shackleton davor gewarnt, wie schwierig es war, durch das schwere Packeis um die Sandwich-Inseln herum zu kommen, aber daran dachte im Moment niemand. Stattdessen hing eine gespannte Erwartung in der Luft. Der Kater konnte das bevorstehende Abenteuer spüren. Die Stimmen klangen wachsam und zuversichtlich. Sie fuhren in eine unerforschte Gegend. Diese Menschen waren bereit, etwas zu tun, was noch niemand zuvor getan hatte. Alle Rahsegel wurden im auffrischenden Wind gesetzt, und Chippy kletterte die Takelage zum Beobachtungsposten im Krähennest hinauf. Mit seinen Krallen hielt er sich sicher in den Seilen fest. Es war genauso wie ein Baum, obwohl dieses dünne Ding knirschte, flatterte und hin und her schwankte.

»Kommst du rauf, um einen besseren Ausblick zu haben, Mrs Chippy?«, fragte der Beobachtungsposten. Er mochte die Gesellschaft des Katers. Er war ein nettes kleines Ding mit einem stark gestreiften schwarzgrauen Fell und einem aufgeweckten, intelligenten Gesicht mit langen weißen Schnurrhaaren. »In ein paar Tagen werden wir ein paar Inseln sehen. Ich schätze, die

Sanders-Insel und Candlemas. Dir werden die Eisberge nicht gefallen. Zu groß und zu kalt.«

Der Matrose hatte Recht. Dem Kater gefiel der Anblick der Eisberge nicht, als sie in Sicht kamen. Es gab zu viele von ihnen. Sie waren riesig, blendend weiß und sie glitzerten bedrohlich still in der Sonne. Er ging nach unten in die dunkle Wärme und Stickigkeit des Quartiers des Zimmermanns.

»Mag dieses Packeis nicht«, sagte Henry McNeish und streichelte den Kopf des Katers. »Schließt uns immer mehr ein. Aber der Kapitän wird schon wissen, was er tut.«

Es wurde gefährlich, obwohl die Gefahr noch nicht offensichtlich war. Sie erreichten einen eisfreien Bereich, aber er wurde kleiner und kleiner, während sie hindurchsegelten. Nach ein paar beängstigenden Momenten hatten sie die Stelle umschifft. Aber nun umgaben die Eisschollen und -berge das Schiff. Sie stießen aneinander, hoben und senkten sich und krachten in der südwestlichen Dünung gegeneinander. Die Besatzung sah vom Deck aus zu. Alle waren bis zu den Ohren eingepackt. Sie waren besorgt.

»Mann oh Mann, was für ein Anblick«, murmelten sie.

Die ›Endurance‹ erzitterte, als sie am Heck von einem großen Eisbrocken getroffen wurde. Chippy fiel aufgeschreckt von einem Regal herunter und kratzte mit seinen Pfoten irritiert auf dem Boden herum, um sein Gleichgewicht wiederzufinden. Die Maschinen stoppten, und alle waren erleichtert, dass dem Schiff nichts passiert war. Aber das Packeis wurde dichter. Ein Sturm kam auf, und die ›Endurance‹ musste sich gegen eine Scholle stemmen. Manche der Schollen bestanden aus einer Quadratmeile von ungebrochenem Eis. Manchmal befand sich dünnes Eis zwischen den größeren Schollen. Dann verhinderte eine riesige Eisscholle ein weiteres Vorankommen, und sie warfen einen Eisanker aus und zündeten mehrere Feuer in Reihe an. Die Bedingungen waren weitaus schlimmer, als sie es erwartet hatten. Eisblöcke und Eiskämme ragten in alle Richtungen.

Chippy betrachtete ungläubig das weiße Bild, das sich ihm bot. Sein Fell war kurz und dicht, aber der Wind blies bis zur zarten Haut hindurch, die darunter lag. Er war froh, dass er wieder unter Deck in die Wärme zurückkehren konnte, und versuchte zu vergessen, was sich über ihm befand.

Chippy hatte sich mit jedem auf der ›Endurance‹ angefreundet. Der Kapitän des Schiffes, Commander Worsley, schrieb in sein Logbuch: »Der Zimmermann hat eine sehr hübsche Katze, die Mrs Chippy genannt wird. Sie ist wunderbar geschmeidig und auf anmutige Weise aktiv, wie ein Miniaturtiger. Sie hat einen ausgeprägten Charakter, und niemand weiß je, was sie als Nächstes tun wird.« Der Kapitän musste erst noch herausfinden, dass Mrs Chippy männlich war.

Chippys tägliche Aufgaben bestanden darin, das Schiff frei von Mäusen und Ratten zu halten und auf der Reling zu patrouillieren. Sein Gleichgewichtssinn auf dem zweieinhalb Zentimeter dicken Eisengeländer war erstaunlich. Niemand hatte ihn je runterfallen sehen. Das Deck war mit Schnee bedeckt. Es war eine endlose Arbeit für die Besatzung, es freizukehren und das Eis von den Zwingern wegzuschlagen, die in einer Reihe auf dem Deck standen. Chippy hielt sich von den knurrenden Huskies fern, da er ihnen nicht traute. Er sah Pinguine und Robben und ein paar junge Blauwale. Mit großen Augen betrachtete er sie verwundert. Er hatte noch nie zuvor solche Geschöpfe gesehen. Die kleinen schwarzweißen Seevögel sahen schon eher so aus, als könnte man mit ihnen Spaß haben. Er schätzte, dass er wohl einige gefangen hätte, wenn er auf die Eisscholle gedurft hätte. Chippy leistete jedem Matrosen Gesellschaft, der Nachtwache hatte. Er wusste, wie gefährlich es war, wenn man in der Eiseskälte einnickte. Sein fester, kompakter kleiner Körper war eine wunderbare Wärmequelle. Die Crew entfachte Feuerreihen, wenn sie wieder im Eis eingeschlossen waren. Kleine Fahrrinnen öffneten sich, und das Schiff kämpfte sich weiter vorwärts.

Chippy war sich nicht sicher, wann er merkte, dass sie sich gar nicht mehr bewegten. Die ›Endurance‹ war festgefroren. Das Eis hatte sich in der Nacht leise um das Boot herum geschlossen. Es war am Morgen des 19. Januar 1915. Berge aus Eis stiegen steil am Horizont auf, weiße Klippen erhoben sich über dem Schiff. Die Mannschaft kletterte an Strickleitern von Bord, machte Fotos und brannte darauf, sich die Beine zu vertreten. Es war ihnen nicht bewusst, dass sie dort festsaßen und für viele Monate im Eis gefangen sein sollten.

Die Hunde wurden auf die Eisscholle gebracht, damit sie sich bewegen konnten. Sie waren außer sich vor Aufregung und kämpften bereits untereinander. Chippy hörte sie bellen und japsen und hielt sich von ihnen fern. Niemand wusste, dass es zehn lange, ermüdende Monate dauern würde, bis Shackleton sie anweisen sollte, das Schiff zu verlassen und sie zusehen mussten, wie das Eis die ›Endurance‹ zerdrückte und sie zum Sinken brachte.

Henry wurde herbeigerufen, um den Schaden zu reparieren. Er ging nach unten und pfiff durch die Zähne, als er den gesplitterten Schiffsrumpf sah.

»Tja, Chippy«, sagte er. »Ich habe hier viel zu tun. Wir sollten lieber gleich damit anfangen.«

Chippy verschwand schnell, als Henry begann, die Planken durchzusägen. Er mochte das Sägemehl, das durch die Luft flog, gar nicht. Einmal hatte er Sägemehl in die Augen bekommen und er erinnerte sich noch gut an die brennenden Schmerzen. Stattdessen erkundete er das Mannschaftsdeck. Das wuchernde Eis zeichnete sich bedrohlich um das Schiff herum ab. Es war ein riesiger stiller Feind, der das Schiff klein erscheinen ließ. Der Crew gefiel es ebenfalls ganz und gar nicht. Keiner sagte viel.

Die ›Endurance‹ konnte sich weder vorwärts noch rückwärts bewegen, und jede Bewegung wurde bald durch noch dickeres Trümmereis gestoppt, das sich um ihren Rumpf legte. Tage später mussten sie die Feuer ausgehen lassen, um Kohle zu sparen. Chippy hörte, wie sie den Dampfdruck für den Schiffsmotor erhöhten, um zu versuchen, durch das Eis zu brechen. Alle mussten mit Eismeißeln, Spitzhacken, Sägen und Pickeln mithelfen. Jede Öffnung, die sie schlugen, schloss sich im Handumdrehen wieder. Es war zwecklos. Und der Winter stand bevor. »Ich denke, wir müssen auf den Frühling warten«, sagte Shackleton zur Mannschaft. »Die ›Endurance‹ wird ein Winterlager. Es gibt viel zu tun.«

Chippy war froh, als sie die Hunde von Bord brachten und ihre Zwinger auf der Eisscholle aufstellten. Die Hunde freuten sich ebenfalls, obwohl ihre Leinen an einem Stück Drahtseil festgebunden waren. Ihre Ausbildung im Gespann begann nun ernsthaft. Die Besatzung spielte Hockey und Fußball auf dem Eis. Die Zeit der Umstellung hatte begonnen. Es gab jetzt Fleisch – Robbenfleisch. Es war eine willkommene Abwechslung zu ihren Rationen. Chippy fraß seinen Anteil und genoss den ungewohnten Geschmack. Sie begannen, Vorräte aus Robbenfleisch und Tran anzulegen.

Henry schloss einen Ofen an, der ursprünglich für eine Hütte an der Küste gedacht gewesen war, und die Quartiere in den Zwischendecks wurden für die Offiziere und Wissenschaftler gemütlich hergerichtet. Sie nannten es »Das Ritz«. Chippy liebte es, sich vor dem Ofen auszustrecken und sich so lang wie möglich zu machen. Sein Zweiklang-Schnurren war ein beruhigendes Geräusch. Henry und sein Mitbewohner Cheetham teilten sich ein Quartier, das sie »Matrosenruhe« nannten. Der Kater hatte seinen eigenen warmen Platz in einer Koje. Er war nicht sicher, wo sie den blinden Passagier Perce Blackborrow untergebracht hatten. Der junge Mann trug Chippy häufig auf seinen breiten Schultern herum, und Chippy rieb sich dann immer zufrieden an seiner festen Wange.

Chippy hörte den Trainingsrufen zu, die von draußen hereindrangen. »Mush, Ha, Gee, Whoa!«, riefen die Männer. Ein paar der Hunde waren krank, und sie hatten nicht die richtigen Arzneimittel für sie. Die Temperatur fiel, aber sie mussten Treibstoff sparen. Das Eis um sie herum knirschte. Es lag ein unheilvolles, schicksalhaftes Gemurmel in der Luft. Sie beobachteten, wie das Eis sich auftürmte. Die Crew schaufelte Schnee, Müll und Eis weg, um sicherzustellen, dass kein Gewicht gegen die oberen Seiten des Schiffes drückte. Sie brachten einige Vorräte wieder an Bord zurück und schafften auf dem Deck Platz für die Rückkehr der Hunde. Es gab sechs Gespanne mit je neun Hunden. Chippy wollte nicht, dass sie auf das Schiff zurückkamen. Ihre Zähne waren riesig. Es war viel schöner und sicherer, wenn sie aus dem Weg waren; je weiter weg, desto besser. Er traute ihnen nicht.

Die eisige Hand des Winters ergriff das Schiff und übertrug sich auf die Stimmung der Besatzung. Sie wurden träger. Chippy tat sein Bestes, um sie aufzuheitern. Die Tage vergingen und die Sonne sank tiefer. Die Dunkelheit nahm unausweichlich und bedrohlich zu. Neues Eis türmte sich zu Eiskugeln auf, und die Gefahr war auf einmal greifbarer. Die ›Endurance‹ knarrte und vibrierte unter dem Druck. Am 14. April tauchte ein neuer riesiger Eisberg auf. Er sah aus wie die weißen Klippen von Dover und bewegte sich auf die ›Endurance‹ zu. Ein großer Bereich um den Eisberg herum war in Bewegung. Sogar Chippy spürte die Angst. Der Berg kam näher und wich dann wieder zurück, wie ein monströser weißer Tänzer.

Die Sonne verschwand am 1. Mai. Dämmerlicht herrschte und darauf folgte die Dunkelheit des Mittwinters. Chippy machte das nichts aus, weil er trotzdem gut sehen konnte, aber die Matrosen waren nicht sehr glücklich darüber. Sie sehnten sich nach Licht, aber sie versuchten sich zu beschäftigen und bei Laune zu bleiben. Manchmal sahen sie einen fernen Mond.

Auf einer Eisscholle gab es einen heftigen Kampf zwischen ein paar Männern und einigen Kaiserpinguinen. Chippy sah zu und war überwältigt von der Größe der riesigen Vögel. Ein gefangener Vogel wurde nach heftiger Gegenwehr protestierend erlegt und an Bord gebracht. Er wog 85 Pfund. Ein anderes Mal jagte ein außer Kontrolle geratenes Hundegespann wild auf einen Pinguin zu, aber das Geschirr verfing sich an einem im Eis steckenden Mast. Die dummen Hunde versuchten gleichzeitig auf beiden Seiten vorbeizukommen, was im Chaos endete. Alles verhedderte sich, Hunde, Leinen, Schlitten und Männer. Aber der Pinguin war in Sicherheit. Er war drei Meter entfernt und stand mit erhabener Gleichgültigkeit da.

Chippy sah von einem vereisten Geländer aus zu, wie die Hunde ausgebildet wurden. Sie zu trainieren war wichtig; aber die Ausbildung war das Wesentlichste. Am 15. Mai veranstalteten sie ein Rennen. Sie nannten es das Antarktis Derby. Viele wetteten; als Wetteinsatz dienten Schokolade und Zigaretten. Chippy sah dem Wettkampf zwischen den jaulenden, knurrenden Hunden gelangweilt zu, aber die Crew hatte Spaß an dem 700-Meter-Rennen. Fünf Gespanne gingen an den Start. Es war düster. Sie sahen in dem Dämmerlicht alle wie Gespenster aus. Und es war sehr kalt. Die Temperatur lag unter Null.* Wilds Hunde gewannen. Sie schafften die Strecke in zwei Minuten und neun Sekunden. Chippy gähnte.

Im frühen Juli hob die langsam zurückkehrende Sonne jedermanns Stimmung. Bei Sonnenaufgang sah man überraschend schöne Strahlen am Himmel. Sie hätten fast laut gejubelt. Es war ein Anblick, nach dem sie sich so gesehnt hatten. Risse tauchten im Eis auf, aber sie befanden sich 300 Meter vor dem Schiff. Am 13. Juli tobte ein Schneesturm über das Schiff hinweg und hüllte es in stechende weiße Flocken. Am nächsten Morgen fanden sie die Zwinger fünf Fuß tief im Schnee vergraben.

»Niemand darf an Land weiter gehen, als bis dorthin, wo die Zwinger stehen«, lautete die Anweisung. »Das Schiff ist bei einer Entfernung von 50 Metern bereits nicht mehr zu sehen.«

---

* Null Grad Fahrenheit = −17,8 °C (Anm. d. Übers.)

Das Schiff erzitterte unter dem Sturm, der mit einer Geschwindigkeit von 70 Meilen pro Stunde blies, aber die Crew war in ihren Quartieren in Sicherheit. Chippy war nicht sehr glücklich. Der Wind tat seinen Ohren weh. Seine Ohren waren empfindlich, sie hatten eine dünne Haut. Erfrierungen davonzutragen war ein so wenig angenehmer Gedanke.

Nach dem Schneesturm hatte sich das gesamte Bild verändert. Es sah fremd aus. Zwar war alles immer noch weiß, aber die Konturen hatten sich verändert. Weitere mächtige Eishügel hatten sich gebildet. Die Besatzung ging an Land, um den Schnee von den Zwingern zu schaufeln. Ein großer Riss tauchte im Eis auf. Der Druck war gewaltig. Niemand kam zur Ruhe. Chippy streifte auf dem Schiff herum, er war hellwach und hörte angestrengt auf das unheimliche knarrende Geräusch.

»Wir können nichts tun, bevor das Eis unser Schiff freigibt«, sagte Shackleton.

Fast genau ein Jahr, nachdem sie aus Plymouth losgesegelt waren, begann die Eisscholle aufzubrechen. Das Schiff neigte sich um zehn Grad in Richtung Steuerbord. Eilig wurden die Hunde und Schlitten an Bord gebracht und die Gangway hochgezogen. Chippy war überrascht, wie gut sich die Hunde betrugen. Sie waren normalerweise so unkontrollierbar. Aber die ›Endurance‹ war noch nicht frei. Neue Eisschollen trieben unter ihr. Mächtige Eisblöcke tauchten aus dem Nichts auf. Das Ruder des Schiffs wurde schwer beschädigt, Eis gegen das Heck gedrückt. Chippy kletterte ins Krähennest hinauf, aber man konnte kein Land sehen. Sie waren mehr als 500 Meilen von der nächsten Zivilisation, der Wilhelmina Bucht entfernt.

Im September wurde das Fleisch für die Hunde knapp. Chippy war allerdings nie hungrig, da die Crew ihr Essen immer mit ihm teilte. Zum Glück fingen sie einen Kaiserpinguin und eine Robbe, so dass sie mehr Fleisch und Tran hatten. Aber jetzt wurde ein anderes Geräusch hörbar – das Grollen des Drucks. Der aufgewühlte Bereich kam schnell näher. Die Kraft des Meeres und des Eises wühlten das Wasser auf. Die ›Endurance‹ war wie ein Spielzeug auf der Oberfläche. Risse öffneten sich und begannen sich seitlich am Schiff entlangzubewegen. Die Decks erzitterten und hüpften, Planken verbogen sich. Chippy war beunruhigt. Nichts war mehr normal. Das war eine Alptraumwelt.

»Das Schiff ist großartig«, schrieb Worsley in sein Tagebuch. »Ihre Unerschütterlichkeit und ihr Durchhaltevermögen. Es wäre traurig, wenn so ein mutiges kleines Schiff schließlich zerdrückt werden sollte ... nach zehn Monaten des mutigsten und stattlichsten Kampfes ...«

Plötzlich gab es Tauwetter und alles war nass. Die Hunde heulten, da sie sich unbehaglich fühlten. Das Ruder befreite sich und das Packeis brach auf. Doch alle Versuche, das Schiff zu bewegen, schlugen fehl. Es hatte etwas mit der Schiffsschraube zu tun. Worsley beobachtete das Ganze besorgt. Bald würde er die Boote auf der Leeseite losmachen und klarholen müssen.

Chippy wanderte auf dem Schiff umher und spürte die Hoffnungslosigkeit. Er fühlte sich müde und niedergeschlagen, nachdem er monatelang sein Bestes getan hatte, um die anderen aufzumuntern. Er war der ächzenden, krachenden und hämmernden Geräusche des Schiffes, das der Belastung immer noch standhielt, langsam überdrüssig.

Fasziniert beobachtete er die Matrosen beim Abendessen in der Offiziersmesse – es war ein höchst seltsamer Anblick. Sie balancierten die Teller auf ihren Knien und hatten die Füße gegen Leisten gestemmt. Wachen waren aufgestellt worden, damit jeder sofort einsatzbereit war, um das Schiff freizubekommen. Es konnte jeden Moment soweit sein. Die Maschinen funktionierten selbst nach acht Monaten des Stillstands noch. Das war ermutigend, aber tatsächlich war es der Anfang vom

Ende. Die Schollen näherten sich. Das Eis bewegte sich gleichzeitig zur Seite und nach vorne, und die ›Endurance‹ spannte sich wie ein Bogen. Der Dampfdruck wurde erhöht und die Bilgenpumpen* in Betrieb genommen. Die Crew beobachtete die Situation genau und versuchte zu erkennen, was zu tun war. Sie pumpte und half Henry, der überall gleichzeitig zu Gange war. Seine Zimmermannsfähigkeiten waren noch nie so wichtig gewesen. Der Mann war ein Riese, aber die Natur gewann. Shackleton wusste, dass die ›Endurance‹ der Belastung nicht mehr lange standhalten würde. Sie hatte große Lecks. Riesige Eisblöcke, die mehrere Tonnen wogen, wurden in die Luft geschleudert. Es war ein Furcht erregender Anblick. Chippy verzog sich schnell unter Deck, vergrub seine Nase unter einer Decke und versuchte nicht hinzuhören.

Shackleton machte seinen letzten Pläne. Alles ... Vorräte, Hunde, Schlitten und die Ausrüstung mussten sofort von Bord gebracht werden. Sie dachten an Chippy. Aber das war ein anderes Problem. Er war ein Kater. Niemand hatte je gehört, dass eine Katze in der Antarktis überlebt hatte. Die Schiffsplanken begannen sich auf der Steuerbordseite zu verbiegen und zu bersten. »Verflixt«, sagte Henry. Das Schiff verbog sich immer mehr.

Um neun Uhr abends, am Dienstag, dem 26. Oktober, befahl Shackleton, Boote, Ausrüstung und Vorräte zur Eisscholle herunterzulassen und zu einem Bereich auf dem flachen Eis zu bringen, der etwas von dem Lärm der zerbrechenden Planken entfernt lag. Sie verließen das Schiff.

Der nächste Tag war sonnig, es wehte eine sanfte südliche Brise. Alle waren sicher an Land. Männer und Hunde begaben sich auf eine unzerbrochene Eisscholle. Sie waren 346 Meilen von der Paulet-Insel entfernt, auf der es eine Hütte mit Vorräten gab, die vor vielen Jahren von einem argentinischen Ret-

* Die Pumpen im Kielraum (Anm. d. Übers.).

tungsschiff dortgelassen worden waren. Seitdem waren sie im Eis konserviert.

Henry McNeish war in Nummer 2 untergebracht, einem kleinen kreisförmigen Zelt. Percy Blackborrow bewohnte Nummer 5. Er war der jüngste Matrose. Es gab Meinungsverschiedenheiten wegen der Fellschlafsäcke und der Rentierhäute, auf denen man liegen konnte. Nicht jeder bekam beides. Einige Männer mussten sich mit Wollsäcken behelfen. Die Köche verwendeten einen Fischtrankocher im Schutz eines Bootes, das auf die Seite gelegt worden war. Sie mussten 29 Männer und 49 Hunde mit Nahrung versorgen. Und sie mussten in der Nacht umziehen, da die Eisscholle Risse bekam.

Am nächsten Morgen kehrten ein paar Männer der Crew zur ›Endurance‹ zurück, um die letzten beiden Petroleumdosen zu holen, mithilfe derer Milch für die Männer gekocht werden sollte. Das Schiff war ein bemitleidenswertes Wrack, es hatte eine starke Schlagseite. Alle Steuerbordkabinen waren zusammengedrückt worden. Das »Ritz« lag unter Wasser. Die Offiziersmesse war voller Eis.

Chippy sah die Männer vertrauensvoll an. Seine Schnurrhaare zuckten, und seine runden Augen blickten besorgt. Sie waren seine Freunde. Er dachte, sie seien gekommen, um ihn abzuholen. Die Flagge der britischen Marinereserve wehte noch immer im Wind. Er hörte, wie der Hauptmast brach und das Krähennest auf das Deck krachte.

McNeish versuchte sich abzulenken und baute wütend einen Motorschlitten, der das größte Boot abtransportieren sollte. Er konnte es nicht ertragen, an den letzten Pistolenschuss zu denken, der über das Eis hallte. Er zuckte zusammen. Der Schall gefror in der Luft.

Schrankliebe

Sufi kam zögernd in die Küche wie ein hilfloser Flüchtling, scheu, verwirrt und verängstigt. Es war die längste Autoreise gewesen, die sie jemals gemacht hatte, und das war schon traumatisch genug. Und nun auch noch eine fremde Küche. Die blassblaue Linoleumfläche vor ihr sah so glatt aus wie eine Eisbahn. Sie warf einen Blick auf die fremden Gesichter, die sie ansahen, und schoss Hals über Kopf in ihre Reisebox zurück. Sie konnte sich kaum darin umdrehen. Sie kauerte sich im hinteren Teil zusammen und machte sich so klein wie möglich.

»Sie ist sehr scheu«, sagte Barbara. »Wir müssen ihr Zeit lassen. Sufi ist daran gewöhnt, bei einer älteren Dame zu leben. Sie ist noch nie woanders gewesen. Sie ist eine Wohnungskatze. Ich habe eine Tüte von ihrer Katzenstreu mitgebracht.«

»Sufi? Das ist ein ungewöhnlicher Name.«

»Es ist ein arabisches Wort. Es ist eine mystische islamische Sekte, die es vor allem in Persien gibt. Der Name passt zu ihr.«

»Sie ist wunderschön.«

Sufi saß zusammengekauert hinten in der Tragebox. Sie redeten über sie. Sie weigerte sich rauszukommen und war auch nicht mit ihren Lieblings-Katzenkeksen hervorzulocken. Die Frau und ihre Tochter saßen auf dem Boden und sprachen zu Sufi. Sie redeten über alles Mögliche, damit sie sich an ihre Stimmen gewöhnte. Sufi war in der Tat von exotischer Schönheit. Sie war eine dunkelköpfige Colourpointkatze mit einem langen cremefarbenen Fell. Das Gesicht, der Schwanz und die Pfoten waren blassbraun. Ihre Augen waren groß und strahlend und hatten eine herrliche helle aquamarinblaue Färbung. Aufgrund ihres langen Fells sah sie wie eine große Katze aus, aber in Wirklichkeit war sie recht klein.

»Lass sie nicht raus, hörst du?«, sagte Barbara und zögerte zu gehen. »Denk daran, dass sie noch nie in einem Garten gewesen ist.«

Es war sehr schmerzlich, die Katze ihrer Mutter zurückzulassen.

»Mach dir keine Sorgen. Wir werden uns gut um sie kümmern.«

Sufi blieb in ihrer Tragebox. Auf keinen Fall würde sie an diesem fremden Ort herauskommen. Sie konnte andere Katzen riechen, und es waren nicht die Katzen, an die sie gewöhnt war. Wo war die Dame, die sich immer um sie gekümmert hatte? Sie hatte schreckliches Heimweh nach dieser netten Frau. Sufi fühlte sich immer elender und sie schloss die Augen und fragte sich, worauf sie sich als Nächstes gefasst machen musste.

Sie hielten die anderen Katzen aus der Küche heraus und ließen Sufi die erste Nacht alleine verbringen. Sie verabschiedeten sich mit vielen ermutigenden und liebevollen Gutenachtworten. Ihr Katzenklo stand in einer Ecke. Sie hatten ihr Wasser und ihre Lieblingskekse hingestellt und die Tür der Tragebox hatten sie offen gelassen, falls sie hinausgehen wollte. Sufi konnte nicht schlafen. Sie hatten sie an diesem unheimlichen Ort zurückgelassen. Sie hatte Angst, aber gleichzeitig sprudelte ihre angeborene Neugier in ihr, als ob sie unter elektrischer Spannung stand. Sie war eine der neugierigsten Katzen, die es gab. Ihr Kopf surrte vor Fragen und vor lauter Lust, Dinge zu untersuchen und zu erkunden. Was ist dies? Was ist das? Wohin führt das?

Irgendwann in der Nacht kroch sie aus der Tragebox heraus und erkundete die Küche. Alles war so anders. Wo waren all die Dinge, die sie kannte? Und warum war sie hier? Gab es irgendeine Verschwörung? Hatte sie etwas falsch gemacht? Sie verstand nicht, warum sie so plötzlich und abrupt von ihrem Zuhause fortgebracht worden war.

Die Frau hatte auch Schwierigkeiten einzuschlafen. Ihre Gedanken waren bei der verängstigten kleinen Katze, die allein in einer fremden Küche war. Beim ersten Schein der Dämmerung ging sie nach unten und öffnete vorsichtig die Küchentür. Die Tragebox war leer. Die Kekse waren nicht angerührt worden. Das Katzenklo war unbenutzt.

»Sufi? Sufi? Oh mein Gott, wir haben sie bereits verloren.«

Die Frau suchte in der Küche nach ihr, hinter der Waschmaschine, hinter dem Wasserboiler, in allen Ecken und Winkeln. Es war nirgendwo eine Spur von einem blassen zusammengekauerten Fell zu sehen. Wo war sie hingeraten? Sie konnte nicht hinausgekommen sein, es sei denn, irgendein Idiot hatte die Tür offen gelassen. Es war eine normale, recht moderne Küche mit Schränken an zwei Wänden entlang und Maschinen an einer dritten. Sie war etwas schäbig und wartete darauf, modernisiert zu werden, was vielleicht nie geschehen würde. Die Frau begann Türen zu öffnen. Sie fand Sufi in einem Schrank. Sie lag unbequem auf einem Stapel aus Töpfen.

»Wie um alles in der Welt bist du da reingekommen?«, fragte sie erleichtert und hob sie heraus.

Sufi lehnte sich zurück. Ihre riesigen Augen waren vor Furcht weit aufgerissen. Sie sprang aus den Armen der Frau heraus, machte sich flach wie ein langbeiniger Frosch und schlüpfte durch den zehn Zentimeter hohen Spalt einer anderen Schranktür hindurch. Es war ein erstaunlicher Akt akrobatischer Geschicklichkeit. Ein katzenhaft getanzter Limbo ohne die Musik. Es war der Schrank unter dem Spülbecken. Jetzt lag Sufi auf Spülmitteln, Spülbürsten, Reinigungsmitteln und Topfreinigern aller Art. Die Frau streichelte die angelegten weichen braunen Ohren.

»Also, wenn du in einem Schrank leben möchtest, ist das für uns in Ordnung. Dies kann dein eigener Schrank sein.«

Sie machten genügend Platz für Sufi und legten beide Regale mit Teppichresten von dem neuen Teppich aus dem Obergeschoss aus. Sie stellten eine Kiste mit weichen Decken sowie Wasser, etwas zum Fressen und ihre eigenen trockenen Katzenkekse dazu. Der Schrank war, abgesehen von einem Fernseher und einem Handy, mit allem Komfort ausgestattet.

»Wir haben den einzigen mit Teppich ausgelegten Spülunterschrank in Großbritannien«, erzählte die Frau jedem. Die anderen Katzen kamen und sahen sich Sufi an, aber sie nahmen nur wenig Notiz von ihr. Eine Katze, die in einem Schrank sitzt, macht den anderen kaum Konkurrenz.

Sie verweigerte zunächst ihr Fressen. Sie versuchten alles. Dann verschwanden eines Nachts ein paar Kekse. Sie war Trockenfutter gewöhnt, aber sie gaben ihr nasses, zerquetschtes Zeug. Sie knabberte an einem Stück Sardine und probierte dann vorsichtig etwas Thunfisch, Hühnchen und schließlich ein Bröckchen Katzenfutter. Sie bekam Appetit. Dann gaben sie ihr hauchdünne, klein geschnittene Schinkenscheiben. Sie schmeckten gut. Sie benutzte das Katzenklo.

Es war offensichtlich, dass sie nachts aus dem Schrank herauskam. Es gab Anzeichen für heimliche Streifzüge. Die Frau kam immer früh herunter, um Tee zu kochen. Das erste Mal sah sie Sufi auf dem gefliesten Fensterbrett sitzen. Sie warf der Frau einen kurzen Blick zu und flitzte sofort unter der Tür hindurch an ihren sicheren Platz zurück. Aber es war ein gutes Zeichen. Sie wurde auf der Küchenmaschine gesichtet, auf der sie wie zur Dekoration saß. Sie wurde auf einem hohen Regal entdeckt, wo sie sich hinter einer Topfpflanze und Kochbüchern versteckte.

Sufi lebte über einen Monat im Schrank unter dem Spülbecken. Sie erlaubten ein paar wenigen, ausgewählten Besuchern sie anzusehen. Sie ließ sich von ihnen streicheln, aber sie wich immer erst einmal zurück. Es war, als ob sie schon einmal schlechte Erfahrungen gemacht hätte, aber sie konnten das nicht glauben. Sie kam aus einem liebevollen Zuhause. Dennoch wich sie bei jeder Annäherung zurück, egal, wie freundlich man auf sie zuging.

»Ich glaube, es ist besser, wenn man sie zuerst am Rücken streichelt und nicht am Kopf«, sagte die Frau.

Sie widmeten der scheuen Katze viel Zeit. Sie redeten endlos mit ihr, erzählten ihr, wie hübsch sie war, streichelten und bürsteten sie. Bürsten gefiel ihr. Sie ließ dieses Maß an Intimität zu. Die Frau musste flach auf ihrem Bauch auf dem Linoleumboden liegen und ihren Arm mit der weichen Bürste von dort aus in den Schrank hineinstrecken. »So ist sie ein braves Mädchen. Lass mich dich bürsten. Was für ein schönes langes Fell du hast. Wir dürfen es nicht verfilzen lassen.«

Gelegentlich kam Sufi aus dem Schrank heraus. Sie spähte um die Schränkchentür herum, die immer offen gelassen wurde. Sie verzehrte sich vor Neugier. Sie hatte noch nie so viele Menschen, so viele andere Katzen und so viel Betriebsamkeit an einem Ort gesehen. Jeder arbeitete. Es war ein einziges geschäftiges Treiben. Hier war nichts von der Ruhe, die sie zurückgelassen hatte. Aber es war faszinierend. Sufi war erst fünf Jahre alt, aber sie wirkte älter, gesetzter und auf ihre Art reif. Sie spielte nicht. Vielleicht hatte sie vergessen, wie das ging.

Dann ging sie verloren. Es war ein Haus mit vielen Türen, drei davon gingen nach draußen. Sie konnten sich nicht erinnern, ob sie eine Tür offen gelassen hatten. Sie durchsuchten das Haus von oben bis unten. »Sufi, Sufi«, riefen sie. Es war zwecklos, ihren Namen zu rufen. Sie reagierte auch sonst nie darauf. Sie hatten sich gefragt, ob sie taub war, aber sie reagierte auf andere Geräusche.

Die Frau begann draußen zu suchen. Sie geriet in Panik, als sie sich vorstellte, dass die winzige Katze vielleicht meilenweit dahintrottete, durch fremde Straßen und unbekannte Gärten lief und versuchte, den Weg nach Hause zu finden. Sie konnte sich auch im Moor verlaufen, in dem es Füchse gab. Wie sollten sie nur jemals Barbara gegenübertreten und ihr sagen: »Wir haben deine Sufi verloren ...«?

Die Frau dachte, sie hätte überall nachgesehen, aber sie war nicht gründlich genug gewesen. Die Tochter hatte eine Taschenlampe genommen, um unter die Betten zu schauen, und im Lichtstrahl sah sie für einen Moment große Augen weit hinten unter dem großen Doppelbett. Sufi war in der Schachtel mit dem Weihnachtspapier versteckt. Sie war nach oben gegangen, als es keiner sah. Sie war so neugierig auf all die Zimmer in diesem Haus.

Ein paar Wochen später verschwand Sufi erneut. Es war an einem Samstagmorgen, und die Frau war verzweifelt, weil sie wegfahren musste. Sie rief zu Hause an, obwohl sie wusste, dass sie aus der Entfernung nichts tun konnte.

»Es geht ihr gut. Sie war in einem Schrank«, sagte die Tochter. »Ich habe am Nachmittag ein eigenartiges kratzendes Geräusch gehört, und es war Sufi, die versuchte, die Tür zu öffnen.«

»Gott sei Dank«, sagte die Frau erleichtert. »Ich habe mir schreckliche Sorgen gemacht.«

Dann entdeckte Sufi ein Zimmer, in das die anderen Katzen nicht oft hineingingen. Gelegentlich saß der seidig glänzende orangefarbene Kater oben auf der Standuhr oder auf den Schultern des Riesen. Es gab einen Riesen in diesem Zimmer. Sufi hatte noch nie so einen Riesen gesehen. Es war ein Mann mit langem Haar am Kinn und knorrigen, rauen Händen. Es war sein Zimmer. Aus irgendeinem Grund bezeichneten sie es als Arbeitszimmer, aber es war voller erstaunlicher Plätze, an denen man sich verstecken konnte. Sie konnte sich hinter Holz und Geräte oder halb fertige Objekte quetschen. Sie gelangte unter Stapel von Theatersachen, unter Stangen, Stäbe und Stoffe. Der Riese störte sie nicht. Allmählich gewöhnte sie sich an ihn. Wenn er sie streichelte, fühlten sich seinen rauen Hände wie ein Kamm an.

Die Fenster im Arbeitszimmer zeigten ihr die Magie einer anderen Welt, die draußen lag. Ein Garten befand sich jenseits des Fensterglases, mit einem japanischen Ahorn, der unglaublich schön war. Im Baum hingen hin und her schwingende Vogelkörbchen, und Vögel bewohnten den ganzen Tag über die rotbelaubten Äste. Sie tanzten und pickten an den Nüssen. Sufi bemerkte, dass die anderen Katzen zur Gartentür hinausgingen, und spähte manchmal an der zugezogenen Gardine vorbei nach draußen. Auch von anderen Fensterbrettern im Haus beobachtete sie Vögel und sah Blumen und Bäume. Als sie das erste Mal einen Schritt nach draußen machte, gefiel es ihr nicht. Der Wind fuhr durch ihr langes Fell wie kalte Finger und machte ihr Angst. Ihr Fell wehte auf beunruhigende Weise im Wind. Sie flüchtete nach drinnen und schlüpfte zurück in ihren Schrank, in dem es dunkel, warm und sicher war.

Sufi war eine lautstarke Katze und sie wurde immer zutraulicher. Es war die Siamkatze in ihr. Sie bat um Futter. Sie bat um Aufmerksamkeit. Sie saß auf dem Telefon. Sie saß auf Zeitungen und Büchern und drückte ihren Kopf gegen die Bürste, wenn diese in ihre Nähe kam. Aber sie rannte immer in ihren Schrank zurück, wenn ihr etwas zuviel wurde.

Eines Morgens fand sie das Schlafzimmer der Frau, sprang auf das Bett, rollte sich auf den Rücken und bat darum, am Bauch gekrault zu werden. Es war ein freudiger Moment für beide. Die Frau streichelte sie und die Katze streckte sich aus, um auf ihren Beinen zu schlafen. Aber Sufi blieb nicht lange. Der orangefarbene Kater kam herein, um sich wie jeden Morgen kraulen zu lassen. Sie flüchtete nach unten und schlitterte über die Eichenstufen. Nun, da sie sich weiter hinauswagte, nahmen die anderen Katzen mehr Notiz von ihr. Zwei Katzen, eine ältere gefleckte Perserkatze und eine ungepflegte gefleckte Colourpoint, waren eifersüchtig und fauchten gelegentlich. Sufi tauchte zurück. Sie war die Jüngste von der Bande. Es würde schwierig werden zu lernen, zusammenzuleben.

Als Sufi das erste Mal hinaus an die Sonne ging, war sie misstrauisch, und es geschah unter menschlicher Aufsicht. Sie saß auf dem Pfad und betrachtete eine steil in die Höhe wachsende Forsythie. Sie hatte noch nie so etwas Verblüffendes gesehen. Sie bewegte sich zehn Minuten lang nicht und betrachtete mit zurückgeworfenem Kopf das emsige Treiben in der Pflanze und darum herum – die Insekten, die Blumen, die Brise, die durch die Blätter streifte. Sie war völlig verzaubert. Dann wurde ihre Konzentration gestört; sie hörte ein lautes Geräusch von irgendwoher und flüchtete nach drinnen. Das Haus war sicher. Ihr Schrank war sicher, aber die Welt draußen war bezaubernd und sehr anziehend. Sie genoss die Freiheit, die es dort gab, die ihr angeboten wurde und fast zum Greifen nahe war. Eines Tages würde sie sehen, was jenseits lag. Sie zitterte vor Aufregung.

Sie entwickelte sich ohne Zweifel zu einer kleinen Herumkommandiererin. Sie kam und brachte zum Ausdruck, was sie wollte. Sie saß neben der Gartentür und forderte die anderen auf, sie zu öffnen. Sie lernte, in welchem Schrank sich die Dose mit den Katzenkeksen befand, und wartete davor. Sie wusste, wer in welchem Schlafzimmer schlief und wer wann für sie Zeit hatte.

»Ich frage mich, ob sie an ihr altes Zuhause denkt«, sagte die Frau nachdenklich. »Es muss hier so anders für sie sein.«

Eines Morgens hörten sie unten ein kratzendes, schleifendes Geräusch. Irgendeine Katze spielte mit einer Spielzeugmaus und schleifte sie über den blank polierten Boden. Es war Sufi. Es war das erste Mal, dass sie sie spielen sahen. Aber nachdem sie es einmal gemacht hatte, verlor sie das Interesse daran. »Wir müssen sie zum Spielen auffordern. Es ist, als hätte sie die Zeit als Kätzchen verpasst.« Aber sie wollte nicht spielen. Es war unter ihrer Würde. Während die anderen Katzen stets dazu aufgelegt waren, mit den unmöglichsten Spielsachen zu spielen – einem Blatt, einer Blüte, einem verdrehten Papierfetzen, einem

Knopf, einer Klammer, einer Murmel, einem Tischtennisball – blieb Sufi die distanzierte Betrachterin. Es gefiel ihr, an Bleistiften, Fingern und Buchrändern zu knabbern, und sie war der Frau im Weg, wenn sie versuchte an ihrem Computer zu arbeiten. Einmal fanden sie sie mit der älteren Perserkatze auf einem Stuhl zusammengerollt. Gelegentlich kam es zu Kopfstößen mit der eleganten Russisch Blau, die ein freundliches Wesen war.

Es war an einem dieser unerwartet warmen und schwülen Abende, einem von der Art, die im britischen Klima so wunderbar, aber auch so selten sind. Die Gartentür war aus Versehen offen gelassen worden. Das Letzte, was sie von Sufi sahen, war ein weißer Fleck, der entschlossen zum Ende des Gartens stapfte. Es war dämmrig und nicht leicht, sie zu sehen.

»Sufi ist draußen! Es ist dunkel. Es ist zu dunkel für sie, um alleine draußen zu sein!«

Sie schlugen Alarm. Keiner war schnell genug, um sie zu überholen. Sie bog abrupt links ab, schlüpfte durch eine Hecke und verschwand im Nachbargarten. Sie rannten von Garten zu Garten und erhaschten nur für kurze Augenblicke ihren kleinen weißen Rücken, der sich immer weiter von ihnen entfernte.

»Sie hat keinen Orientierungssinn. Sie wird nie zurückfinden.« Die Frau verspürte wieder Angst.

Sie durchforsteten Gärten und Bürgersteige, überquerten die Straße und suchten weiter. Sufi hatte kein Gespür für den Straßenverkehr. Sie hatte die Straße möglicherweise überquert. Es wurde zunehmend dunkler. Schließlich gaben sie auf. Sie waren verzweifelt. Sufi war so sehr ein Teil ihrer Familie. Sie hatten keine Ahnung, welchen Weg sie genommen hatte. Sie gingen nach Hause und waren kaum in der Lage, miteinander zu sprechen. Sie machten sich Vorwürfe wegen der offenen Tür und weil sie nicht besser aufgepasst hatten. Sie versuchten weiterzumachen, sich normal zu verhalten und die Arbeiten, die am Abend anstanden, zu erledigen. Sie schenkten den anderen Katzen ihre Aufmerksamkeit und fragten sich, ob sie ihre süße Schrankkatze jemals wiedersehen würden.

Gegen zehn Uhr an diesem Abend sah die Frau aus dem Fenster. Sufi saß draußen auf dem Gartentisch, eine kleine blasse Statue, still und versunken. Sie lauschte den Geräuschen der Nacht, sah zu den Sternen und war fasziniert von der gewaltigen Schwärze des Himmels, die sie noch nie zuvor über sich erlebt hatte. Sie bewegten sich beide leise um sie herum, damit sie sich nicht erschreckte und ins Gras sprang. Sie konnten es nicht riskieren, sie abermals zu verlieren. Sie nahmen sie in die Zange und fingen sie rasch ein. Ein Gefühl der Erleichterung überkam sie, als sie die Katze sicher nach drinnen trugen.

»Sufi, Sufi, Sufi... um Himmels willen, wegen dir bekommen wir noch einen Nervenzusammenbruch. Wir haben uns solche Sorgen gemacht. Denkst du, dass du es schaffst, in unserem Garten zu bleiben?«

Sufi begann begeistert und mit einem vollen und erhabenen Ton zu schnurren. Sie hatte schließlich doch noch die Geheimnisse der fernen Nacht entdeckt. Und die war weit von einem Schrank unter der Spüle entfernt.

Der Vorstadtlöwe

Die ganze Straße war in Panik. Mütter liefen eilig nach draußen, um ihre Kinder hektisch vom Spielplatz wegzuziehen. Der Milchmann setzte energisch seinen Wagen in Gang und trat angespannt mit einer Geschwindigkeit von acht Meilen den Rückzug an. Männer hörten mit der Gartenarbeit auf, ließen ihre Spaten fallen und gingen schnell nach drinnen. Mrs Parker holte sogar ihre Wäsche herein. Sie würde nicht zulassen, dass ein Löwe ihre beste Unterwäsche auffraß.

Angst schlich sich in jeden Haushalt. Dies war echte kalte Angst und kein künstlicher Nervenkitzel wie bei einem Horrorfilm in der Flimmerkiste. Sie konnten beinahe schon die knackenden Kiefer hören, die einen Knochen zermalmten und Fleisch in Stücke rissen. Ein Polizeiauto begann die Gegend mit Blaulicht abzufahren. »Bitte bleiben Sie im Haus. Dies ist ein Notfall«, dröhnte der Lautsprecher.

»Was sagt er?«, fragte Donald Miles und hielt sich die Hand ans Ohr. »Runter auf den Boden? Ist es die IRA?«

»Nein, Großvater«, sagte Alison. »Sie fordern uns auf, im Haus zu bleiben. Es ist nur eine Vorsichtsmaßnahme.«

»Ich wollte sowieso nicht rausgehen.«

Alison stand am Fenster und beobachtete den Hubschrauber, der über ihnen herumschwirrte. Er suchte den Kanal und die Abstellgleise mit langen Sturzflügen ab wie eine beschwipste Libelle. Alison wollte nach draußen gehen. Sie wollte nach draußen gehen und Rufus finden. Er wäre ein schmackhafter Happen für einen hungrigen Löwen. Sie schauderte, als sie sich das Schlimmste vorstellte und schon vor sich sah, wie Rufus'

Schwanz aus den riesigen Fängen des Löwen hing, dem Blut und Speichel auf das zottelige Fell tropften.

Sie schaltete die Nachrichten ein. Da war es, eingeschoben zwischen einem Protestmarsch für Studienbeihilfe und einem Postraub. Ein Löwe war in der Nähe der Lufton Marshes gesehen worden, einem Sumpf, der schon seit langem entwässert worden war, da dort eine viktorianische Siedlung geplant war. Er war an verschiedenen Orten gesichtet worden. Einmal sonnte er sich auf einem Lokomotivschuppen, dann wieder schlich er am Kanal entlang, durchstöberte die Schrebergärten auf dem Hügel oder brüllte im Gemeindepark.

Ein Experte für Großkatzen aus dem Londoner Zoo war zurate gezogen worden. Er hielt sich, mit einem Beruhigungsgewehr bewaffnet, mit seinem Team bereit.

»Meines Erachtens sieht er wie ein junger Löwe aus«, sagte er dem Reporter überzeugt. Ein verwackeltes Amateurvideo wurde gezeigt. Es war völlig verschwommen und unscharf. »Wir überprüfen die privaten Zoos. Uns ist seit Jahren kein Löwe mehr abhanden gekommen.«

Kommissar John Foster von der Lufton Marshes Polizei hielt eine Pressekonferenz ab. »Wir sind davon überzeugt, dass es sich um ein junges Tier der Löwengattung handelt. Die Öffentlichkeit wird davor gewarnt, sich dem Tier zu nähern. Es könnte gefährlich sein.«

Mrs Parker wurde interviewt. Sie hatte die Kreatur gesehen, als sie oben auf einer Leiter stand und die Fenster des oberen Stockwerks putzte. »Es ist mit Sicherheit ein Leopard oder ein Puma. Er hat sich an einen Hund im Park herangepirscht. Riesig, er war ... gestreift. Und ich glaube, ich habe ihn brüllen gehört. Vielleicht ist er aus einem Zirkus ausgebrochen.«

»Die Polizei warnt die Bewohner, dass sie im Haus bleiben sollen«, sagte ein Nachrichtensprecher aus der Sicherheit eines klimatisierten Studios heraus. »Und nun übergebe ich an dich, Gargy.«

»Danke, Tim.«

Alison schaltete aus. Rufus trieb sich häufig am Kanal herum. Er dachte, er sei voll mit frischem Fisch, nicht mit alten Fahrrädern und Reifen und Unrat. Er hatte einmal eine Plastikflasche gefangen und sie für Alison mit nach Hause gebracht, damit sie sie kochen konnte. Er war zudem süchtig danach, die Nummern der vorbeifahrenden Lokomotiven zu sehen. Der Tag stimmte für ihn noch nicht richtig, wenn er nicht mindestens jeweils drei Züge in beiden Richtungen gesehen hatte. Er war wahrscheinlich die Reinkarnation eines schmuddeligen Notizbuchs. Alison achtete darauf, sich nie über seine Fixierung lustig zu machen. Es war ihm gestattet, alles zu beobachten. Und der Park … er sammelte Vögel. Nicht in Wirklichkeit, aber mental. Rufus stellte sich vor, er sei ein großer weißer Jäger.

»Ich geh noch mal raus«, sagte sie und zog ihren Anorak an.

»Was ist mit der IRA?«, fragte der Großvater.

»Mach dir deswegen keine Sorgen. Ich bin rechtzeitig zurück, um dein Abendessen zu machen.«

Alison war eine unbezahlte Pflegerin. Darüber hinaus hatte sie eine Vollzeitstelle in einem Büro und tippte dort unbedeutende Briefe über Angelegenheiten, die man mit einem Telefonat hätte erledigen können. Sie sagte nichts. Sie wurde dafür bezahlt, sich etwas von ihrem Chef diktieren zu lassen und es abzutippen. Sie hätte die ganze Arbeit selbst in der Hälfte der Zeit erledigen können.

Sie ging in den sonnenlosen Abend hinaus. Sie konnte die Nachtkerze der Nachbarn riechen, die ihre tägliche Dosis an Ruhe und Friedlichkeit ausschüttete. Von der nahen grauen und schwerfälligen Themse roch sie die Flucht zum Meer. Küchen spuckten Kochgerüche aus … Currygerichte, Pommes frites, Chili, Irishstew, Pizzas. Sicher war Rufus mittlerweile auf dem Weg nach Hause. Er hatte immer Hunger. Er würde seine Seele für ein Stück Pizza mit geschmolzenem Käse verkaufen.

Alison konnte sich schon vorstellen, dass da draußen eine

sehr große Katze war. Hatte man solche Tiere nicht in Devon, im Bodmin Moor, in Shropshire oder Worcestershire gesehen? Also warum nicht auch in London? Die Füchse hatten sich urbanisiert und streiften um die Mülleimer herum, um Reste zu ergattern. Warum also nicht auch große Katzen?

Ein Nachbar hatte seinen Fernseher laut gestellt. »Von der Nase bis zum Schwanz mindestens sieben Fuß lang. Er könnte Ihnen den Hals aufschlitzen«, hörte sie einen Kommentator verkünden.

»Rufus, Rufus«, seufzte sie. »Wo bist du? Ich muss dich finden.«

Es war nicht leicht, sich um ihren Großvater zu kümmern, aber sie hätte nicht einmal im Traum daran gedacht, ihn in ein Heim zu stecken. Es wäre zu grausam gewesen. Sie erinnerte sich daran, als er noch beweglich und lustig war und sie auf seinen Knien gesessen hatte, während er ihr Geschichten vorlas. Und er hatte im Garten mit ihr Ball gespielt und ihr beigebracht, wie man fängt. Diese Art von Erinnerungen konnten nicht zerstört werden. Es war nicht sein Fehler, dass er alt geworden war. Aber er war sehr anstrengend. Er raubte ihre Energie. Sogar im Schlaf blieb sie wachsam, falls er aufstand und anfing herumzugeistern.

»Gott im Himmel, was machen Sie denn hier draußen?«

Der Mann war groß und angespannt. Er trug eine Brille und hatte ein Gewehr bei sich. Alison hörte beinahe auf zu atmen und fragte sich, ob sie an ihm vorbeikommen und losrennen könnte.

»Ich weiß nicht, was Sie wollen«, sagte sie leise. »Aber ich werde weggehen und sagen, dass ich Sie nie gesehen habe. Ich suche nur meinen Kater.« Alison zog den Reißverschluss ihres Anoraks hoch, als sei er eine Rüstung. Es war plötzlich sehr kalt.

»Ich suche auch nach einer Katze, einem Puma, Leoparden oder Löwen. Jede zweite Minute bekomme ich eine andere Beschreibung. Schwarz, gestreift, gepunktet. Offensichtlich wimmelt es in London von großen Katzen, die durch die Straßen streifen. Sie ist in der letzten Stunde ein Dutzend Mal gesehen worden«, sagte er und stützte das Gewehr auf seine Hüfte.

»Oh, Sie sind der Zoo-Mann aus dem Fernsehen.«

»Ewan Proposki. Es ist walisisch und russisch. Eine Mischung. Meine Eltern waren beide Immigranten.«

»Mr Prop … Prop …?«

»Nennen Sie mich Ewan. Hören Sie, Sie sollten nicht hier draußen sein, junge Frau. Es ist zu gefährlich.«

»Es ist wegen Rufus«, sagte Alison und lief im Gleichschritt mit ihm mit. »Er ist nicht nur irgendein alter Hauskater. Er ist sehr besonders. Seltsamerweise bleibe ich dank ihm normal. Es heißt, dass Katzen eine therapeutische Wirkung haben, wenn man einen Herzinfarkt hatte oder krank ist. Nun, ich bin nicht krank, aber mein Leben ist schwierig. Ich komme aus dem Trott nicht heraus. Und er ist mein Rettungsanker. Ich weiß nicht, was ich ohne ihn machen würde. Er ist der einzige Freund, für den ich Zeit habe.«

Ewan betrachtete sie in der zunehmenden Dunkelheit genauer. »Dann müssen Sie in Ihrem Leben etwas ändern, ein paar Freunde finden. Die Zeit vergeht so schnell.«

»Ich weiß. Aber ich bin eine Gefangene in meinem eigenen Zuhause«, sagte Alison. Sie wusste, dass es zu dramatisch klang. »Okay, ich gehe in die Arbeit, aber das ist nur eine andere Art von Gefängnis. Ich komme so schnell ich kann nach Hause und hoffe, dass Großvater die Küche nicht angezündet und den Wasserhahn nicht offen gelassen hat oder dass er nicht die Treppen heruntergefallen ist.«

Er verstand sie, ohne dass sie noch mehr sagen musste. »Also, erzählen Sie mir etwas über Rufus.«

Alisons Gesicht hellte sich zu einem Lächeln auf, und sogar in der zunehmenden Dunkelheit konnte er die Wärme in ihren Augen erkennen.

»Er ist mehr als ein Kater. Er ist wie eine richtige Person, ein

Mitglied der Familie. Ich habe ihn, seit er ein kleiner Kater war. Wir sind zusammen aufgewachsen. Ich tue so, als verstünde er, was ich sage ...«

»Vielleicht tut er das.«

Sie waren eine ganze Runde gegangen und waren nun wieder bei Alisons Haus angekommen. Sie hatten kein Zeichen von Rufus gesehen, kein Schnurrhaar. Alison war entschlossen, die Suche fortzusetzen.

»Nein«, sagte Ewan bestimmt. »Es ist sehr gefährlich. Große Katzen sind in der Morgen- und Abenddämmerung am aktivsten. Gehen Sie bitte hinein. Glauben Sie mir. Sie müssen Rufus jetzt auf sich selbst aufpassen lassen.«

*

Rufus hatte einen wunderbaren Tag. Die Sonne schien hell und klar, so wie er es am liebsten mochte, und ein leichter Wind fuhr durch sein langes Fell. Es regnete nicht. Er hasste Regen. Badezeug.

Alison war an diesem Morgen furchtbar in Eile gewesen, der alte Mann schwieriger gewesen als sonst. Sie hatte zwei Dosen mit Kaninchenfleisch geöffnet, ohne nachzudenken, da sie alles automatisch erledigte. Rufus hielt es nicht für nötig, sie darauf aufmerksam zu machen. Warum sollte er Ärger machen? Er leerte beide Teller, um ihr jeglichen Umstand zu ersparen.

Der Morgen war herrlich. Rufus beobachtete den 8.15er, den 8.45er und den 9.10er auf ihrem Weg nach London. Sie waren voll bepackt mit Pendlern. Große klappernde Schlangen, dachte er, die an Gleisen festgeschnallt waren. Es verlieh ihm ein Gefühl der Sicherheit, wenn er beobachtete, dass sie nie eine unerwartete Bewegung machten, trotz des ganzen Geschnaufes und Gekeuches. Es waren gefangene Schlangen, gezähmt durch die Gleise. Er hatte noch nie eine aus der Bahn geraten und einen anderen Weg nehmen sehen. Er knurrte den 9.10er laut an, aber der kam keine Sekunde ins Stocken. Na und? Das war ihm doch egal.

Er spazierte den Pfad neben dem Wasserband entlang, das sie einen Kanal nannten, und überprüfte, ob es noch da war. Er hatte einmal einen Fisch im Wasser gesehen, eine glänzende Silberrakete, die saftig und nass dahinschnellte. Er lebte in der Hoffnung, noch mal einen zu sehen. Ein paar Mal dachte er beinahe, er hätte einen gesehen. Er starrte gebannt ins Wasser, die Haare auf seinem Rücken begannen sich aufzustellen, er verspürte Angst und roch Entsetzen. Etwas stimmte nicht. Zwei riesige grüne Augen starrten ihn an. Er sprang erschreckt auf, sein Fell war steil aufgerichtet, seine Schnurrhaare zitterten. Er sah sich um, aber hinter ihm war nichts. Er rannte mit klopfendem Herzen davon.

Keiner von seinen Freunden arbeitete an diesem Tag in den Schrebergärten. Er fragte sich warum. Er konnte sich normalerweise auf ein paar Happen von ihrem zweiten Frühstück verlassen. Er kaute nachdenklich auf der Kruste eines alten Schinkensandwichs herum. Wo waren sie hingegangen? Er hatte den Ort ganz für sich allein, bis auf diese verdammten Tauben, die die blassen Spitzen neu gesetzter Pflanzen attackierten. Die Vögel zogen die Pflanzen heraus und schleuderten sie mit einer extravaganten Unbekümmertheit herum.

Rufus spürte, wie Entrüstung in ihm aufstieg. Mit einem Sprung, den Superman nicht besser hätte vollführen können, warf er sich auf die Tauben und fuchtelte wild mit seinen Krallen umher. Die Tauben kreischten und flatterten erschreckt auf, so dass einige Federn auf den Boden fielen. Ein Vogel wurde von einem heftigen Hieb getroffen und taumelte an einer Reihe Salat entlang. Rufus betrachtete ihn überrascht. Er hatte noch nie einen Vogel gefangen und war sich nicht sicher, was er als Nächstes tun sollte. Sein natürlicher Instinkt sagte ihm, dass er nach Hause gehen und Alison davon erzählen sollte. Die Taube löste das Problem, indem sie vor lauter Angst tot umfiel.

Für Rufus war es auch ein Schock. Er wollte sie nicht töten, sondern lediglich von den zarten Pflänzchen wegjagen. Aber da war sie nun, warm und verlockend nach frischem Fleisch duftend. Es würde nicht schaden, mal zu kosten, oder? Er wollte den ranzigen Geschmack im Maul loswerden ...

Eine Weile später ging er mit watschelndem Gang davon. Sein Bauch schwankte hin und her und Federn steckten in seinen Schnurrhaaren. Nach seiner gigantischen Mahlzeit musste er einen Verdauungsschlaf halten. Er kletterte nicht ohne Schwierigkeiten auf ein Schuppendach, streckte sich aus, so dass die Sonnenstrahlen ihm optimal auf den Pelz scheinen konnten, und schlief in der warmen Sonne ein.

Die ›Neun-Uhr-Nachrichten‹ bestanden an diesem Abend aus kurzen Tatsachenberichten. Der erste Beitrag befasste sich mit dem Löwen, der durch die Lufton Marshes streifte. Ewan Proposki wurde wieder interviewt, und Alison dachte, dass er sehr vernünftig klang. Aber er sah müde aus.

»Natürlich, Ende der sechziger Jahre war ein schwarzer Leopard ein beliebtes Statussymbol«, sagte er. »Es war ein Zeichen von Wohlstand und Macht. Die Menschen stellten sie wie Pudel zur Schau. Dann wurden sie ihrer überdrüssig und setzten sie aus. Einige Leoparden könnten sich damals mit Hauskatzen gepaart haben, so dass möglicherweise eine neue Spezies entstand.«

Der Löwe wurde noch häufiger gesichtet. Das Tier blieb nicht an einem Ort und verschwand immer wieder. Gerüchte kursierten, dass ein Kind angegriffen worden war. Der Junge war mit langen Kratzspuren auf dem Arm zur Unfallstation des Krankenhauses gebracht worden und erzählte, er habe versucht, ein sehr großes flauschiges Tier hochzuheben.

»Es war riesig«, erzählte er einem Schwarm von Reportern stammelnd. Er breitete seine Arme weit aus. »Soo riesig.«

»Und wie sah es aus?«

»Es war gepunktet und gestreift«, sagte der Junge, der langsam Gefallen an der ihm entgegengebrachten Aufmerksamkeit fand. »Und es war schwarz und orange. Mit einem Schwanz.«

»Ein gepunkteter, gestreifter, schwarzorangener Löwe?«

»Ja.«

Außerdem war eine Gruppe Touristen in Angst und Schrecken versetzt worden. Einer von ihnen hatte den Löwen vor seinem Hotelfenster herumschleichen sehen. Sie waren alle zu verängstigt, um das Hotel zu verlassen, obwohl sie Karten für ›Sunset Boulevard‹ hatten.

»Wir fliegen mit dem nächsten Flugzeug zurück«, sagte ihre Sprecherin.

Ewan Proposki beendete das Interview mit einer Warnung: »Versuchen Sie nicht, dieses Tier mit Blitzlicht zu fotografieren. Es ist wahrscheinlich desorientiert. Dieses Geschöpf, ob Löwe, Leopard oder Puma, was immer es auch sein mag, existiert wirklich. Bleiben Sie zu Hause und überlassen Sie alles Weitere den Experten.«

Alison setzte ihren Großvater sorgfältig vor dem Fernseher zurecht, so dass er es bequem hatte, und stellte eine Schale mit seinen Lieblingsbonbons neben ihn.

»So, nun sieh du mal fern, Großvater«, sagte sie. »Hier sind deine Süßigkeiten. Ich bin bald zurück. Ich muss noch mal kurz weg.«

»Habe ich schon zu Abend gegessen?«, fragte er.

»Ja, du hast schon zu Abend gegessen.«

Alison riss sich zusammen und fasste sich ein Herz. Eine Ausgangssperre war in dieser Nacht für die Gegend verhängt worden, aber das war ihr egal. Sie war außer sich vor Sorge. Rufus war noch nie so lange weg gewesen. Normalerweise lag er um diese Zeit längst zusammengerollt auf dem Boiler und genoss die Wärme.

Ein Hubschrauber fegte immer noch am Himmel hin und

her. Sein Suchlicht erforschte wie ein Lichtengel dunkle Verstecke. Bäume tauchten silbern und ätherisch auf. Scharf geschnittene Umrisse von Dächern und Kaminen zeichneten sich deutlich gegen den Himmel ab.

Alison wusste nicht, wo sie zuerst suchen sollte. Sie ging vorsichtig am Bahndamm entlang. Er liebte Züge. Es war nicht schwer, sich unter der Absperrung hindurchzuzwängen oder über den Zaun zu klettern.

»Rufus, Rufus«, rief sie.

Der Kanal war ein unheimlicher dunkler Wasserstreifen, der unsäglich nach Abfall stank. Aber sie lief weiter den Pfad entlang, mutig, mit erhobenem Kopf und durchgedrücktem Rücken.

»Rufus, Rufus!«

Sie kletterte über das Tor zu den Schrebergärten. Sie wusste, dass Rufus hier Freunde hatte. Sie hatten es ihr erzählt. Die alten Männer und die einsamen Witwer. »Ihr Kater ist eine echte Persönlichkeit«, sagten sie oft. Aber die Schrebergärten waren verlassen. Geister längst verstorbener Bergleute richteten sich auf, als sie vorbeiging. Sie spürten ihre Verzweiflung im nachttrunkenen Nebel, aber sie konnten ihr nicht helfen.

»Rufus, Rufus!«

Das Tor zum Park war zu, aber nicht verschlossen. Sie hatten vergessen, es abzuschließen. Vielleicht war der Wärter alarmiert geflohen, als der Löwe gesehen worden war. Einmal war sie mit einem jungen Geliebten in diesem Park spazieren gegangen, aber er war seit langem fort, war nun weniger als ein Schatten. Aber Erinnerungen überkamen sie, und der Gedanke an leidenschaftliche Küsse und die starken Arme eines Mannes, die sie umarmten, verwirrte sie.

»Rufus, Rufus«, flüsterte sie. »Bitte komm nach Hause …«

Eine riesige zottelige Gestalt sprang aus einem Baum heraus und landete auf ihrer Brust. Alison wurde durch den Schwung und das Gewicht zu Boden geworfen. Sie schrie und rang nach Luft, da sie fast erstickte.

»Nicht bewegen! Nicht bewegen!« Bewaffnete Polizisten tauchten aus dem Nichts auf. Lichter gingen plötzlich an. Die ganze Umgebung war hell erleuchtet wie bei einer Filmszene.

»Nicht bewegen«, rief Ewan. »Ich habe ein Betäubungsgewehr. Keine Angst, ich werde ihn ruhig stellen.«

Der Lärm und der Tumult waren schrecklich. Alison schloss die Augen angesichts der plötzlich auftauchenden Kameras und der Fernsehteams, die versuchten, ihr Filmmaterial für einen spektakulären Beitrag in den Spätnachrichten zusammenzubekommen.

»Machen Sie sich doch nicht lächerlich«, schrie sie und zog ein paar lange Fellsträhnen aus ihrem Mund. Sie kannte diese Gestalt, die Art, wie sie sich anfühlte, das pulsierende Schnurren des Tiers, das sich um sie herumgeschlungen hatte. »Das ist kein Löwe. Das ist mein Rufus. Er würde niemandem etwas tun. Er könnte das gar nicht.«

Sie stand unter Schwierigkeiten auf und hielt dabei den großen rötlichgelben Kater fest. Rufus sah großartig aus. Er war ein langhaariger Kater mit lebhaften grünen Augen, Schnurrhaaren wie Scheibenwischer, Reißzähnen, die von Dracula geliehen waren, und einem Schwanz, der kraftvoll und voll ekstatischen Vergnügens in der Luft hin und her schlug.

»Das ist Ihr Rufus?«, fragte Ewan ungläubig, als er aus den Bäumen hervortrat.

»Natürlich, das ist Rufus. Und er ist jetzt Gott sei Dank in Sicherheit.«

Sie vergrub ihr Gesicht in dem langen dichten Fell und verlor sich im Glücksgefühl, den vertrauten Geruch wahrzunehmen. Nur ihr Kater war ihr wichtig.

»Sie können jetzt alle nach Hause gehen«, sagte Kommissar John Foster und entließ damit seine Männer. »Ich denke, wir haben den Löwen der Lufton Marshes gefunden.«

Ewan begleitete Alison nach Hause und versuchte so zu sprechen, dass sie ihn neben dem heftigen Schnurren von Rufus noch hören konnte. Der Kater hatte sich wie eine Pelzstola um ihren Hals geschlungen und sein buschiger Schwanz schlug gegen ihre Taille.

»Sie haben mir nicht gesagt, dass er so groß ist«, sagte er laut.

»Sie haben mich nicht gefragt.«

»Ich dachte, ich jage einen Löwen.«

»Rufus hat das Herz eines Löwen«, sagte Alison und rieb ihr Gesicht gegen den weichen Kopf.

Sie kamen an ihrem Haus an. Das Schnurren klang ab und ging in ein heiseres Grollen über, da der Schlaf Rufus übermannte und er in seine Träume abdriftete, in denen er tollkühne und großartige Taten vollbrachte.

»Möchten Sie noch auf einen Kaffee hereinkommen?«, fragte Alison zögernd. »Sie müssen völlig erledigt sein. Es war ein langer Tag. Das viele Fernsehen.«

»Nichts lieber als das«, sagte Ewan.

Veränderungen würden auf sie zukommen, sie würden aus ihrer Routine herausgerissen werden, aber sie waren bereit dazu und lächelten sich an.

Rufus vergrub seine Krallen in ihren Haaren und knurrte sich selbst zu, als er seinen glorreichen Tag als Löwe nochmals durchlebte. Er liebte Züge. Morgen würde er dem unverschämten 9.10er zweimal so laut entgegenbrüllen.

Champagner Chloë

In der Fernsehshow sagten sie, dass Champagner das Nonplus-ultra an Kultiviertheit sei. Die angesehensten Leute tranken ihn. Chloë war eine neugierige Katze. Sie untersuchte alles. Sie wusste genau, wie viele Beine eine Kellerassel hatte und wie viel Zeit eine solche benötigte, um die Stufen im Hof zu über-queren. Wissenschaftliches Zeug. Abgesehen davon hatte sie einen Minderwertigkeitskomplex, ein geringes Selbstwertge-fühl und fühlte sich insgesamt unwürdig. Aber sie hatte ein freundliches Wesen und war mit ihrem kleinen hübschen Ge-sicht und dem dunkelbraunen Fell recht attraktiv. Trotzdem zuckte sie zusammen, wenn jemand sie streichelte, und wich zurück, wenn man mit ihr sprach. Sie war eine Birmakatze und fühlte sich daher etwas fremd.

»Champagner kann sich nachhaltig auf Ihre Reputation und Ihre Beziehungen auswirken«, gurgelte die Moderatorin im Fernsehen und nippte kleine Schaumperlen aus einem langen eleganten Glas. »Sogar Ihr Kontostand könnte dadurch aufge-bessert werden, und Sie könnten generell ein ausgeglicheneres Leben, ein Leben im Gleichgewicht führen.«

Chloë machte sich keine Sorgen über ihr Gleichgewicht, das ausgezeichnet war. Sie konnte auf jedem Zaun entlanglau-fen wie ein Model auf dem Laufsteg. Aber sie musste etwas für ihren Ruf tun. Vielleicht war dieser Champagner die Lö-sung.

Sie bezweifelte, dass sie jemals die Gelegenheit haben würde, dieses magische Elixier zu probieren. Sie stellten ihr Leitungswasser hin, das nur bekömmlich war, nachdem es ein paar Tage lang gestanden hatte. Aber sie konnte immerhin eine theoretische Expertin für die köstliche flüchtige Flüssigkeit werden – na bitte, sie eignete sich den Jargon bereits an. Sie benötigte eine Reihe wenig bekannter Tatsachen, die keiner widerlegen konnte, um zu zeigen, dass sie kultiviert war.

Chloë hörte dem Rest der Sendung aufmerksam zu. Die geschmeidige Moderatorin war offensichtlich sehr vergnügt. »Champagnerperlen sind Perlen flüssiger Wonne«, sagte sie grinsend, nachdem sie zweifelsohne schon bei ihrem vierten Glas war. »Aber dieser hier ist etwas zu dünn, trotz seiner delikaten und edlen Komposition.

Die Nachbarn ackerten ihren Garten um. Die Katzen aus der Gegend sahen interessiert zu. Sie saßen still da und dachten über die Zerstörung nach. Der große Kater, der dort wohnte, tobte vor Zorn.

»Seht nur, was sie machen«, knurrte er. »All meine Lieblingspflanzen. Meine Spritzhecke ... mein Sonnenplatz ... mein bester Kratzpfosten. Alles ist weg. Das könnte jeden auf die Palme bringen.«

»Genauso wie 1495 die Weinbauern aus Reims«, sagte Chloë triumphierend. »Sie haben ihre Weinstöcke herausgerissen, damit die Truppen von Heinrich VII. nicht an die Champagnertrauben kamen, die daran wuchsen.«

»Ist das derselbe Heinrich, der zwei Straßen weiter wohnt?«

»Wahrscheinlich.«

»Ich wusste, dass er gewalttätig ist. Man darf ihm in keiner Situation trauen.«

»Er ist extrem teuer, und die Herstellung ist sehr kompliziert«, fuhr sie zusammenhanglos fort.

»Wovon?«

»Von Champagner.«

»Rühr ich nie an. Ziehe etwas geschmolzenen Käse allemal vor.«

»Hast du mal Epernay probiert? Er ist sehr berühmt wegen

seiner großartigen Champagnerhäuser. Natürlich darf man sie nie Châteaux nennen.«

»Schahpo? Wessen Po? Wenn dies eine Bemerkung über mein Hinterteil ist, Mädchen, dann gehe ich.«

Chloë sah zu, wie der große Schläger mit hochgezogenen Schultern davonstolzierte. Es tat ihr nicht Leid. Es war unmöglich, sich mit ihm zivilisiert zu unterhalten. Sie begann die Müllhalde nach einer leeren Flasche Krug-Champagner abzusuchen. Krug, Krug, Krug... das klang wie ein quakender Frosch, und der Champagner galt als der beste überhaupt. Ein vollmundiger Bollinger würde es auch tun. Sie nahm an, dass sie das Etikett erkennen würde; wahrscheinlich war ein Frosch darauf abgebildet. Es wäre ein echtes Statussymbol, eine herumzutragen und sie gelegentlich hin und her zu rollen, wenn ihr langweilig war.

»Oh, den trinke ich nicht«, würde sie zu denjenigen sagen, die sich nach der hin- und herrollenden Flasche erkundigten. »Er ist nicht so lieblich, wie er sein könnte.«

Die Bezeichnung guter Jahrgang und schlechter Jahrgang verwirrte sie. Ein guter Jahrgang war nicht unbedingt alt. Man konnte einen guten jungen Jahrgang bekommen. Sie wusste, dass weniger exquisite Champagner aus verschiedenen Jahrgängen hergestellt waren. Ein guter Jahrgang bedeutete, dass die Traube in diesem Jahr besonders gut war und dass der Champagner nur aus dieser Traube hergestellt wurde.

»Dieser Strauch steht schon seit über zehn Jahren hier«, sagte der große Schläger, der in einem Gewirr aus dem Unterholz wieder auftauchte.

»Die meisten Weinstöcke werden ungefähr dreißig Jahre alt«, sagte Chloë. »Mein Lieblingsweinberg, der Pinot Meunier, etwas südlich von Paris, ist vor kurzem eingegangen. Seitdem hat es nie mehr einen solchen Champagner gegeben.«

»Paris?«

»Das reimt sich auf Clarice, die nette gefleckte Katze auf dem Bauernhof – es ist ihr Spitzname und ihr Garten.«

»Ich wusste nicht, dass sie gestorben ist.«

»Sie doch nicht, du Dummkopf. Der Weinstock. Ach, vergiss es.«

Chloë wusste nichts über Paris. Sie hatte nur gehört, dass die Tochter des Hauses eine Klassenfahrt dorthin machte und dass es im Herzen Frankreichs lag. Jeder Ort, der im Herzen von irgendwo lag, musste ein guter Platz sein, um Champagner anzubauen.

»Das Wetter war zum Pflücken nicht geeignet. Es war entweder zu nass oder zu heiß. Wenn man Champagner zu früh nach einem starken Regen pflückt, kann er etwas dünn schmecken.«

»Wässrig, nehme ich an.«

»Genau.«

Chloë wurde von der ganzen Gegend gefeiert, wenn auch nicht in erster Linie wegen des Champagners. Die anderen waren noch nie einer Katze begegnet, die so viel über so etwas Exotisches wusste. Sie war eine Expertin, eine Weinkennerin, eine Traubenliebhaberin. Sie sagte Dinge wie: »Eine übereifrige Mousse sollte zu einem rhythmischen Sprudeln der Perlen abklingen.« Sie hatten noch nie ein sprudelndes Mus gesehen. Vielleicht trug dies zum Geschmack dieses Champagner-Zeugs bei. Sie glaubten ihr und waren sehr beeindruckt.

»Aber ich dachte, das wüsste jeder«, sagte sie und schlug mit dem Schwanz.

Sie sah sich auch die folgende Sendung über die richtigen Champagnergläser an. Die flache geöffnete Form, die Schale genannt wurde, war offensichtlich falsch, da die Handwärme des Trinkenden den Champagner erwärmen konnte. Und die Mousse ging darin schnell verloren. Die Schale war einmal beliebt gewesen, da sie sexy aussah und genau auf einen wohlgeformten Busen passte, aber Chloë konnte keinen Teil an sich entdecken, auf den sie gepasst hätte. Das Glas konnte höchstens auf ihrem Kopf stehen.

Die korrekte Glasform war die Flöte; je schmaler und je

leichter sie zu umfassen war, desto besser. Diese Form half dabei, den vollen Geschmack des Getränks zu konzentrieren. Chloë sammelte ein paar schlanke Flaschen, für den Fall, dass im Haus die Flöten ausgingen. Sie wusste nicht genau, was sich in den Schränken befand, da sie dort nicht hineindurfte, nicht einmal hineinschauen durfte sie.

»Rollen Sie ihn nie im Mund hin und her. Machen Sie keine kleinen feinen Schlucke. Ein Teil des Genusses besteht darin zu spüren, wie die Perlen zerspringen und in Ihrem Hals kribbeln«, hatte die Moderatorin gesagt.

Chloë machte ein paar Rollübungen mit Regenwasser, aber das brachte sie nur zum Husten. Verfluchte Ameisen. Nur einmal durch die Regentonne und schon waren sie weggetreten und schwammen mit den Füßen nach oben. Selbst das Regenwasser war eine Enttäuschung. Es hatte keine Perlen und kribbelte eindeutig nicht. Die einzigen kribbelnden Teile waren ein paar Grashälmchen, die bei der letzten Rasenmäherattacke hineingeweht worden waren.

Obwohl sie jede Menge Fakten über Champagner präsentieren konnte, fühlte Chloë sich immer noch unsicher. Offensichtlich machte sie irgendwas nicht ganz richtig. Sie benötigte eine Veranstaltung. So etwas wie eine Hochzeit oder eine Taufe. Sie würden eine weiße Traube verwenden müssen. Ein Champagnerball! Die Idee traf sie mit der Wucht eines Tennisballs, der beim Aufschlag vom Kurs abgekommen war. Keiner aus dieser Gegend hatte jemals einen so hochfliegenden Plan gehabt. Chloë wurde vor lauter Aufregung fast ohnmächtig. Sie stolperte über ein Stiefmütterchen. Sie würde jeden einladen, den sie kannte, und ein paar, die sie nicht kannte. Alle würden kommen wollen. Sie würden sich um ihre Einladungen reißen.

Ein Samstagabend wäre ideal. Die Menschen gingen entweder aus oder lagen schnarchend vor dem Fernseher. Chloë machte im Geiste eine Liste: Einladungen, Champagner, Flöten, ein paar Weinreben für die Atmosphäre und eine französische Band. Wenn sie es schnell aufsagte, erschien es ihr nicht zu entmutigend. Am Samstagnachmittag waren die Vorbereitungen bereits hektisch im Gange. Leider war es ihr nicht gelungen, Champagner, Flöten oder die französische Band zu organisieren. Sie hatte den Garten ringsum mit Girlanden aus halb abgestorbenen Efeublättern behängt und hoffte, dass keiner den Unterschied bemerken würde. Die Tochter des Hauses war sichtlich erstaunt über den Efeu, aber sie sagte nichts.

Jede andere Gastgeberin wäre etwas beunruhigt gewesen, aber Chloë war absolut zuversichtlich, dass sich für den Ball schon irgendetwas finden würde. Die Gäste kamen jedenfalls. Die Hälfte der Nachbarschaft war viel zu früh eingetroffen.

»Der Champagner muss gekühlt werden, versteht ihr, damit der erste Geschmack gedämpft wird«, sagte sie den frühen Ankömmlingen. »Wir benutzen Eimer und Badewannen zum Kühlen. Es ist ein guter Jahrgang. Von einem ausnehmend guten Jahr. Sehr zitronig und energisch.«

»Ich werde auch bald energisch, wenn dieser Ball nicht demnächst anfängt«, sagte der große Schläger. »Ich habe einen seit langem geplanten Kampf abgesagt, um zu dieser Fete zu kommen.«

»Keine Sorge. Es wird sich lohnen«, sagte sie geheimnisvoll.

Als die Gäste mit der Zeit unruhig wurden, hatte Chloë das Gefühl, dass sie vielleicht etwas sehr Mysteriöses tun musste. Sie konnte zum Beispiel verschwinden. Der Garten hatte Beerenobststräucher, die in der hinteren Ecke wuchsen: rote Johannisbeeren, Himbeeren und Stachelbeeren. Ein kurzer heftiger Regenguss ließ die Katzen losflitzen und nach Unterschlupf suchen. Sie lugten von ihren Plätzen unter Büschen und niedrigen Bäumen hervor und blinzelten zum grauen Himmel hinauf.

Eine reife Stachelbeere fiel auf Chloës Nase, und der süße Saft rann an ihrem Gesicht hinunter. Es schmeckte ... äh, anders. Zitronig und energisch, dachte sie plötzlich.

»Okay Leute, jetzt fängt der Spaß an!« Sie sprang nach vorne und schüttelte die Regentropfen aus ihrem Fell. »Jetzt ist die Champagner-Selber-Stampfen-Zeit. Fangt an zu stampfen. Wenn ihr Rosé wollt oder rosafarbenen Champagner, wie er auch genannt wird, fügt ein paar Himbeeren hinzu. Ein zarter Farbhauch wäre absolut perfekt.«

Chloë warf sich gegen einen tiefhängenden Ast, der schwer von reifen Früchten war. Sie fielen wie taubeglänzte Kugeln auf das regennasse Gras. Sie trampelte enthusiastisch darauf herum und zerquetschte die Früchte dabei mit ihren Zehen. Vier Pfoten zu haben war dabei eine große Hilfe.

»Dieser Boden ist hervorragend«, stieß sie keuchend hervor und nahm einen anderen Ast in Angriff. »Er verleiht dem Bouquet so eine feine Säure.«

Die Ballgäste gerieten außer Rand und Band. Dutzende von Katzen fielen über die Sträucher und Triebe her und zerstampften die süßen Beeren zu einem saftigen Brei. Sie begannen ein folkloristisches französisch klingendes Weinlied in verschiedenen Tonarten zu singen, um ihre gute Laune zu unterstreichen. Einige Leute öffneten ihre Fenster und warfen mit Sachen nach ihnen. Der Schläger wurde von einer Fernbedienung getroffen, was sehr schmerzhaft war. Es war ein wunderbarer Ball. Sie verstanden zwar nicht genau, was sie taten, aber es war weitaus besser, als auf einer Mauer zu sitzen.

Es war zwei Uhr morgens, als sie begannen, nach Hause zu torkeln. Sie waren müde und benommen von den überreifen Früchten.

»Was für eine Nacht!«

»Was für ein Ball!«

»Du bist ein Star.«

»Du bist eine Prinzessin.«

Chloë war vor lauter Komplimenten ganz schwindlig. Sie konnte sich gerade noch durch die Katzentür schleppen und auf den nächsten Sessel fallen lassen. Sie war ein Star, eine Prinzessin. Kein minderwertiges Wesen mehr. Sie war jemand.

Sie seufzte glücklich und sammelte schon mal ein paar Ideen, die ihr für ihr nächstes Projekt in den Sinn kamen. Ein Kakao-Picknick? Igitt... bloß kein Kakao. Er war bei weitem nicht so aufregend wie Champagner. Wie Madame de Pompadour einmal gesagt hatte: »Champagner ist der einzige Wein, der eine Frau unverändert schön aussehen lässt.«

Der kleine Unterschied

Es war ein Wurf von drei Kätzchen. Die Mutter leckte die Babys mit einem tiefen kehligen Schnurren. Es waren winzige nasse Fellhäufchen, die sich kaum bewegten. Sie sahen eher wie blasse Mäuse als wie Kätzchen aus. Jenny setzte sich erleichtert auf ihre Fersen, als ob die krampfartigen Schmerzen ihren eigenen Körper erschüttert hätten. Es war das erste Mal, dass ihre wunderschöne silberne Chinchillakatze, Sasha, gepaart worden war, daher war dieser Wurf wichtig und wertvoll. Das Geld stand zwar nicht an erster Stelle, aber Sasha hatte eine Reihe von Preisen auf Ausstellungen gewonnen, und Jenny hoffte, dass die Kätzchen auch alle künftige Gewinner sein würden.

Die Kätzchen waren perfekte Ebenbilder ihrer Mutter. Sie waren silbrig weiß. Aber ihrem Fell fehlte noch die Nuance an Schwarz, die ihnen ihr glänzendes Aussehen verleihen würde. Das dritte und letzte Kätzchen erregte ihre Aufmerksamkeit, aber sie wusste nicht, warum.

»Braves Mädchen«, sagte Jenny und streichelte Sashas langes dichtes Fell. »Du hast drei wunderbare Kätzchen.« Aber sie war sich nicht so sicher.

Das dritte Kätzchen war, obwohl es eine ganz ähnliche Färbung hatte, irgendwie eigenartig. Aber es war unmöglich, einen Unterschied zu erkennen; es hatte den gleichen runden Kopf und die kurzen dicken Beine der Perserrasse, dieselbe Stupsnase und kleine, weit auseinander liegende büschelige Ohren. Es war in jeder Weise ein perfektes kleines Kätzchen und trotzdem war irgendetwas an ihm ziemlich ungewöhnlich.

Als sie begann die Kätzchen zu säugen, entwickelte Sasha einen Mordshunger. Sie verschlang acht Mahlzeiten am Tag. Sie wurde dünner, während die Kätzchen ihre Kraft erhielten. Jenny gab ein Vermögen für hochwertige Nahrung und Ergänzungsmittel aus. Nach zehn Tagen öffneten die Katzenkinder ihre Augen und sahen Jenny blauäugig und unschuldig an. Das dritte Katzenbaby öffnete sein winziges rosafarbenes Mäulchen. Jenny telefonierte sofort mit der Züchterin.

»Hallo. Hier ist Jenny Marlowe. Erinnern Sie sich an Sasha Silverbeam, meine Chinchillakatze, die sich mit ihrem Kater, Bluey Silverspoon, gepaart hat? Nun, mit einem der Kätzchen stimmt etwas nicht.«

»Ist es deformiert?«

»Nein, deformiert ist es Gott sei Dank nicht. Aber es ist seltsam, wirklich seltsam ...« Jenny hörte auf zu sprechen.

»Das ist ja äußerst spannend. Vielleicht haben Sie eine neue Rasse. Das wäre ja wirklich etwas Besonderes.«

Das war nicht die Reaktion, die Jenny erwartet hatte. Sie wünschte sich, dass ihre Gesprächspartnerin besorgt und voller Anteilnahme war oder anbot, ihr die Deckgebühren zu erstatten.

»Ich weiß nicht, ob es eine neue Rasse ist ...«

»Wissen Sie, die amerikanischen Ragdolls und Munchkins waren sehr erfolgreich. Sie könnten Glück haben. Könnten Sie nicht vielleicht ›Spoon‹ irgendwo mit in den Namen aufnehmen, Bluey zuliebe?«

»Ich denke im Moment noch nicht über Namen nach«, sagte Jenny verärgert. »Ich will nur wissen, ob irgendetwas an Ihrem Bluey merkwürdig ist.«

»Merkwürdig?« Die Züchterin war erbost. »Natürlich nicht! Mein Bluey ist vollkommen.« Die Frau knallte laut den Hörer nieder, so dass Jenny das Ohr dröhnte.

Jenny hatte über die Ragdolls gelesen. Es waren schlaffe, unterwürfige Katzen, die sich widerstandslos umherwerfen ließen, perfekte Katzen für Wohnungsbesitzer. Und dann kamen die Munchkins – Katzen mit sehr kurzen Beinen, die weder klettern noch springen konnten, ebenfalls dafür gezüchtet, in Wolkenkratzerwohnungen zu leben und ständig drinnen zu sein. Sie war nicht glücklich über diese Art von Zucht. Eine Katze sollte eine Katze bleiben. Sie nahm das dritte Kätzchen hoch und schmuste mit ihm. Es war verspielt und anhänglich. Es rollte in ihrer Hand hin und her, vergrub seine Krallen darin, die sich wie kleine spitze Nadeln anfühlten, und baute sofort eine vertrauensvolle Beziehung zu ihr auf. »Ich werde nicht zulassen, dass sie eine Missgeburt aus dir machen«, flüsterte sie. »Ich werde dich O'Malley nennen.«

Die Kätzchen wuchsen und gediehen. Sie waren alle hübsch, klein, anmutig und ätherisch. Jenny wusste, dass es kein Problem sein würde, zwei davon zu verkaufen. Sie hatte bereits einige ernst gemeinte Anfragen, und die beiden würden bald ein neues Zuhause finden. Aber nicht O'Malley. Sie hielt ihn vor Besuchern versteckt. Keiner sah ihn. Es machte das Leben zunächst etwas schwierig, da sie ihn nicht wie seine Mutter und die anderen beiden draußen im Garten herumstreifen lassen konnte.

Zwei der Kätzchen fanden ein schönes Zuhause. O'Malley entwickelte sich zu einem prächtigen Kater und war ein wunderbarer Gefährte. Sie liebte ihn innig, und niemand konnte verstehen, warum sie ihn versteckt hielt.

»Jenny, das ist lächerlich«, sagten ihre Freunde, als sie hinreißende Fotos von O'Malley ansahen. »Er ist ein prächtiger Kater. Du musst ihn auf Ausstellungen präsentieren. Er würde jeden Preis gewinnen.«

»Nein, danke. Ich werde ihn nicht auf Ausstellungen mitnehmen. Sasha ist schon genug.«

Ungefähr zu dieser Zeit traf sie Alastair McDonald, der Siamkatzen züchtete. Er war ein Fanatiker, was seine Siamkatzen betraf, und zeigte sie auf allen großen Ausstellungen. Sein Leben widmete er seiner Familie aus schlanken, samtfelligen, exotischen Geschöpfen. Sie sprachen auf eine extravagante verzückte Art mit ihm. Und er antwortete. Es war verblüffend.

Aber das hinderte ihn nicht daran, Jenny auf der Nationalen Katzenausstellung zu erblicken. Es war ein kalter Wintertag im Dezember, und sie war dick in einen roten Poncho, eine weiße Wollmütze und einen Schal eingepackt und hatte ihre cremefarbenen Cordhosen in die Stiefel aus fein genarbten Leder gesteckt. Die Tatsache, dass sie eine bezaubernde Chinchillakatze bürstete, die ein wunderbares, glänzendes silbriges Fell hatte, rundete dieses Weihnachtsbild noch mehr ab.

»Wunderschön«, hauchte er.

»Ja, das ist sie, nicht wahr?«, sagte Jenny liebevoll.

»Ich züchte Siamkatzen«, sagte er und merkte, dass er angesichts von so viel Schönheit etwas aus der Fassung geriet.

»Das ist schön. Welche Art von Siamkatzen sind es?« Alastair konnte sich fast nicht erinnern.

»Blue-Point-Siamesen, glaube ich.«

»Sind Sie sich denn nicht sicher?«

»Vor einigen Augenblicken war ich mir noch sicher.«

»Oh du meine Güte . . .« Jenny verbarg ihr Lächeln. Sein bewundernder Blick verwirrte sie etwas. »Dies ist eine Chinchillakatze«, erklärte sie, während sie Sasha streichelte. »Diese kalte, zugige Halle heißt Olympia, London. Und Sie sollten lieber zu ihren Blue-Point-Siamkatzen zurückgehen, bevor Sie Ihre Käfignummern vergessen.«

»Sie werden nicht weggehen, oder?«, fragte Alastair flehend.

»Ich habe es nicht vor«, sagte sie sanft. »Nicht, bis es an der Zeit ist, sich ins Gewühl zu stürzen und nach Hause zu fahren.«

Er seufzte erleichtert. »Ich sehe Sie dann bei der Wertung. Wir werden es gemeinsam durchstehen.« Das war nicht gerade die romantischste Bemerkung, aber Jenny wusste, wie er es meinte.

Alastair wartete die Präsentation vor den Preisrichtern nicht ab. Er tauchte weniger als zehn Minuten später mit zwei Kaffeebechern wieder auf. Jenny mochte zwar keinen Kaffee, aber sie war zu höflich, es ihm zu sagen.

»Blue-Point-Siamesen«, sagte er. »Ich hatte Recht. Und ich habe mir die Käfignummern auf meine Hand geschrieben.«

»Gut gemacht.«

Dank dieser soliden Wissensbasis fühlte er sich sicher und wurde lockerer. »Das ist eine wunderschöne Chinchillakatze«, fügte er hinzu.

»Das ist Sasha Silverbeam. Sie hatte vor kurzem drei Kätzchen. Zwei davon habe ich sofort verkauft.«

»Können Sie das dritte nicht auch verkaufen? Sie könnten wahrscheinlich immer noch einen guten Preis dafür bekommen.«

»Ich behalte O'Malley. Er ist großartig.«

»Ich würde ihn gerne sehen«, sagte Alastair ungewöhnlich mutig.

»Es tut mir Leid, aber das ist nicht möglich. Wegen einer Infektion, wissen Sie«, sagte sie, obwohl Sasha auf einer Ausstellung mit vielleicht zweitausend anderen Katzen war.

»Ah ja, natürlich, eine Infektion.«

Alastairs Aussehen gefiel Jenny. Er war chaotisch und sah sehr verwirrt aus, so als ob das Leben ihm zu kompliziert sei. Seine Haare mussten geschnitten werden. Das gehörte wahrscheinlich zu den Dingen, die ihm nicht auffielen.

»Was machen Sie abgesehen davon, dass Sie mit Ihren Siamkatzen auf Ausstellungen gehen?«

Er sah sie verdutzt an, als ob er es vergessen hätte. »Oh, ich halte Vorlesungen über prähistorische und neolithische Geschichte in einem der roten Backsteine.«

»Wie bitte?«

»Neolithikum ... die Jungsteinzeit.«

»Nein, roter Backstein?«

»Eine der neuen Universitäten. Schreckliche Orte. Sie haben überhaupt keine Atmosphäre oder Kultur. Was machen Sie?«

»Ich bin ein Model. Für Hände und Füße.«

Jetzt war er an der Reihe zu stottern »Wie bitte?«

»Ich mache Hand- und Fußaufnahmen. Meine Hände sind besonders fotogen. Ich muss gut auf sie achten. Ich spüle nie ohne Handschuhe ab.«

Alastair fand zwar, dass sie von Kopf bis Fuß fotogen war, aber er bemerkte, dass ihre Hände sehr elegant waren. Sie hatte lange Finger und wohlgeformte Nägel. Sie trug silbernen Nagellack, der zur Farbe ihrer Katze passte. Er fragte sich, was sie machte, wenn eine Katze sie kratzte.

»Sie kratzen mich nie«, sagte sie, da sie seine Gedanken erriet. »Und das sollten sie auch lieber bleiben lassen. Ich bezahle ihre Tierarztrechnungen. Ich mache nächste Woche Fotos für einen Ringkatalog.«

»Für einen Ringkatalog«, sagte Alastair verwirrt. Von so etwas hatte er noch nie gehört. »Wir führen ein sehr unterschiedliches Leben.«

»Aber wir lieben beide Katzen. Das ist ein Anfang.«

»Also, werden Sie mir O'Malley zeigen?«

»Nein, ich fürchte, das kann ich nicht.«

Jenny bekam für Sasha eine sehr gute Bewertung und konnte eine Rosette mit nach Hause nehmen, und Alastairs Sapphire Pixie gewann dieselbe Auszeichnung. Sie beschlossen, dass dieser Doppelsieg es wert war, mit einem Essen gefeiert zu werden. Keiner von beiden war sich sicher, wer es vorgeschlagen hatte – es schien einfach so zu geschehen. Es war ein schönes Essen. Sie unterhielten sich nicht die ganze Zeit über Katzen.

Aber Jenny bat ihn nicht zu sich herein, als er sie nach Hause brachte. Er dachte, es habe etwas mit seiner persönlichen Hygiene zu tun, und schrubbte sich von nun an jeden Tag sorgfältig. Darüber hinaus begann er, nach jeder Mahlzeit seine Zähne zu putzen und er ließ sich die Haare schneiden. Aber sie bat ihn immer noch nicht hinein.

Jenny nahm ihre Katzen immer mit ins Bett. Sasha schlief

neben ihrem Kopfkissen, und O'Malley rollte sich hinter ihren Knien zusammen. »Gute Nacht, ihr süßen Katzen«, sagte sie, nachdem sie wieder einmal mit Alastair ausgegangen war. »Er fängt an zu denken, dass ich sehr seltsam bin. Aber ich muss ihn doch von hier fern halten, oder etwa nicht?«

Eines Abends tauchte Alastair unerwartet auf. Er hatte einen Strauß Nelken und eine Flasche französischen Bergerac Blanc mitgebracht. Ein leichter, fruchtiger Weißwein aus der Dordogne, wie ihm der Weinhändler versichert hatte. Dieser unangemeldete Besuch hatte ihm große Entschlossenheit abgefordert. Er wurde rot und fühlte sich unwohl. Jenny blieb vor lauter Schreck wie angewurzelt auf der Türschwelle stehen. Sie wusste nicht, was sie tun sollte. Sie konnte ihn nicht dort stehen lassen, vor allem, da es anfing zu regnen. Vielleicht konnte sie O'Malley in die Küche scheuchen.

»Kommen Sie herein«, sagte sie strahlend. »Ich muss nur schnell in der Küche einen Topf vom Herd nehmen.«

Er kam herein und schüttelte die Regentropfen von seinem Mantel ab. Ihr Haus war klein, aber sehr ansprechend. Es war mit all den schönen Details ausgestattet, die er bei jemandem wie Jenny erwartet hatte. Es gab Blumen, Bücher und bequeme Kissen. Seine Wohnung war ein Chaos.

Ein eigenartig bellendes Geräusch schien aus der Küche zu kommen. Alastair war verwirrt.

»Ich wusste nicht, dass Sie einen Hund haben«, sagte er etwas später, als er versuchte den Wein zu entkorken. Jenny hatte ihre besten Kristallgläser aus dem Schrank genommen und eine CD der »Drei Tenöre« eingelegt.

»Das kommt von nebenan«, erwiderte sie schnell. »Es ist ein nettes kleines Ding.«

»Es klingt nach etwas Kleinem. Was für eine Rasse ist es?«

»Äh ... ein Spaniel.«

Alastair wusste eine Menge über Spaniels. Er wusste über alles etwas. Sein Gehirn saugte Fakten wie ein Schwamm auf.

Manchmal fühlte Jenny sich ihm gegenüber ziemlich unwissend. Aber es gab einige Dinge, über die er gar nichts wusste – Herzensangelegenheiten verwirrten ihn; er hatte keine Ahnung, wie man mit einer Frau umging. Er wusste, dass er Jenny liebte, aber in ihrer Gegenwart war er unbeholfen und unfähig. Immer wenn sie in seiner Nähe war, schwand all seine Selbstsicherheit dahin, und daher fürchtete er, ihre Freundschaft könne zum Scheitern verurteilt sein. Er fühlte sich wohler mit einem verstaubten alten Buch und seinen anspruchsvollen Siamkatzen.

Alastair schenkte den Wein ein und war tief in Gedanken versunken, als seine Hand plötzlich zuckte. Der Wein spritzte auf Jennys Ärmel und vorne auf ihre Bluse. Er wich entsetzt zurück.

»Oh, es tut mir so Leid! So furchtbar Leid! Ich hole etwas, um das wegzuwischen.« Er ging eilig die paar Schritte in ihre Küche, bevor sie protestieren konnte. Er fand einen Lappen und O'Malley und hielt beides im Arm, als er ins Zimmer zurückkam.

»Schauen Sie mal, was ich gefunden habe«, sagte er.

»Wau«, sagte O'Malley.

»Einen Spaniel«, sagte Alastair.

Alastair war ganz aus dem Häuschen wegen seiner Entdeckung. Er war aufgeregt, verzückt, inspiriert und fröhlich zugleich. Er war *begeistert* von O'Malley.

»Eine völlig neue Rasse«, erklärte er. Eine Hatze! Ein Kund!«

»Und Sie denken nicht, dass er eine Missgeburt ist?«, fragte Jenny besorgt.

»Eine Missgeburt? Himmel, nein. O'Malley ist einzigartig. Es hat offensichtlich etwas mit seinen Stimmbändern zu tun. Es ist eine ganz leichte Fehlfunktion oder Verformung der zwei Stimmbänder«, erläuterte Alastair. »Die Luftröhre hat eine knorpelige Struktur, und ein langes schlaffes Stimmband verursacht einen tiefen Ton; ein kurzes gespanntes bringt einen hohen Ton hervor. Ich bin nicht sicher, wodurch ein ›Wau‹ hervorgerufen wird.«

»Sie meinen, dass seine Stimmbänder irgendwie verdreht sein könnten?«

»Irgend so was. Es ist nichts, worüber man sich Sorgen machen müsste. Es sei denn, Sie möchten ihn operieren lassen, um es zu berichtigen?«

»Nein! Bloß keine Operation! Und Sie glauben nicht, dass da irgendein Hundegen mit hineingeraten ist…?«

»Aber natürlich nicht, du kleine Sorgenkrämerin«, sagte Alastair und nahm ihre Hand, was ein großer Schritt für ihn und die Menschheit war. »O'Malley ist vollkommen, so wie er ist, er ist Zoll für Zoll ein Kater. Und er ist so fotogen. Er verdient ein wunderbares Leben. Wenn du möchtest… könnte ich dir helfen…« Alastair wusste wieder nicht weiter.

»Das würde mir gefallen«, sagte Jenny. »Und auch O'Malley. Nicht wahr, O'Malley?«

O'Malley streckte seine Pfote in ihre Haare. »Wau«, sagte er.

Der Kater, der nicht mausen konnte

Tucker war einer dieser Kater, die nichts richtig können. Ein richtiger Versager. Er hatte in seinem ganzen Leben noch keine Fliege gefangen, ganz zu schweigen von einer Spinne oder einem Vogel. Frösche und Mäuse überlisteten ihn mit Leichtigkeit. Vögel waren wundersame Wesen. Könige der Luft. Tucker glaubte, dass er größere Chancen hatte, eine *Concorde* zu fangen.

Es waren die alltäglichen Dinge in seinem Katzenleben, die er nicht auf die Reihe brachte. Er fiel von jedem Baum hinunter, auf den er kletterte. Auf dem Garagendach wurde ihm schwindlig. Beim Springen war er ein hoffnungsloser Fall. Wenn er auf einen Stuhl oder auf eine Arbeitsplatte sprang, schätzte er die Höhe immer falsch ein. Er sprang entweder zu kurz und fiel auf den Boden zurück, oder er überschätzte die Entfernung und schwebte für eine Zehntelsekunde weit über dem gewählten Objekt. Ein freier Fall war unvermeidlich.

Häufig blieb er in der Katzentür stecken, da er sich nicht entscheiden konnte, mit welcher Pfote er zuerst hineingehen sollte. Seine Versuche, sich seitlich durchzuzwängen, endeten kläglich, und er musste sich auf erniedrigende Weise von einem Familienmitglied retten lassen. Sich zu putzen und zu pflegen war eine anstrengende Arbeit, die mit uneleganten Posen verbunden war und dadurch erschwert wurde, dass er an einige Stellen nicht richtig hinkam, ohne dabei umzufallen.

Er hieß Tucker, weil er aussah wie Bruder Tuck* – braun und

---

* Der rundliche Bruder Tuck gehörte zu den Gefolgsleuten Robin Hoods (Anm. d. Übers.).

rund und vergnügt, mit einem cremefarbenen Fleck oben auf seinem runden Kopf, wie die Tonsur eines Mönchs. Aber Tucker war nicht so fröhlich wie der Mönch; er hatte ein melancholisches Gemüt, und sein Selbstwertgefühl lag unter null.

»Na los, Tucker, du schaffst es.« Die Familie feuerte ihn an wie eine Reihe von Cheerleadern und warf Papierbälle durch das Zimmer, die er fangen sollte. Aber er fiel in der Regel über seine eigenen Pfoten oder schlitterte am Ball vorbei und knallte mit dem Kopf voraus gegen die Beine der Möbel. Er verschüttete seine Milch, verstreute das Fressen unordentlich auf der Plastikmatte und kullerte von jedem Bett hinunter, auf dem er versuchte einzuschlafen.

Selbst auf dem Boden war er nicht sicher. Irgendjemand stolperte immer über ihn oder trat auf seinen Schwanz.

»Mitten auf der Türschwelle! Also wirklich, Tucker, du suchst dir die unmöglichsten Plätze aus!«

Er wusste nicht, warum er unbeholfen war. Es hing damit zusammen, dass er zu nichts nütze war. Er konnte nicht einmal ein anständiges Loch im Garten buddeln, ohne dass dabei ein Haufen Erde in alle Richtungen flog, während die Familie um ihn herumstand und darüber lachte. Es war wirklich erniedrigend. Tucker überlegte, was er bezüglich seiner Unzulänglichkeiten tun konnte. Er sehnte sich danach, dass Menschen sagten: »Ist Tucker nicht toll? Was für ein wunderbarer Kater! Er ist so gescheit!«

Durch die Ankunft des Babys entspannte sich die Situation für Tucker. Sie waren so beschäftigt mit diesem kleinen, milchigen Geschöpf, dass Tuckers Missgeschicke für eine Weile unbemerkt blieben. Er konnte den ganzen Tag irgendwo hinunterfallen, und keiner lachte.

Sie spannten ein Katzennetz über den Kinderwagen, aber Tucker bezweifelte, dass es ihm gelingen würde, auf den Kinderwagen hinaufzuspringen. Davon abgesehen würde er dem Baby nie etwas tun. Sie hatten eine Menge gemeinsam. Das

Baby war ebenfalls ziemlich nutzlos. Es konnte nicht laufen; es konnte nicht sprechen; es konnte nichts fangen; es konnte auch nicht allein essen, sondern kleckerte das Essen unordentlich auf den ganzen Boden. Seine Stehversuche endeten damit, dass seine Knie nachgaben und es mitten auf dem Hinterteil landete.

»Bäh-bäh-bäh!«, gluckste das Baby zufrieden und griff heftig nach Tuckers Ohren. Tucker wich zurück und stolperte über seinen eigenen Schwanz. Das war der Beweis. Das Baby kannte nicht einmal den Unterschied zwischen einer Katze und einem Lamm. Es war jämmerlich.

Tucker fragte sich, ob er aus den Fortschritten des Babys etwas lernen konnte. Der Gedanke kam ihm, als er etwas Rührei unter dem hohen Kindersitz aufleckte. Er begann das Kind genau zu beobachten.

»Unser Kater ist in den letzten Tagen sehr ruhig geworden«, sagte die Familie und fühlte an seiner feuchten Nase, um zu sehen, ob sie heiß war. »Vielleicht wird er krank.«

Tucker blinzelte schläfrig und gähnte, um seinen aufmerksamen, beobachtenden Blick zu überspielen. Er wollte nicht, dass die Familie ihm das Beobachten verbot, so wie sie dem Baby verboten hatten, Dinge zu erkunden, indem sie es in einen hölzernen Laufstall steckten.

Das Baby hasste den Laufstall. Es zog sich an den Stangen hoch und heulte jämmerlich. Es war ein herzerweichender Protest, aber die Familie war scheinbar plötzlich taub geworden. Tucker hielt diesen Lärm nicht aus und versuchte, seinen Kopf unter einem Kissen zu vergraben, aber nicht einmal das gelang ihm. Sein Kopf kam immer wieder auf der anderen Seite heraus. Dann lernte das Baby, den Laufstall hin und her zu schaukeln, was fast genauso schlimm war. Es heulte zwar nicht mehr, aber das ständige Bums-Bums-Bums riss Tucker immer aus dem Schlaf und bewirkte, dass er noch häufiger irgendwo runterfiel. Von dem Lärm bekamen alle Kopfschmerzen. Aber Tucker verspürte einen seltsamen Optimismus. Er spürte, dass irgendein Sinn in der Luft lag, und lief danach schnuppernd umher.

Eines Nachmittags wurde Tucker durch das Fehlen des bumsenden Lärms darauf aufmerksam, dass sich irgendetwas verändert hatte. Im Haus war es eigenartig ruhig. Manchmal schlief das Baby zusammengesackt in einer Ecke des Laufstalls ein. Tucker ging um die Stangen herum, um nachzusehen, aber der Laufstall war leer. Vielleicht hatten sie das Baby in sein Kinderbett oder seinen Wagen gelegt. Tucker war verwirrt, als er beide Behältnisse ohne Insassen vorfand. Tucker ging durch das Haus und achtete darauf, nicht über etwas zu stolpern. Vielleicht waren sie mit diesem lauten Gerät mit den Reifen weggefahren, aber er wusste, dass sie dann nicht alle Fenster weit offen gelassen hätten.

Tucker inspizierte sorgfältig die Küche. Soweit er es beurteilen konnte, war alles in Ordnung. Dann bemerkte er die Katzentür und ein eigenartig geformtes Frotteebündel, das darin eingeklemmt war. Dann sah er zwei kleine pummelige Hinterbeine, die in der Luft hingen. Er musste nur einmal kurz schnuppern, um das Baby zu erkennen und um festzustellen, dass es nicht schrie oder heulte oder sich bewegte oder irgendetwas. Tucker geriet in Panik. Er wusste, wie es sich anfühlte, in der Katzentür festzustecken, und er kannte den Schmerz, wenn der Rand in einen vollen Bauch drückte, und er wusste, wie schwierig es war, vorwärts oder rückwärts wieder rauszukommen. Er erkannte auch, dass er alleine nichts tun konnte. Er benötigte Hilfe.

Er rannte ins Wohnzimmer, machte einen großen Satz auf das offene Fenster zu und sprang mit ein paar Zentimetern Abstand über den Sims. Sein Herz hüpfte vor Freude. Es war das erste Mal, dass er erfolgreich aus einem Fenster gesprungen war. Er landete souverän auf dem Boden und rannte zu dem Platz im Garten, wo die Familie saß. Aber was konnte er tun? Gedanken rasten durch seinen Kopf. Er war kein Hund; er konnte nicht bellen. Sie würden ihm nicht folgen, wenn er wie üblich zaghaft und leise miaute. Ihm fielen keine Tricks ein, mit denen er ihre Aufmerksamkeit auf sich lenken konnte. Sie würden nur wie sonst auch lachen und wieder mal denken, dass er zu nichts nütze war.

Daher tat Tucker etwas, das er noch nie in seinem Leben getan hatte. Etwas, das für ihn völlig untypisch war. Er schoss über den Rasen und biss einem von ihnen ins Bein. Seine spitzen Zähne gruben sich tief ins Fleisch hinein, bis er Blut schmeckte. Der unmittelbar darauf folgende Schlag auf sein Hinterteil machte ihm nichts aus. Er wendete in drei Zügen und rannte, von seinem wütenden Opfer verfolgt, zum Haus zurück.

»Tucker! Du Monster! Schau dir mein Bein an ... ich blute. Was ist in ihn gefahren? Ich werde Tollwut bekommen, du verdammter Kater!«

Die blutende Person rannte hinein, um das Blut in der Küche abzuwaschen und die Tollwut abzuwehren, fand das Baby, das in der Katzentür feststeckte, und rief um Hilfe. Es gelang ihnen, das Baby aus dem Loch in der Tür zu retten, da sie durch Tucker viel Übung hatten, und dann riefen sie den Arzt. Alle waren aufgebracht und machten ein großes Theater. Der Arzt erklärte, dass das Baby unverletzt und nur außer Atem sei.

»Ich glaube, Ihr Kater hat Sie absichtlich gebissen«, sagte der Arzt, als er die Wunde säuberte und einen schmalen Verband anlegte. »Sie sagen ja, dass er es noch nie gemacht hat ... Ich glaube, er hat gemerkt, dass das Baby in der Tür feststeckte, und ist gekommen, um Sie zu holen. Das Baby war ja wirklich in Gefahr. Sie haben einen wunderbaren Kater. Er war toll. So eine Geistesgegenwärtigkeit in einem Notfall. Er verdient eine Medaille.«

Tucker versuchte, nicht zu erfreut dreinzublicken. Die Sache mit der Geistesgegenwärtigkeit gefiel ihm, was immer es auch bedeuten mochte. Er nahm die Entschuldigungen und Küsse für den Schlag auf sein Hinterteil an und fand, dass das Lachs-filet zum Abendessen eine Entschädigung war, die ihm zustand. Aber die größte Genugtuung war, sich an seine Tat zu erinnern und den Moment noch einmal zu durchleben, in dem er mit einem großen Satz über den Fenstersims gesprungen war und der Wind wie mit Engelsfingern sein Fell gestreichelt hatte. Vielleicht würde er es eines Tages noch mal versuchen.

Nur der Wind

Melanie sah ihrem ersten Abend allein zu Haus mit freudiger Erwartung entgegen. Zunächst einmal würde das Abendessen aus all ihren Lieblingssachen bestehen: getoasteten Käse-Speck-Sandwiches, einem Milchschokoladenriegel und einem Karton Mandarinen-Orangen-Joghurt. Es würde herrlich dekadent sein, und sie würde alles von einem Tablett auf ihren Knien essen. Das war ein Genuss, der normalerweise verboten war, wenn ihre Eltern zu Hause waren. Was ordentliche Manieren beim Essen betraf, nahmen sie es sehr genau.

»Du wirst am Tisch sitzen und auf zivilisierte Weise essen«, würde ihre Mutter anordnen.

Aber Melanie hatte andere Pläne. Nach einem gemütlichen Bad, für das sie den besten Badeschaum ihrer Mutter verwenden würde, wollte Melanie sich in ihren alten abgesteppten Morgenmantel hüllen und einen Spätfilm im Fernsehen anschauen. In jeder Werbepause würde sie sich etwas zu trinken holen und einen kleinen Snack gönnen. Niemand würde kontrollieren, wann sie ins Bett ging, und sie hatte vor, sehr lange aufzubleiben.

»Du gehst zur normalen Zeit ins Bett, junge Dame«, hatte ihre Mutter mindestens zweimal gesagt.

Es war das erste Mal, dass Melanie über Nacht allein gelassen wurde. Das alte Haus war ihr so vertraut wie ihre eigene Haut, und sie hatte nicht die geringste Angst. Das Ganze war mehr wie ein Abenteuer. Sie würde absperren, den Wecker stellen, am nächsten Morgen zur Schule gehen und sich dabei unabhängig und selbstständig fühlen.

»Bist du sicher, dass du zurechtkommst?«, fragte ihre Mutter abermals. »Denk bitte daran, nicht nur die Vordertür, sondern auch die Hintertür abzusperren, okay?«

»Hör bitte mit diesem Theater auf, Mama«, sagte Melanie. »Ich komme sehr gut zurecht. Sooty wird mich beschützen. Ich werde ihn auf alle Eindringlinge hetzen.«

Der kleine schwarze Kater schlang sich um Melanies Beine, als er seinen Namen hörte. Er war absolut bereit, alle Mäuse oder Spinnen, die sein geliebtes Frauchen erschreckten, raus-zuschmeißen. Er war Melanies Kater, seitdem sie ihn vor ein paar Jungen gerettet hatte, die leere Dosen an seinem Schwanz festgebunden hatten. Es waren unangenehme Jugendliche, die zu Tode gelangweilt waren und die lieber irgendeinen Unfug machten, als gar nichts zu tun. »Lasst uns den Kater grillen. Kater am Spieß«, riefen sie. »Hat jemand Streichhölzer dabei?«

Melanie kam gerade von der Schule nach Hause. Sie ging mit ihrem Schulranzen auf sie los. Ihre Augen blitzten zornig. Sie ergriffen die Flucht, da sie sich nicht mit einer sehnigen zwölf-jährigen Kriegskönigin anlegen wollten. Sooty kauerte unter einem Strauch und versuchte die Schnur durchzunagen. »Ich mach das für dich, Baby«, sagte sie. Sie löste die Knoten, steckte den Kater unter ihren Blazer und nahm ihn mit nach Hause. Sie unternahm alle nötigen Schritte. Sie gab Annoncen in der Zeitung auf und rief das Tierheim an, aber niemand forderte Sooty zurück. Er war ein Streuner, der ausgesetzt worden war.

»Ich würde normalerweise nicht fahren, aber ich finde, Oma hat sich am Telefon sehr schlecht angehört«, sagte ihre Mutter beunruhigt. »Ich muss hinfahren und sehen, ob es ihr gut geht. Und es ist eine gute Gelegenheit, die ganzen Sachen mitzuneh-men, die wir für sie aufbewahrt haben, als sie umgezogen ist.

Das Auto wurde mit Großmutters wertvollen Habseligkeiten beladen. Einige davon waren sehr alt. Sie war eine Sammlerin. Sie sammelte an seltsamen Orten eigenartige Dinge. Mrs Lowes besorgtes Gesicht schaute zwischen den Blättern einer kräftigen Pflanze hervor, die aus dem Autofenster herauszuwachsen schien.

»Du weißt, dass ich nicht mitkommen kann«, sagte Melanie. »Miss Harcourt würde ausflippen, wenn ich morgen nicht zur Englischprüfung erscheinen würde. Ich muss da hingehen. Sie würde mir nicht glauben, wenn ich ihr erzähle, dass es meiner Großmutter schlecht geht.«

»Bist du sicher, dass es dir nichts ausmacht?«

Melanie stöhnte. »Du lieber Himmel, ich bin fünfzehn und nicht fünf Jahre alt. Ich komme zurecht. Ich habe einen Kater, ein Telefon und den Fernseher. Was könnte eine ausgeglichene, vernünftige Teenagerin sonst noch brauchen?«

»Ich wünschte, dein Vater wäre hier.«

»Der ist auf der anderen Seite der Welt. Wir sollten ihn nicht beunruhigen. Tschüs, Mama. Liebe Grüße an Oma.«

»Also, dann fahre ich jetzt«, sagte Mrs Lowe und sah erleichtert aus. »Es ist eine weite Fahrt. Ich möchte dort ankommen, bevor es dunkel wird.«

Melanie winkte, bis das Auto außer Sichtweite war. Dann nahm sie den Kater auf den Arm und tanzte wild den Pfad entlang. Es gehörte alles ihr. Das Haus, der Garten, alles. Sie war frei! Sie hatte das Kommando! Es war ein herrliches Gefühl. Sooty sprang von ihren Armen hinunter. Er stand nicht auf wildes Tanzen.

»Oh schau, Mama hat dieses alte Bild vergessen. Macht nichts, Oma kriegt es ein anderes Mal.«

Es war die Strichzeichnung eines jungen Mädchens, das mit einem aufgeschlagenen Buch zurückgelehnt in einem hohen Sessel saß. Sie war ungefähr so alt wie Melanie. Sie trug ein Rüschenkleid mit hohem Kragen, schwarze Strumpfhosen und Hausschuhe, und ihr langes blondes Haar hing an ihrem Rücken herab. Auf der Lehne des Sessels balancierte ein schelmisch blickendes schwarz-grau-gestreiftes Kätzchen, das versuchte, die Aufmerksamkeit des Mädchens auf sich zu ziehen. Das Bild hieß ›Die Kätzchen‹. Es war von C. Burton Barber und mit dem Datum 11. Februar 1888 versehen.

»Hm, ich kann nur ein Kätzchen sehen«, sagte Melanie und stellte das Bild an einen sicheren Platz hinter der Tür. »Warum heißt es dann ›Die Kätzchen‹? Mr Burton Barber muss sie sich vorgestellt haben.«

So lässt sich's leben, dachte sie, als sie Sooty fütterte. Dann toastete sie ihre Sandwiches. Sie rochen so lecker, dass sie auf dem Weg ins Wohnzimmer nicht widerstehen konnte und ein paar Mal davon abbiss. Während sie ihr Abendessen genoss, hatte sie ihre Nase in einen Roman gesteckt und verschlang gierig ganze Absätze auf einmal. Sooty kletterte auf ihren Rücken, trat auf ihren Schulterknochen herum und verfing sich mit seinen Krallen in ihren langen Haaren.

»Runter mit dir«, sagte Melanie liebevoll. Sie rollte sich auf den Rücken, so dass der Kater herunterfiel. »Steck deine Krallen woanders hin.«

Sie hörte das Knacken nur halb. Es wurde durch das Knistern des zerknüllten Silberpapiers von dem Schokoriegel überdeckt, das sie für den Kater durch das Zimmer warf. Sooty stürzte sich darauf, warf es in die Luft und boxte danach.

Melanie hörte mitten im Satz auf zu sprechen. Sie dachte, sie hätte ein leises Geräusch gehört ... ein Kratzen? Nein, es war ein Auto. Ihr Haus lag am Ende der Straße, und häufig bogen Leute falsch ab und mussten rückwärts wieder hinausfahren. Sie trug ihr Tablett in die Küche. Das Fenster war offen, und der Vorhang flatterte teilweise nach draußen und verfing sich in den Dornen eines Rosenstrauchs. Eigenartig, sie konnte sich nicht daran erinnern, dass sie das Fenster offen gelassen hatte.

Knacks. Ihre Hand erstarrte, als sie gerade nach einem Apfel greifen wollte. Ein Knoten war in ihrem Bauch, wo Sekunden vorher noch ein gesunder Appetit gewesen war. Es war noch nicht dunkel, nur dämmrig, aber Melanie beschloss jetzt zuzuschließen, sofort, in diesem Moment. Sie drehte den Schlüssel in der Hintertür und schob den Riegel vor.

Absichtlich langsam ging sie den Flur entlang zur Vordertür. Sie beeilte sich bewusst nicht. Es war lächerlich. Ihre Mutter hätte sie ausgelacht. Beim ersten komischen Geräusch wurde sie schon panisch. So viel zu ihren mutigen Worten. Ihre Hand näherte sich dem Schloss, um es zu verriegeln, und genau in dem Moment, in dem sie den Schnapper berührte, klingelte jemand. Sie zuckte zurück. Es klingelte noch mal. Ihr Herz klopfte. Sie wusste, dass sie die Klingel ignorieren sollte. Sie lehnte sich gegen die Tür und fragte sich, ob ihr Atem auf der anderen Seite zu hören war.

»Ist jemand zu Hause?«

Die Stimme klang laut in ihrem Ohr. Melanie kam es jetzt albern vor, dass sie an der Tür lehnte und sich weigerte, sich einzugestehen, dass es geklingelt hatte. Es war nicht spät. Sie öffnete die Tür einen Spalt breit, ließ die Kette eingehängt und machte ein verschlossenes, unnahbares Gesicht. Ein junger Mann zündete sich lässig eine Zigarette an. Er hatte längere braune Haare, trug zerrissene Jeans und ein rot kariertes Hemd. Sie konnte sein Gesicht nicht richtig sehen, da er sich zum flackernden Streichholz hinunterbeugte.

»Möchten Sie die Auffahrt repariert haben, Miss?«

»Nein danke.«

Beim Klang ihrer kühlen Stimme blickte er auf. Sie sah ihn unerschrocken an. Er war zirka dreiundzwanzig, schlank und drahtig. Er lächelte zuversichtlich.

»Kann ich mit Ihrem Vater sprechen?«, fragte er. Er warf einen Blick auf die offene Garage. »Oder sind Ihre Eltern weggefahren?«

Sie hätte die Garagentore zumachen sollen. Wie dumm von ihr. Sie hatte überhaupt nicht daran gedacht. Melanie räusperte sich.

»Schöner Abend für eine Spazierfahrt«, sagte er, während er

sein Gewicht auf den anderen Fuß verlagerte und langsam eine dünne Rauchwolke ausatmete. »Bleiben sie lange weg?«

»Ich erwarte sie jeden Moment zurück.«

»Dann warte ich«, sagte er.

Der Rauch zog ihr ins Gesicht. Sie konnte nicht sprechen. Sie wollte husten.

»Wir reparieren alle Auffahrten, wir machen Makadamdecken*. Jederzeit, ohne Anzahlung. Ihre Auffahrt sieht schlimm aus. Ich sehe, dass sie nie ordentlich gemacht worden ist.«

»Ich glaube nicht, dass mein Vater interessiert wäre«, sagte Melanie, als ihre Stimme ihr endlich wieder gehorchte. Sie gab der Tür schnell einen Stoß, schob mit zitternder Hand den Riegel vor und drückte den Schnapper herunter. Sie war in kalten Schweiß gebadet. Sie hatte den Mann abgefertigt. Vielleicht konnte sie nun den restlichen Abend genießen.

Der Flur war kühl. Die Atmosphäre hatte sich verändert. Sie rannte nach oben, drehte die Hähne der Badewanne auf und hoffte, dass ihre albernen Ängste sich auflösen würden, wenn sie sich in einem Luxusbad mit duftendem Schaum durchweichen ließ. Sie schaltete das Radio an und stellte es laut. Sie fühlte sich nicht so allein, wenn das Radio an war.

»Hallo?«, rief sie. Sooty tauchte auf und sprang auf den Badehocker. Es gefiel ihm, das Wasser zu beobachten. Der Wasserstrahl aus den Hähnen faszinierte ihn. Woher kamen all die schillernden Tropfen? Es war ein Rätsel, das ihn nicht losließ. Es gab überhaupt keinen Hinweis darauf, wo dieser Zauber herkam. Er hatte jedenfalls nur das Wasser im Kopf, und seine Augen leuchteten.

Die Badezimmervorhänge flatterten, und Melanie sah vorsichtig in den Garten hinaus. Es wurde dunkel. Die Bäume wa-

---

* Straßenbelag, benannt nach dem schottischen Straßenbauingenieur McAdam (Anm. d. Übers.).

ren dicht und schemenhaft. Sie rannte von einem Zimmer zum nächsten, zog überall die Vorhänge zu und schaltete die Lichter an. Sie fühlte sich besser, wenn alle Lichter brannten, aber sie dachte auch ständig daran, dass ein erleuchtetes Haus vielleicht unnatürlich aussah. Sie nahm Sooty wieder mit ins Badezimmer. Aber der Dampf oder irgendetwas anderes beunruhigte ihn. Er riss sich los und hinterließ einen langen Kratzer auf Melanies Handrücken. Er rannte davon und verfolgte etwas mit starrem erbarmungslosem Blick.

»Du dummes Ding. Ich wollte dich nicht ins Wasser tauchen«, sagte sie lachend. Aber der nervöse Ton in ihrer Stimme, klang ganz anderes als ihr normales Lachen. Sie fiel beinahe über die BademMatte, die sich in Falten geworfen hatte. Sie zog sie wieder gerade.

Sie lag in dem nach Blüten duftenden Schaum und hoffte, dass das heiße Wasser ihre Nerven beruhigen würde. Sie machte Entspannungsübungen ... eins, zwei, drei ... lass die Zehen los ... aber wie sollte sie das schaffen? Sie konnte ihre Zehen nicht einmal spüren, geschweige denn, sie irgendetwas unabhängig vom restlichen Körper tun lassen. Wie sehr hatte sie sich auf diesen Abend gefreut, und nun hatte der junge Mann ihn ihr verdorben. Das Haus war voller knackender und raschelnder Geräusche. Horch! Das Holz atmete, die Fenster klapperten, das Wasser im Heizsystem blubberte. Es gab tickende Uhren. Jedes neue Geräusch beunruhigte sie. Sie lauschte angestrengt. Sie stellte die Musik lauter. Irgendwo klopfte etwas. Es war doch nicht etwa wieder dieses Fenster? Die BademMatte hatte sich wieder aufgeworfen. Es war, als ob Sooty darin gewühlt hätte, aber er war nicht in der Nähe. Ein weiches Fellbüschel strich über ihre blanken Zehen. Ihre Vorstellungskraft spielte ihr Streiche. »Sooty«, rief sie. Er war draußen auf dem Treppenabsatz und tat so, als höre er sie nicht. Er starrte die Tapete an und studierte das Muster.

Melanie wickelte sich in ein großes Handtuch und lief eilig

in ihr Zimmer. Ihr alter Flanellschlafanzug erschien ihr plötzlich sicherer als das knappe Teddybär-T-Shirt, das sie gewöhnlich trug. Sie schob die Vorhänge auseinander und sah, wie Sooty wie ein Schatten über den Rasen schoss und in ein paar Sträuchern verschwand. Es war eine wunderbare Nacht. Der Himmel war klar und voller Sterne, die hell funkelten. Wie war Sooty rausgekommen? Sie hatte doch überall abgeschlossen und alles zugemacht? Sie musste irgendwo ein Fenster offen gelassen haben.

Ein Flugzeug flog über sie hinweg. Seine Lichter blinkten rot und grün. Melanie war früher dran als geplant, da sie durch den unerwarteten Besuch an der Haustür durcheinander gebracht worden war. Es war zu früh für den Spätfilm. Vielleicht sollte sie den Stoff für die Englischprüfung wiederholen. Aber was genau sollte sie sich noch mal ansehen? Sie holte ihr Grammatikbuch heraus, konnte sich aber nicht konzentrieren. Sie beugte sich hinunter und kratzte Sootys knochigen Kopf. Er erschauerte bei ihrer Berührung. »Du bist mir eine große Hilfe«, sagte sie ohne nachzudenken.

Es klingelte heftig, laut und lange. Melanie bewegte sich nicht. »Hallo? Hallo?« Sie wusste, dass es wieder der junge Mann war, da sie seine Stimme erkannt hatte. Niemand sonst würde zu dieser Uhrzeit klingeln. Er war zurückgekommen. Der Kies knirschte, und dann hörte sie ein energisches Klopfen an einem Fenster im Erdgeschoss. Melanie hielt den Atem an. Was war, wenn er es einschlug? Sie rechnete schon fast damit, das Geräusch von klirrendem Glas zu hören und rannte nach unten. Sie nahm den Telefonhörer ab, aber wen sollte sie anrufen?

»Gehen Sie weg«, rief sie.

»Kann ich Ihr Telefon benutzen?« Es war derselbe junge Mann. »Mein Wagen hat eine Panne. Ich möchte eine Werkstatt anrufen.«

»Das Telefon funktioniert nicht«, stieß sie hervor und wusste sofort, dass es verkehrt war, das zu sagen. »Meine Eltern werden jeden Moment nach Hause kommen. Und mein Bruder. Er ist nur mit dem Hund spazieren gegangen.« Sie wusste, dass sie stammelte. »Es gibt eine Werkstatt im Ort. Sie könnten per Anhalter dorthin fahren...«

Ihre Stimme versagte. Ihr Hals war trocken, als sie sich krampfhaft am Treppengeländer festhielt. Sie legte ihre Stirn auf Sootys weichen Rücken und wurde durch seine Anwesenheit etwas getröstet. Der junge Mann klopfte wieder ans Fenster. Es war nicht offen. »Können Sie mir helfen, den Wagen zu schieben?« Er klang ungeduldig. Es war spät. Er wollte wahrscheinlich nach Hause.

»Nein, das kann ich nicht.« Sie hinderte sich gerade noch rechtzeitig daran, zu sagen, dass sie nicht angezogen war. Melanie berührte wieder das Telefon. Sie hob leise den Hörer ab, und ihre Finger suchten die Neun. Ihr tat alles weh vor Anspannung. Dann war sie sich wegen der Null nicht sicher, wo die Neun war, und musste zählen. Das Wählen klang so laut. Wahrscheinlich würde er es hören? Beeilung, Beeilung bitte, so antworte doch jemand...

»Hier ist der Notruf. Welchen Dienst möchten Sie? Polizei, Feuerwehr oder den Rettungswagen?«

»Die P-Polizei bitte.«

»Sprechen Sie bitte lauter, Miss. Ich kann Sie kaum hören.«

Melanie legte den Hörer auf. Sie würden herausfinden, dass sie alleine war. Ihre Mutter würde Ärger bekommen. Sie dachte an all die Geschichten in den Zeitungen. Sie saß zitternd auf der Treppe. Sooty kam von oben herunter und schmuste mit ihr. Sie hielt den kleinen Kater zu ihrem eigenen Trost fest umschlungen. Der Abend wurde zum Alptraum. Was hatte sie falsch gemacht? Eigentlich nichts. Was war verkehrt daran, sein Lieblingsgericht zu essen und einen Spätfilm anzusehen?

»Wie bist du hereingekommen?«, flüsterte sie. »Ich habe dich im Garten gesehen. Ich sollte besser die Fenster kontrollieren.« Sie hörte ein ganz zartes Miauen und sah sich um. Woher war es gekommen? Jetzt begann sie schon Dinge zu hören.

Es kam ihr wie eine Ewigkeit vor, dass sie so auf der Treppe saß. Sie wusste nicht, was schlimmer war, das Klopfen am Fenster oder die absolute Stille. Sie glaubte, ein Bodenbrett auf dem Treppenabsatz knarren zu hören, und wurde beinahe ohnmächtig. Etwas streifte ihren Arm. Das Telefon klingelte.

»Hallo«, krächzte sie.

»Hier ist Ihre örtliche Polizeiwache. Sie haben gerade die 999 angerufen. Wir verfolgen routinemäßig alle eingehenden Anrufe zurück. Was ist los? Ist alles in Ordnung, Miss?«

»Es tut mir Leid, ich wollte nicht anrufen. Es ist kein Notfall. Ein Mann ist gekommen und hat gesagt, dass sein Auto eine Panne hat, und da habe ich Angst bekommen.«

»Sind Sie allein?«

»Nicht ganz.« Sie zögerte. »Ich wusste nur nicht, was ich machen sollte.«

»Ist er noch da?«

»Ich weiß es nicht.«

»Möchten Sie, dass wir einen Beamten vorbeischicken?«

»Nein danke. Ich komme schon klar.«

»Schreiben Sie sich diese Nummer auf. Und rufen Sie noch einmal an, wenn Sie möchten, dass ein Beamter bei Ihnen vorbeikommt.«

»Vielen Dank. Danke. Ich schreibe sie auf.«

Melanie sehnte sich nach einem normalen Abend. Sie wünschte sich, dass ihre Mutter zu Hause war und sie aufforderte, ihre Hausaufgaben zu erledigen, ihr Zimmer aufzuräumen, sich die Zähne zu putzen oder ins Bett zu gehen. Sie legte den Kopf auf die Knie und schluchzte tonlos, so dass sie am ganzen Körper bebte. Sie spürte einen sanften Atemhauch auf ihrer Hand.

»Sooty«, flüsterte sie. »Alles läuft schief. Was soll ich tun?«

Sie stolperte die Treppe hinauf, da sie sich daran erinnerte, dass sie das Badewasser nicht abgelassen hatte. Als sie die Tür öffnete, schlüpfte Sooty hinaus. Er war im Badezimmer eingesperrt gewesen. »Sooty?«, fragte sie überrascht. Er leckte leicht verärgert sein zerzaustes Fell. »Aber ich dachte, du seist unten.«

Sie setzte sich zitternd auf ihr Bett. Sooty rollte sich am Fußende zusammen und schlief erschöpft von den Anstrengungen des Tages ein. Dieses ständige Kommen und Gehen. Er hatte es lieber, wenn es friedlich und ruhig war. Sie konnte sich nicht auf den Film konzentrieren. Sie bekam kein Wort der Handlung mit. Sie hätte auch auf eine Pappwand schauen können.

Dann hörte sie ein Auto kommen und durch den Spalt im Vorhang sah sie einen weißen Volvo mit Blaulicht. Es war ein Streifenwagen. Sie sah, wie ein Polizist auf der Fahrerseite ausstieg. Er sah sehr jung aus, kaum alt genug, um ein Polizist zu sein. Er klopfte an die Tür, und Melanie zog ihren gesteppten Morgenmantel an, ging nach unten und stolperte fast über Sooty. »Oh Kater, du läufst schon wieder vor meine Füße.«

Der Polizist hielt seine Marke ans Fenster. »Wachtmeister Robinson, Miss. Kann ich reinkommen?«

»Nein«, sagte sie. Dann fügte sie höflich hinzu: »Es tut mir Leid«.

»Ich sehe mich mal um, um sicherzugehen, dass der Kerl weg ist. Sie sagen, er hatte einen Wagen?«

»Er hat gesagt, er verkauft Makadam ... und dass er Auffahrten repariert.«

»Ah, einer von der Sorte.« Er nickte wissend.

»Ich habe Angst. Ich habe sogar Angst vor Ihnen.«

»Das ist verständlich, Miss. Ich sehe etwas Furcht einflößend aus. Ich bin leider nicht mit dem Aussehen von Mel Gibson gesegnet. Der erste Eindruck kann irritierend sein.«

»Meiner Großmutter geht es nicht gut«, begann sie.

»Ich denke, dass er wahrscheinlich schon weg ist, aber ich

kontrolliere auch noch den Garten. Warum machen Sie sich nicht etwas Heißes zu trinken und gehen ins Bett?«

»Ich denke, das werde ich machen, danke sehr.«

Melanie befolgte seinen Rat, machte sich eine Tasse heiße Schokolade und ging nach oben. Sooty lag schlafend auf ihrem Bett. Sie war zu müde, um zu überlegen, wie er es geschafft hatte, vor ihr dorthin zu kommen. Sie wollte schlafen, nur schlafen, damit die Nacht zu Ende ging.

Im Nu wurde es hell. Ein bleistiftdünner Sonnenstrahl fiel durch einen Spalt in den Vorhängen. Draußen im Garten zwitscherten die Vögel aus voller Kehle und orchestrierten eine Zugabe des Morgendämmerungschors.

Sooty war vom Fußende des Bettes heraufgekrochen und lag nun, mit seiner Nase an Melanies Ohr, ausgestreckt auf dem Kopfkissen. Alle Ängste, die Melanie in der Nacht gehabt hatte, verflogen. Sie war noch nie so froh darüber gewesen, das Tageslicht zu sehen. Jetzt hatte sie alles im Griff, konnte all die Dinge tun, die sie sich vorgenommen hatte. Das Haus und der Garten gehörten endlich ihr. Sie hatte das Kommando.

Sie schlenderte nach unten und stellte den Wasserkocher an. Die Küche war vertraut und gemütlich. Sie ging durchs Haus und zog die Vorhänge auf, so dass das Licht hereinkonnte. Sie würde kurz frühstücken und sich dann für die Schule fertig machen. Die Prüfung! Sie hatte die Prüfung völlig vergessen. Aber es war eine Prüfung in Englisch, und das war eins ihrer besten Fächer. Es musste eigentlich ohne allzu große Probleme zu schaffen sein.

Vor dem Haus parkte ein weißer Streifenwagen. Der Fahrer hatte seinen Kopf an den Fensterrahmen gelehnt und schlief. Melanie öffnete die Haustür. Sie sah jetzt, dass es derselbe junge Polizist war. Er bewegte sich und rieb sich seinen schmerzenden Nacken.

»Morgen, Miss«, sagte er gähnend, als er das Fenster runterkurbelte.

»Waren Sie die ganze Nacht hier?«

Er schüttelte den Kopf. »Nicht die ganze Nacht, aber den größten Teil davon. Ich bin zurückgekommen, als mein Dienst zu Ende war. Ich habe mir ein bisschen Sorgen um Sie gemacht, weil Sie allein waren. Ich habe eine Schwester in Ihrem Alter.«

»Ich weiß nicht, was ich sagen soll«, sagte Melanie stockend. »Das Haus war gestern so seltsam. Irgendwie anders.«

»Ihr Wasser kocht.«

»Möchten Sie eine Tasse Tee? Ich könnte Ihnen ein Specksandwich machen.«

»Das sind meine Lieblingssandwiches.« Er kletterte steif aus dem Auto heraus und streckte seine Arme. Er war ziemlich groß. »Ich heiße John Robinson. Vielleicht kennen Sie meine Schwester, Katie?«

»Ja, ich kenne Katie Robinson. Sie ist in der Korbballmannschaft der Schule. Sie spielt sehr gut.«

»Wenn Sie sich ranhalten, fahre ich Sie zur Schule. Heute ist doch eine Prüfung, oder?«

»In Englisch.«

»Ich füttere Ihre Katze. Gehört die kleine Tigerkatze Ihnen?«

»Tigerkatze? Nein, Sooty ist schwarz, ganz schwarz.«

»Ich habe hier gestern eine getigerte Katze gesehen. Sie war gräulich schwarz. Ein lebhaftes kleines Ding.«

»Das war nicht meine.«

Das Telefon klingelte. Melanie wusste, dass es ihre Mutter sein würde, die sich nach ihr erkundigen wollte. Mrs Lowes Stimme war laut und deutlich. »Hallo, Melanie. Wie geht es dir, Liebling? Wie war es? Bist du gut alleine zurechtgekommen?«

»Mir geht es gut. Es war alles okay. Allerdings war es ein bisschen unheimlich. Ich habe immer wieder irgendwelche Geräusche gehört.« Sie hatte nicht das Gefühl, dass jetzt der richtige Moment war, ihrer Mutter zu sagen, dass sie den größten Teil der Nacht Polizeischutz gehabt hatte.

»Das liegt an den alten Häusern. Sind voller Geräusche«, sagte Mrs Lowe. Sie war erleichtert, dass die Stimme ihrer Tochter so fröhlich klang. »Wahrscheinlich war es nur der Wind.«

»Ja, das ist es gewesen«, sagte Melanie. »Nur der Wind. Wie geht es Oma?«

»Der Arzt kommt heute Morgen. Es wird ihr bald wieder gut gehen.«

Wachtmeister Robinson betrachtete das Bild, das Melanie hinter die Tür gestellt hatte. Er sah das Kätzchen in dem Bild genau an.

»Das ist die kleine Katze, die ich letzte Nacht hier herumspringen gesehen habe«, sagte er. »Es war genau so eine.«

Melanie starrte die Strichzeichnung an. Das Mädchen mit den langen blonden Haaren saß immer noch zurückgelehnt mit einem aufgeschlagenen Buch auf dem Schoß im Sessel. Aber jetzt lag ein anderes gestreiftes Kätzchen zusammengerollt auf ihrem Schoß. Es schlief tief und fest.

Sorgerecht für die Katze

Angel fuhr mit Lucia nach Hause, um nach der bitteren »Es-gehört-alles-mir-Scheidung« in West Sussex in einem mit Kieselrauputz verputzten Cottage zu leben, das aus zwei Zimmern unten und zwei oben bestand. Martin wollte nicht, dass Lucia irgendetwas bekam, nicht einmal Angel. Er mochte keine Katzen, aber er stritt mit Lucia über das Sorgerecht für die Katze. Er wusste, was ihr am meisten wehtun würde. Sie würde ohne ihre Katze dahinwelken, griesgrämig und lustlos werden.

»Nimm alles, die Möbel, was du willst, Geld, den ganzen Kram«, schrie sie ihn vor Gericht mit wehenden roten Haaren an. »Ich will nichts davon. Aber lass mich wenigstens Angel be-halten.« Sie sah den Richter unverwandt und flehentlich an.

Der Richter war ein Katzenliebhaber. Er wurde in seinem Haus auf dem Land von einer dämonischen Red-Point-Siam-katze beherrscht. Er sprach Lucia das Sorgerecht für die Katze zu, da er der Meinung war, dass sie in ihrer Obhut am besten aufgehoben war. Er dachte an die lebhaften hellblauen Augen seiner eigenen Katze und wusste, dass er nicht ohne ihren furchtlosen Blick leben konnte.

»Ich habe den Eindruck, dass Mr Silas aufgrund seiner vielen geschäftlichen Angelegenheiten nicht genug Zeit hätte, um … äh, Angel … die Aufmerksamkeit zu schenken, die sie selbst-verständlich verdient.«

Lucia war sprachlos vor Dankbarkeit. Sie warf ihm ein wun-derbares strahlendes Lächeln zu. Er fühlte sich wie ein Betrü-ger. Er hatte es eigentlich für sich selbst getan und wegen der

Anerkennung seiner Siamkatze. Die Katze würde wissen, ob sein Urteil falsch war.

Das Cottage war heruntergekommen und lag in einer bewaldeten Senke weit unten im Süden. Ein sanfter Bach floss über Kalksteine von den Hügeln hinab. Etwas anderes konnte Lucia sich nicht leisten. Es war ein Haus, das kurz davor war, zusammenzufallen. Sie vermutete, dass nur die Brombeersträucher und der Wilde Wein die Wände noch zusammenhielten. Angel störte das nicht. Solange sie ihr besonderes Kissen und Lucias Gesellschaft hatte, wäre sie auch in einem Iglu glücklich. Na ja, vielleicht nicht gerade in einem Iglu. Sie reagierte allergisch auf Kälte.

Lucia weinte in dieser ersten Nacht, in der sie das Sorgerecht für die Katze hatte. Sie wickelte sich in ihre Decke ein, und Angel schmiegte sich in ihre Kniekehle. Was hatte sie getan? Sie hatte ein angenehmes Leben und ihre Sicherheit weggeworfen. Alles für ein kaltes, feuchtes Cottage, das voller quietschender Geräusche war. Außerdem hatte sie kein Geld.

»Was soll ich bloß tun?«, heulte sie in ihr Kissen. »Hilf mir, Angel. Ich glaube, in dem Cottage spukt es. Ich kann Dinge hören.«

Angel war keine flauschige weiße Katze, die nach den flüchtigen Himmelsbesuchern (Engeln) benannt war, sondern eine schwarze Perserkatze, schwarz wie die Nacht, mit einem langen dichten Fell, das wunderbar voll und weich war. Ihre Augen waren leuchtende grüne Kugeln. Sie hatte ein engelhaftes Wesen, und daher war ihr Name völlig angemessen. Aufgrund der Scheidungsgeschichte war Lucia nervös und unglücklich, daher speicherte Angel die Information in ihren Katzenzellen, in der Hoffnung, dass sie eines Tages das Gleichgewicht irgendwie wiederherstellen könnte.

»Es ist der schreckliche Gestank«, sagte Lucia ein paar Tage später und packte eine beeindruckende Sammlung von Reinigungsutensilien aus. »Dieser Ort riecht furchtbar. Dabei habe ich alles geputzt und geschrubbt. Was kann es nur sein?«

Angel zog los. Sie hatte eine scharfsinnige Vermutung. Es waren diese kleinen pelzigen Dinger, die nachts herumflogen. Wie Mäuse mit Flügeln. Sie hatte sie gesehen. Es hatte etwas damit zu tun, dass sie auf dem Lande waren. Es waren kreischende Zwerge, die man nur schwer zu fassen bekam, die mit ihren Flügeln in der Luft herumschlugen und so klein waren, dass Angel ein halbes Dutzend pro Minute erledigen hätte können, wenn sie nur lange genug stillgehalten hätten. Angel beobachtete ihre Possen. Sie sah das Loch im Dachgesims oberhalb des Schlafzimmerfensters, durch das diese Wesen ins Dach gelangten. Lucia mochte keine Mäuse, daher würde sie folglich auch keine Mäuse mit Flügeln mögen.

»Dies ist mein Hafen, mein ländlicher Rückzugsort, mein geheimes Versteck«, sang Lucia, als sie auf den Stufen im Garten saß und sich zwang, einen Löffel Cornflakes aus ihrer einzigen Müslischüssel zu essen. Sie hatte eine Schüssel, einen Teller, eine Tasse, eine Gabel, ein Messer und zwei Löffel. Nichts davon passte zusammen. Angel hatte sieben Unterteller, für jeden Tag in der Woche einen.

Auch was die Möbelsituation betraf, ging es Lucia nicht besser. Sie hatte eine Matratze auf dem Boden, einen Sessel, einen alten Teppich und Angels besonderes Kissen. »Wir werden schon zurechtkommen. Wir werden diesem gemeinen Bastard zeigen, dass wir ohne ihn und seinen Geldzauber leben können. Wer braucht schon Geld?«, sagte Lucia trotzig.

Zauberei. Angel nahm das Wort bewusst auf. Das war es, was Lucia brauchte. Einen Zauberer. Einen magierähnlichen Menschen wie Merlin, der ihre Sorgen mit einem Zauberstab verschwinden lassen würde. Aber zunächst benötigte Lucia Geld, daher besorgte sie sich einen Teilzeitjob als Bedienung in einem staatlichen Pflegeheim in der Nähe. Es hieß Heresham Hall. Der Job hatte viele Vorteile. Durch die unregelmäßigen Arbeitszeiten blieb ihr genügend Zeit, um zu malen und sich mit Angel zu unterhalten. Außerdem bekam sie einen Teil des übrig gebliebenen Essens, was bedeutete, dass Angel eine vielseitige Kost erhielt. Lucia aß sehr wenig. Die Scheidung hatte ihr den Appetit verdorben.

»Dir steht eine Mahlzeit zu«, sagte die andere Bedienung, eine ältere Frau, die Karen hieß. »Es ist eine Sondervergünstigung. Iss schön auf, meine Liebe. Wir wollen doch nicht, dass du vor den Gästen ohnmächtig wirst.«

»Ich habe keinen Hunger«, sagte Lucia und schob den Salatteller weg.

»So ein Unsinn. Du brauchst die Energie. Wenn du dir dieses Brombeer-Cottage aufgehalst hast, wirst du Tag und Nacht daran arbeiten, um es in Ordnung zu bringen. Der alte Mr Loxron hat seit Jahren nichts daran gemacht.«

»Ich weiß«, sagte Lucia, während sie Gläser auf Tabletts anrichtete. »Es ist in einem schrecklichen Zustand. Ist er dort gestorben?«

»Das ist ja eine komische Frage. Aber es stimmt, das ist er. Es war das Herz, heißt es. Er ist einfach umgekippt.«

»Ich glaube, in dem Cottage spukt es«, sagte Lucia. »Da sind all diese Geräusche in der Nacht. Irgendetwas oder irgendjemand schleicht dort herum.«

»Das ist nicht Mr Loxron«, sagte Karen lachend. »Er war nicht der Typ, der irgendwo herumspukt. Er lebte glücklich und starb glücklich, mit einem Glas Bier in der Hand.«

»Aber ich höre ständig Geräusche.«

»Das bildest du dir ein. Das liegt daran, dass du eine Malerin bist, daher kommt es. Du bist ein Künstlertyp. Was malst du eigentlich? Porträts, Stillleben, Landschaften?«

»Wände.«

»Oh«, Karen schluckte heftig. »Äh ... schön.«

Lucia spürte, wie ihr übel und schwindlig wurde. Sie hielt sich an einer Stuhllehne fest. »Ich werde gleich ohnmächtig.«

»Meine Güte, werde bitte nicht ohnmächtig, bis wir den Sherry serviert haben. Die Gäste kommen gerade an.«

Heresham Hall blieb solvent, indem es einen festlichen Cateringservice anbot. Die Abendbankette waren sehr beliebt. Gesellschaften und Verbände mieteten gerne den Bankettsaal für ihre Jahresempfänge. Mit einem Glas trockenem Sherry – oder Champagner, wenn das Budget es erlaubte – über den Rasen zu schlendern, verlieh Mitgliedern das Gefühl, Mitinhaber zu sein. Sie hatten das flüchtige Gefühl, dazuzugehören, dort geboren zu sein, mit den herrschaftlichen Steinen verbunden und Teil ihrer Geschichte zu sein. Für ein paar Stunden war es sehr befriedigend.

Lucia ging mit dem Sherrytablett herum. Sie hatte ein leichtes, starres Lächeln aufgesetzt. Während der Arbeit sollten sie nicht mit den Gästen reden. Ein Glas Sherry blieb übrig. Lucia sah das blasse Getränk sehnsüchtig an. Ihr Magen rumorte. Der Sherry duftete nach gezuckerten Trauben. Karen schob ihn in ihre Richtung.

»Trink ihn«, sagte sie schnell. »Ich kann ihn nicht in die Flasche zurückschütten.«

Lucia nahm das Glas, trank langsam ein paar Schlückchen und dachte, wie seltsam – ich habe durch Willenskraft bewirkt, dass das geschieht.

Dieses Gefühl hatte sie während des ganzen Abends. Sie servierte die kalte Spargelsuppe, die Forelle mit Mandeln und einem kleinen Salat sowie die Erdbeercharlotte mit Sahne ein wenig benommen, so als ob sie den Boden beim Gehen nicht berührte. Ausnahmsweise schmerzten ihre Schuhe nicht. Sie hatte durch Willenskraft bewirkt, dass sie nicht wehtaten. Die schwarzen Pumps drückten normalerweise an ihren Zehen. Sie lief im Cottage immer barfuß. Die Böden bestanden aus blank poliertem Holz und waren so glatt wie Glas. Ich brauche eine Mitfahrgelegenheit nach Hause, dachte sie, als sie aufräumten.

»Soll ich dich mitnehmen?«, fragte Karen.

Angel begrüßte Lucia mit begeistertem Schnurren und Kopfstößen, als ob sie Tage und nicht Stunden fortgewesen wäre. Sie hatte die Zeit damit verbracht, den Garten auf Eindringlinge zu kontrollieren. Lucia sah sich im Cottage um und bemerkte all die schmutzigen Flecken und Risse, die bearbeitet werden mussten. Zum ersten Mal wurde der Wille in ihr wach, das Cottage herzurichten, und der Gedanke setzte sich in ihr fest. Bisher hatte sie nichts weiter getan, als zu schrubben und sauberzumachen. »Armer alter Platz«, sagte sie. »Ungeliebt, ungewollt, unschön. Ein bisschen wie ich.«

In den Gelben Seiten fand sie einen Verputzer, vereinbarte einen Termin mit ihm und gab ihm die Schlüssel für das Cottage. »Bringen Sie es bitte auf Vordermann«, sagte sie und hoffte, dass sie in der Lage sein würde, ihn zu bezahlen. »Tun Sie das, was nötig ist.«

»Sie vertrauen mir?«, fragte er und nahm die Schlüssel.

»Es gibt nichts zu stehlen. Außerdem vertrauen Sie mir ja auch. Ich weiß nicht, wann ich Sie bezahlen kann.«

»Das hat Zeit.«

Angel schnupperte an seinen Beinen. Sie rochen nach Dingen, die es draußen gab, nach Seife, Gras und Lavendelbüschen. Er bückte sich und streichelte ihren edlen Kopf. »Hallo Katze«, sagte er. »Ich heiße Jake Nails. Harter Name, harter Kerl. Wie heißt du?«

»Das ist Angel«, sagte Lucia. Sie konnte sein Gesicht nicht sehen, aber sein Hals war sonnengebräunt und seine krausen Haare reichten bis zum Nacken. Ein Mann, der gerne in der Natur war. Er wüsste vielleicht Bescheid. »Ich glaube, ich habe Fledermäuse«, fügte sie hinzu.

Sie hatte das Offensichtliche ignoriert, da sie zu sehr von ihrer Traurigkeit und Depression vereinnahmt gewesen war. Aber die Antwort war ihr plötzlich gekommen. Die dunkle Wolke, die sich zwischen den Bäumen und dem Cottage hin und her bewegte, waren vielleicht Fledermäuse.

»Am Abend ist mein Garten immer voller kleiner dunkler Schatten, die umherfliegen. Ich dachte, es wären Vögel ... ich komme aus der Stadt und kenne mich nicht aus, aber jetzt glaube ich, dass es Fledermäuse sind. Nachts quieken sie und machen einen furchtbaren Krach. Und der Gestank ist schrecklich. Gibt es so eine Art offizielle Fledermausperson, die mich beraten könnte?«

Jake Nails richtete sich auf. »Ich leite die Gesellschaft zum Schutz der Fledermäuse in dieser Gegend. Ich bin die Fledermausperson, wie Sie es genannt haben.«

Angel stubste Lucia und schlug mit ihrem Schwanz. Beeinflusse ihn mit deiner Willenskraft, dachte sie mit katzenhafter Intuition. Du weißt, wie das geht. Konzentriere dich darauf. Mach, dass er dir hilft. Lucia lächelte zaghaft. Angel konnte so herrisch sein.

»Ich komme heute Abend mit meiner ganzen Ausrüstung vorbei, wenn Sie wollen«, bot er an. Dann können wir herausfinden, was Sie hier haben.«

»Vielen Dank«, antwortete Lucia.

Am gleichen Abend kam er mit seinem Landrover, der mit Schmetterlingsnetzen, Detektoren zur Ortung von Echos und einer Videoausrüstung beladen war. Lucia hatte noch nie so viele Geräte zur Aufzeichnung der Bewegungen eines so kleinen Geschöpfs gesehen. Jake Nails war jetzt sehr verändert. Er hatte keinen Arbeitsoverall mehr an und hatte keine Pinsel und Farbeimer bei sich. Er trug indigoblaue Jeans und ein Hemd mit offenem Kragen. Die Vorderseite seines Halses war ebenfalls sonnengebräunt. Seine Augen waren sehr dunkel.

»Hallo Angel«, sagte er zu der schwarzen Katze. »Wie geht's Petrus?«

Angel sah ihn verdutzt an. Das würde sie ihm nicht erzählen. Trotzdem sprang sie in seinen Landrover. Ihre Neugier war unersättlich. Sie stieg auf allem herum und wurde richtig lästig. Er war doch ein harter Mann. Es gab nichts Weiches dort drinnen.

»Möchten Sie etwas Kaffee?«, fragte Lucia. »Ich habe nur eine Tasse.«

»Ich weiß. Ich habe sie gezählt, als ich die Küche verputzt habe. Wir könnten sie uns teilen oder abwechselnd trinken.« Er bemerkte ihren abweisenden Blick. Teilen war kein Wort, das sie liebte. »Entschuldigung, vielleicht lieber nicht. Machen Sie sich keine Gedanken, ich habe eine Dose Bier dabei.«

Der Himmel sah seltsam aus. Lucia verstand nicht, warum die Schattierungen des Sonnenuntergangs sich so schnell veränderten oder warum die Wolken sich zu Formen aufbauten, die sie noch nie gesehen hatte. Sie hörte auf hinzusehen. Die dunklen Formen begannen im Sturzflug über ihren Garten zu fliegen. Es war eine kleine Luftarmada, die nach dem schwindenden Sommer suchte.

»Ich dachte, es wären Schwalben«, erzählte sie ihm und zog ihren Kopf ein, da sie Angst um ihre Haarmähne hatte.

»Zwergfledermäuse, nehme ich an«, sagte er. Seine Stimme war leise und klang interessiert.

»Es sind Britanniens kleinste Fledermäuse. Kleine Geschöpfe, die ungefähr die Größe einer Spitzmaus haben.«

Angel folgte ihm in den Dachboden über Lucias Schlafzimmer. Die Fledermäuse waren überall und sahen angesichts der Störung zänkisch und verärgert aus. Sie hingen an Holzbalken oder scharten sich in Trauben in Rissen und Spalten. Es war eine Masse aus schwarzen flatternden Flügeln. Angel spürte, wie ihre Jagdhormone auf ihrer Haut kribbelten. Lucia würde es nicht gefallen, wenn sie welche tötete, und sie musste ihre ganze Willenskraft aufbringen, um der Versuchung zu widerstehen. Sie setzte sich ganz still hin, stellte ihre Pfoten ordentlich nebeneinander und versuchte, Jake mithilfe ihrer Willenskraft in einen Zauberer zu verwandeln. Nicht in so einen mit einem spitzen schwarzen Hut, aber in eine modernere Version mit blitzenden schwarzen Augen. Aber nichts dergleichen geschah. Es war frustrierend.

»Sie gelangen durch ein Loch im Dachgesims über Ihrem Schlafzimmerfenster in den Dachboden. Es ist eine Kolonie von mindestens zweihundert«, sagte Jake und machte sich Notizen. »Sie werden sie ertragen müssen. Es ist eine geschützte Art. Es gibt eine unangenehme Strafe, wenn Sie etwas dagegen unternehmen.«

»Aber ich kann sie nicht bleiben lassen. Ich kann nicht schlafen. Sie halten mich wach«, erklärte Lucia.

Vertreibe sie mit deiner Willenskraft, dachte Angel, während sie ihre Pfoten leckte und an den Büscheln zwischen ihren Krallen zog. Es gab nichts, was sie lieber mochte, als genüsslich daran herumzuzupfen.

»Und der furchtbare Gestank«, klagte Lucia.

»Das sind ihr Urin und ihr Kot«, sagte Jake und packte seine Geräte ein. »Ich mache für Sie sauber, und wir versuchen es mit Plastikbahnen, die wir auf den Boden des Dachbodens legen.«

»Ich habe nichts dagegen, das Brombeer-Cottage mit einer Kolonie von Zwergfledermäusen zu teilen, aber können Sie nicht das Loch verschließen, so dass sie nicht zurückkommen können? Ich will ihnen nichts tun, aber aus Schlafmangel werde ich langsam wahnsinnig.«

»Sie können eine Kolonie nicht verlegen, ohne einen wirklich wichtigen, lebensbedrohlichen Grund. Etwas, das für die Fledermäuse gefährlich wäre, nicht für Sie. Kaufen Sie sich Ohrstöpsel. Setzen Sie sich in Ruhe in der Abenddämmerung in den Garten. Entspannen Sie sich und erfreuen Sie sich an ihren ungewöhnlichen Untermietern«, sagte Jake. »Sie sind privilegiert, Lucia. Gestatten Sie, dass ich morgen Abend eine Flasche Wein mitbringe, dann beobachten wir sie. Ich werde Ihnen etwas über ihren Schlafplatz erzählen und dass sie zuerst Späher aussenden. Es ist immer faszinierend.«

Lucia schüttelte den Kopf. »Ich glaube es nicht. Sie werden mich erst an dem Tag interessieren, an dem sie aufhören, so einen Lärm zu machen, und woanders hingehen.«

Angel ging zu ihr und wickelte ihr langes Fell um Lucias Beine. Verdirb es nicht, dachte sie und richtete ihre Gedanken nach oben. Jake ist vielleicht so hart wie ein Nagel, aber er scheint in einer Schale eingeschlossen zu sein, die er um sich herum aufgebaut hat. Er könnte innen drin sehr gut ein Zauberer sein. Es war schwer zu sagen, fand Angel.

»Morgen Abend muss ich sowieso arbeiten«, sagte sie. Aber später wurde der Empfang abgesagt, da der Vorsitzende plötzlich erkrankt war. Er wurde schnell ins Krankenhaus gebracht. Ihre Gedanken konnten doch nicht etwa die Blinddarmreizung hervorgerufen haben? Es war etwas nervenaufreibend. Sie sollte lieber vorsichtiger sein.

Sie nahm Angel auf ihren Schoß und begann sie mit einer weichen Bürste zu kämmen. »Ich glaube, ich fange an Dinge geschehen zu lassen«, erzählte sie Angel. »Glaubst du, dass das möglich ist? Glaubst du, dass ich die Scheidung herbeigeführt habe? War es irgendeine gedankliche Sache? Vielleicht bin ich eine Hexe oder eine halbe Hexe. Ich habe die Haare dafür.«

Angel wusste eine Menge über Hexen. Aber lange vor der Verfolgung von Frauen und Katzen hatte es Katzenretter und -anbeter gegeben. Eine ihrer Vorfahren war die Gefährtin der Schutzheiligen für Katzen, Gärtner, Reisende und Witwen aus dem siebten Jahrhundert gewesen – der großen Gertrud von Nivelles. Eine andere wurde von den Quechua-Indianern in Südamerika verehrt, da sie das Wetter vorhersagen konnte. Im zehnten Jahrhundert war es bei Strafe verboten, eine Katze zu töten, und eine gewöhnliche Katze war vier Pennys wert. Aber Angel erinnerte sich auch daran, dass Katzen verbrannt und ertränkt worden waren. Ihre Schnurrhaare zuckten vor Wut und Schmerz. Sie erinnerte sich an die mutwilligen und grausamen Zeremonien des jährlich stattfindenden Johannes-Festes, bei dem Katzen bei lebendigem Leibe verbrannt worden waren. Diese mittelalterliche Erinnerung war nicht verblasst.

Jake saß mit Lucia im Halbdunkel, sein hartes Gesicht

wirkte im Zwielicht weicher. »Schauen Sie, schnell, diese beiden sind die Kundschafter. Sie sehen nach, ob die Luft rein ist.«

Lucia umklammerte ihren Kopf mit den Händen. »Meine Haare, meine Haare«, schrie sie. Sie fragte sich, ob sie die Fledermäuse mithilfe ihrer Willenskraft dazu bewegen konnte zu verschwinden. Sie konnte mit diesen Wesen nicht leben.

»Sie werden nicht auf Ihren Haaren landen. Das ist ein alberner Mythos, nur weil sie so schnell fliegen und umherhuschen. Jedenfalls sind sie dafür viel zu beschäftigt. Jede Fledermaus muss zirka dreitausend Insekten pro Nacht zum Fressen fangen. Es ist kein Wunder, dass sie sich so schnell bewegen müssen.«

Als sie den Wein trank und Jakes Vollkorn-Sandwiches aß, dachte sie, dass die Fledermäuse sie vielleicht doch nicht so sehr störten. Ihre Geschmacksknospen erkannten den Ei- und Tomatengeschmack von Picknicks in ihrer Kindheit sowie ein würziges Dressing. Es schmeckte gut.

»Sie haben ein paar Sandwiches mitgebracht«, sagte sie überrascht. »Wie nett von Ihnen.«

»Ich arbeite hier, erinnern Sie sich? Ich weiß, dass Sie im Cottage nichts zu essen haben. Nur Angel wird anständig gefüttert, und ich hatte keine Lust auf Thunfisch in Aspik oder auf Reste aus Heresham Hall.

Jake fing flink eine Fledermaus mit dem Netz und hielt sie in seiner Hand. Sie war winzig und pelzig, hatte ein lustiges kleines Teddybär-Gesicht und zuckte und quiekte verärgert. Die schwarzen, seidigen Flügel hatte sie angelegt. Sie war entzückend. Jake sprach bewusst leise. »Sehen Sie, es ist nichts, wovor man Angst haben müsste. Sie haben mehr Angst vor Ihnen.«

»Sie sieht nicht so aus, als hätte sie Angst«, flüsterte Lucia. »Sie sieht wütend aus. Sei nicht so zornig, du kleines Baby. Ich tue dir nicht weh. Du kannst im Dachboden leben, wenn du das möchtest. Ich gebe nach. Ist es gestattet, meine Untermieterin zu streicheln?«

»Wenn ich es genehmige.«

»Bitte ... darf ich?«

Er nickte. Sie streichelte die Fledermaus mit der Spitze ihres kleinen Fingers sanft am Kopf. Er war so weich wie Angels Fell. »Ich kann immer noch nicht fassen, was für ein süßes Teddybär-Gesicht sie hat. Es sieht so lustig aus.«

Jake öffnete seine Hand, und die Fledermaus flog blitzartig wie eine Miniaturrakete davon. Sie verschwand schneller, als das Auge es registrieren konnte. Lucia sah in den Himmel und hoffte, dass sie ihre winzigen Untermieter noch mal kurz zu Gesicht bekommen würde.

»Die Fledermäuse sind jetzt in Ihrer Obhut«, sagte Jake. »Ich werde das offiziell erklären.«

Angel lag auf dem Rücken und streckte alle vier Pfoten, so weit es ging, von sich. Sie konnte sich sehr lang machen. Jake kraulte ihren pelzigen Bauch. Es war ein Moment des Vertrauens. Seltsam, dass Jake fast die gleichen Worte gewählt hatte wie der Richter vor vielen Wochen. Vielleicht war er ein Zauberer. Er hatte es geschafft, dass Lucia wieder etwas aß und dass sie ihre Meinung über die Fledermäuse geändert hatte. Sie aß das letzte Sandwich auf und biss in einen Apfel.

»Ich habe gehört, dass Sie Wände bemalen«, sagte er.

»Ich mache Wandgemälde«, antwortete sie. »Sie wollen, dass ich eins im Herrenhaus male. Mit ein paar Szenen aus der Geschichte von Heresham. Ritter mit Rüstungen und so weiter.«

»Und werden Sie es machen?«

»Ich weiß nicht«, Lucia schenkte sich noch etwas Wein ein. »Ja, wahrscheinlich schon. Es ist an der Zeit, dass ich ins Leben zurückkehre. Dann könnte ich Sie auch bezahlen.«

»Das klingt gut«, sagte Jake.

Menschen aus dem ganzen Umkreis kamen, um die neuen Wandgemälde im Herrenhaus zu bewundern. Es gab einen Bericht darüber in einer Hochglanzzeitschrift. Aber nur wenige entdeckten die winzige Fledermaus, die an einer alten Mauer hängend gemalt war. Ihre Flügel wirkten wie Spinnfäden und ihre Gesichtszüge sahen aufmerksam und intelligent aus. Nur Angel bemerkte das. Sie saß während der langen Stunden, in denen Lucia malte, ganz in ihrer Nähe, sah ihr zu und wusste eine ganze Menge. Lucia schloss Angel ebenfalls ins Wandgemälde mit ein. Dunkel und rätselhaft saß sie dort wie ein Schatten. Und niemand konnte sie sehen. Aber schließlich sehen Menschen Engel normalerweise ja auch nicht.

Übergeschnappt

Die Katze saß auf dem Zaun. Sie saß dort nicht für ein paar Minuten, um in der Sonne zu dösen, sondern Tag und Nacht. Sie saß einfach da, so unbeweglich wie eine Sphinx. Stunde um Stunde verging, aber die Katze bewegte sich nicht.

Es war ein knapp zwei Meter hoher hölzerner Lattenzaun am Ende des Gartens, mit einem schmalen vier Zentimeter breiten Sims, der darauf entlanglief. Die Katze schaffte den Weg nach oben, indem sie sich festkrallte, aber sie kam nicht mehr herunter. Sie ging zitternd wie ein Amateur beim Seiltanz auf dem Zaun entlang. Dann setzte sie sich hin. Cindy war übergeschnappt. Sie war ausgeflippt. Sie hatte definitiv den Verstand verloren.

Cindy war in den letzten Jahren immer seniler geworden. Sie war nicht mehr die überwältigend schöne gefleckte Colourpointkatze, die man in ihrer Blütezeit gezielt mit geeigneten Partnern gepaart hatte und die haufenweise preisgekrönte Kätzchen hervorgebracht hatte. Reste ihrer Schönheit waren immer noch in ihren großen blassblauen Augen erkennbar, die jetzt durch eine unheilbare Infektion getrübt wurden. Ihr cremefarbenes Fell hatte eine schöne Schildpattzeichnung, aber Ohrenschmalz und Schuppen von ihren Schnurrhaaren machten es oft unansehnlich. Sie hatte ihre langen pelzigen Hosen verloren und der neue Bewuchs sah aus wie ein unmöglicher Bürstenschnitt. Ihr üppiger Schwanz hatte sich zu einem braunen Strang ausgedünnt. Vielleicht saß sie deshalb ihre Tage auf dem Gartenzaun aus; um noch einen letzten Funken Würde zu bewahren.

Niemand kannte ihr genaues Alter. Sie war leihweise zu der Frau gekommen, als vorübergehende Mitbewohnerin, während ihre Besitzerin, eine Künstlerin, auf der anderen Seite des Atlantiks versuchte, ihr Liebesleben, das sich gerade in Auflösung befand, neu zu ordnen. Natürlich kam sie nie zurück, um ihre Katze abzuholen. Zehn Jahre vergingen in wechselseitiger Harmonie. Cindy hatte ursprünglich in einer Atelierwohnung gelebt und noch nie Regen oder Gras gesehen, und die Umstellung auf das Landleben war schwierig gewesen. In ihren fruchtbaren Jahren hatte sie einige Scheinschwangerschaften durchgemacht, während derer sie Nester aus Papierfetzen baute, sich hineinsetzte, laut schnurrte und auf einen pelzigen Storch wartete.

Alles, was sie machte, war lustig. Sie war fröhlich, liebevoll, unbesonnen und darauf versessen, im Auto mitzufahren. Öffnete man die Autotür, war sie drin, bevor man »Nein, das geht leider nicht« sagen konnte. Sie stand dann auf dem Vordersitz, die Pfoten auf dem Armaturenbrett, und war bereit, überall hingefahren zu werden. Dann alterte sie plötzlich. Über Nacht verwandelte sie sich von einer glamourösen Schönheit in diese steifbeinige, fast felllose Kreatur, wie ein Hollywoodstar, der den Wettlauf mit seinen Falten aufgegeben hat. Sie schlief mehr, interessierte sich weniger für ihr Futter, hörte auf zu spielen und sah traurig resigniert zu, wie die drei neuen geretteten Kätzchen herumsprangen.

Eine Reihe bizarrer Fixierungen setzte sich in ihrem Kopf fest. Sie schlief nur noch in einer bestimmten Kiste, fraß nur noch in einem bestimmten Schrank und war gereizt und schwierig, wenn man sie an einen anderen Platz brachte. Die Obsession mit der Höhe entwickelte sich langsam. Einige Wochen lang saß sie unbequem auf der Schuhputzschachtel, zwischen all den Tuben und Bürsten. Dann ging sie dazu über, sich auf die Küchenmaschine zu setzen. Dann waren es schrecklich schmale Regale, der Rand eines Gartenstuhls, umgedrehte Blumentöpfe oder aufgeschichtetes Holz. Die Entwicklung von unten nach oben und von drinnen nach draußen zog sich über Monate hin. Vielleicht legte sie ihr Leben, das ans Haus gebunden war, ab und erkundete auf der Suche nach ihrer Seele den Himmel. Die Luft schien sie anzuziehen. Die Brise kühlte ihre heiße Haut. Vielleicht konnte sie hier leichter atmen, oder sie wollte jedes Bisschen von der kleinen Welt, die ihr noch blieb, sehen.

»Was ist das für ein weißer Fleck auf dem Zaun?«

»Ich weiß es nicht. Es hat nicht die Form eines Vogels.«

»Das ist doch nicht etwa Cindy?«

»Es *ist* Cindy!«

Wie Cindy es geschafft hatte, auf den Zaun hinaufzukommen, war ein Rätsel. Sie war schon lange nicht mehr dazu in der Lage, zwei Meter hoch zu springen. Sie hoben sie hinunter, wogegen sie sich verärgert wehrte. Sie beobachteten, auf welcher Route sie zurückging. Sie lief über einen Komposthaufen, von dort auf einen anderen Komposthaufen und krallte sich dann das letzte Stück des mit Brombeersträuchern bewachsenen Zauns mit einer Entschlossenheit fest, die die Anstrengung kaum wert zu sein schien. Und dort blieb sie den ganzen Tag. Eine kleine, blasse Gestalt, die sich an ihrem Sitzplatz festkrallte, nicht fähig sich umzudrehen oder hinunterzukommen.

»Ich kann es nicht ertragen, sie da draußen zu beobachten. Ich hole sie herein.«

Aber Cindy ging schnurstracks wieder hinaus und auf ihren Platz hinauf, zutiefst entrüstet darüber, dass sie weggebracht worden war. Sie weigerte sich herunterzukommen, und tat das nicht einmal für Mahlzeiten. Nachts konnten sie in der Entfernung ihre immer noch elegante Silhouette auf dem Zaun sehen, und es war so, als wollte sie keine Minute des Sternenhimmels verpassen.

Sie besorgten ihr ein breiteres Brett, das weiter vom Zaun überstand. Darauf konnte sie sitzen. Dann errichteten sie zusätzlich eine Rampe, so dass sie leichter hinauf- und hinunterklettern konnte. Sie fütterten sie im Garten und brachten sie dazu, ein paar Happen zu fressen, während sie auf dem Brett saß. Sie fragten sich, wie sie sie überzeugen sollten, in die Wärme des Hauses zurückzukommen, wenn sich das Wetter änderte. Bald würde es Herbst sein. Sie banden einen Regenschirm am Zaun fest, um sie gegen den Regen abzuschirmen, und befestigten ein Stück flatternde Plastikfolie als zusätzlichen Schutz. Und Cindy blieb Nacht und Tag auf dem Zaun wie eine kleine alte ägyptische Göttin, die ihr Volk bewachte.

Die anderen Katzen kamen, um sie anzusehen. Sie waren offensichtlich beunruhigt, obwohl Cindy sie ignorierte. Sie war in ihrer eigenen Welt. Sie schienen sich untereinander zu beraten, obwohl lediglich ein Schwanz schlug oder eine Nase kurz eine andere Nase berührte. Sie brüteten irgendetwas aus. Es war sehr geheimnisvoll und katzenhaft. Dann bemerkte die Frau, dass im Komposthaufen etwas los war. Es war eine undefinierbare, unheilvolle Bewegung, die nicht von Würmern stammen konnte. Cindy war sehr aufgebracht, ihr Fell sträubte sich und sie zitterte vor Wut.

»Hey, schau mal zum Komposthaufen! Es sieht so aus, als bewege er sich.«

»Das bildest du dir ein, wie üblich.«

Aber er bewegte sich tatsächlich. Sie rannten zum Ende des Gartens und leuchteten im Halbdunkel mit ihren Taschenlampen. Cindy attackierte eine Schar von braunen Rattenbabys, die versuchten über den Zaun zu klettern. Sie war plötzlich jugendlich und kämpferisch, eine fauchende, wilde, kriegerische Königin mit blitzenden Augen, die sich auf ihre Opfer stürzte, kratzte und biss. Die Ratten wichen zurück und verschwanden. Cindy war des Zauns sofort überdrüssig und kletterte hinunter. Sie hatte keine Verwendung mehr für ihn und ging nie mehr hinauf oder zum Ende des Gartens. Sie kam ins Haus zurück, siegreich, als Heldin.

Sie musste den ganzen letzten Monat von Hand gefüttert

werden, dabei lehnte sie ihren Kopf an eine Schulter, zu schwach, um ihn selbst hochzuhalten. Sie wollten ihre verwelkte Schöne am Leben erhalten, aber sie war zu müde, um sich damit zu befassen. Eines Abends glitt sie mit einem stillen und sanften Seufzer fort, als sie zusammengerollt auf dem Schoß der Tochter lag.

Manchmal meinen sie, sie aus dem Augenwinkel zu sehen, ein vorbeihuschendes, langes cremefarbenes Fell. Aber nie auf dem Zaun.

Fitness für Katzen

Tyseley ging mit watschelndem Gang hinaus in den Garten und suchte nach einem schattigen Platz, an dem er schlafen konnte. Er schlief sehr viel dieser Tage, aber er hatte keine tollen Träume mehr. Sie waren immer langweilig. Früher hatten seine Schnurrhaare vor Aufregung gebebt und seine Glieder hatten vor lauter Erwartung gezuckt. Aber das war leider nicht mehr so. Die Leidenschaft war aus seinen Träumen verschwunden.

Er konnte nun auf keinen Baum mehr klettern, schaffte es nicht einmal bis zum ersten Ast. Nicht einmal in seinen Träumen. Irgendwie entzog sich ihm das Abenteuer des Lebens. Er erinnerte sich an seine Tage als Kätzchen, an denen er Vögel und Schmetterlinge gejagt oder an den Vorhängen geschaukelt hatte und die Treppen bei der Verfolgung imaginärer Feinde hinauf- und hinuntergeflitzt war. Er war so energievoll und lebendig gewesen, dass sein wunderschöner Schwanz geradezu im Wind wehte.

Joan und Peter waren nicht so begeistert gewesen. Den ganzen Tag wiederholten sie im Chor »Nein, nein, nein!«. Einmal dachte er, sein Name sei »Nein«. Als er später einmal dem glucksenden Gelächter einer Frau lauschte, erfuhr er, dass er nach der Tyseley Abfallbeseitigungsfirma benannt war.

»Er frisst alles«, kicherte Joan. »Was für ein Kater! Hier wird nichts verschwendet.«

Sie kratzte alles auf seine Schälchen. Er fraß Roastbeef, englischen Teekuchen, Pommes frites, Pudding, Cornflakes sowie riesige Portionen Dosenfutter für Katzen. Bei Götterspeise und Sherrytrifle machte er allerdings nicht mehr mit. Die obendrauf gestreuten Kokosflocken, mochte er nämlich nicht. Sie hingen in den Zähnen fest.

Joan kam mit einem Tablett mit Kaffee und einem Teller mit Keksen in den Garten hinaus. Sie ließ sich schwer in den Gartenstuhl sinken. Er knackste.

»Hier sind deine Lieblingskekse«, sagte sie und zerbrach eins für Tyseley.

»Geht's uns heut aber wieder gut, hm?«

Tyseley kaute folgsam auf den Keksstücken herum. Er mochte Kekse wirklich gerne. Er war nicht hungrig, aber sie machten süchtig. Joan war auch süchtig danach. Sie tunkte Keks um Keks in ihren Kaffee, bis der Teller leer war. Kalorien war ein Wort, das sie nicht einmal buchstabieren konnte.

»Herrlich«, sagte sie mit einem zufriedenen Seufzen und ließ sich zurück in den Stuhl sinken, um zu dösen.

Tyseley war im Grunde genommen ein zufriedener Kater, aber er vermisste das Schaukeln an den Vorhängen und das Jagdfieber. Sich zu putzen war gefährlich geworden. Er kam an manche Stellen fast nicht mehr hin. Er saß mit gespreizten Beinen da wie ein Buddha und versuchte, die blassen pelzigen Bereiche über seinem riesigen Bauch zu lecken.

Dann hatte er einen Unfall. Er hätte nicht versuchen sollen, die Straße in diesem oder irgendeinem anderen Moment zu überqueren. Er war früher so schnell gewesen, dass Straßenüberquerungen ein Katzenspiel waren. Das Auto schleuderte ihn in die Luft. Es war ein beunruhigendes und Furcht erregendes Gefühl. Tyseley wäre normalerweise in Panik geraten, aber er hatte gerade noch genug Energie, um in der Straßenrinne zu liegen. Sein Herz klopfte wild, und sein Schwanz hatte eine komische Form. Joan brachte ihn auf schnellstem Wege zum Tierarzt.

»Er hat Glück gehabt und ist noch einmal davongekommen«, sagte der Tierarzt, als er ihn untersuchte. »Er wird einen Teil des Schwanzes verlieren und vielleicht hat er eine Gehirnerschütterung. Aber abgesehen von einer anderen Sache wird es ihm wieder gut gehen.«

»Gott sei Dank«, sagte Joan. »Er ist etwas ganz Besonderes. Ein bisschen wie ein Kissen auf Beinen, aber sehr besonders. Ich nehme an, seine Polsterung hat ihn vor schlimmeren Verletzungen bewahrt.«

»Vielleicht war das Fett in diesem Fall ein Schutzfaktor«, sagte der Tierarzt trocken. »Aber Ihr Kater ist stark übergewichtig. Setzen wir ihn mal auf die Waage.«

Der Tierarzt hob ihn auf die Waagschale. Die Nadel schlug stark aus. Tyseley ließ das Gespräch über sich hinwegziehen. Einundzwanzig Pfund klangen für ihn in Ordnung.

»Er ist doppelt so schwer wie ein normaler, gesunder Kater seiner Rasse und Größe. Bei diesem Gewicht besteht die Gefahr, dass er ernsthaft krank wird oder sogar stirbt. Es ist eine zu große Belastung für sein Herz. Es ist gut möglich, dass er Diabetes und einen zu hohen Blutdruck hat.«

»Aber man kann eine Katze doch nicht auf Diät setzen«, sagte Joan und dachte dabei an Karottenstangen und Sellerie.

»Doch, das kann man durchaus«, entgegnete der Tierarzt. »Es gibt viele übergewichtige Katzen und Hunde in diesem Land. Die Besitzer setzen Nahrung mit Liebe gleich, aber sie tun ihren Haustieren damit keinen Gefallen. Wir werden Ihren Kater auf eine kalorienkontrollierte Diät setzen. Und es wird keine Häppchen zwischendurch mehr geben.«

»Ich gebe meinem Kater nie Häppchen.«

»Und da wäre noch etwas.«

»Was denn?«

»Er sollte trainieren.«

»Trainieren? Sie machen Witze. Soll ich Tyseley zu einem Aerobic-Kurs mitnehmen?«

»Spielen Sie mit ihm. Gehen Sie mit ihm spazieren. Sorgen Sie dafür, dass er mitkommt, egal, wohin Sie gehen. Er kann ein Stück zu seinem Futter laufen; stellen Sie es nicht einfach vor ihn hin. Lassen Sie ihn dafür laufen. Und lassen Sie die Reste nicht auf dem Boden stehen. Nehmen Sie sie sofort weg, wenn er genug hatte. Jetzt werden wir uns um seinen Schwanz kümmern. Schwester, lassen Sie uns Tyseley in den Operationsraum bringen.«

Sie mussten das Ende seines Schwanzes abnehmen. Tyseley war nicht erfreut darüber, da er stolz auf seinen Schwanz war. Aber dadurch hatte sich bestimmt sein Gewicht reduziert. Dann konnte Joan diese ganze Diätgeschichte gleich wieder vergessen.

»Wir machen zusammen eine Diät«, erklärte sie Tyseley und trug ihn zum hinteren Ende des Gartens. »Ich wiege bestimmt mindestens 250 Kilo.« Es sollte ein Witz sein, damit Tyseley sich besser fühlte. Tyseley war seit Jahren nicht so weit vom Haus entfernt gewesen. Er bummelte faul herum, erneuerte seine Bekanntschaft mit einigen Sträuchern und war erstaunt, wie sehr die Bäume aus der Kletterzeit in seiner Jugend gewachsen waren. Sie waren wirklich in die Höhe geschossen.

»Tyse! Tyseley, Frühstück. Komm und hol es dir«, rief Joan ihm vom Haus aus zu.

Tyseley war erstaunt, das zu hören. Komm und hol es dir? Sie erwartete von ihm, dass er den ganzen Weg zurücklief? Das konnte doch nicht ihr Ernst sein. Er wartete darauf, zurückgetragen zu werden, aber sie kam nicht. Widerwillig raffte er sich auf und erhob sich. Es war lächerlich. Das Haus war meilenweit entfernt, es war ein ziemlich kleiner Fleck aus Ziegeln am Horizont. Er würde es nie schaffen. Auf dem Weg ruhte er sich ein paar Mal aus. Er konnte das Hühnchen riechen, deshalb hielt er durch. Er kroch in die Küche und lag erschöpft auf dem Boden. Joan sah strahlend zu ihm hinunter.

»Braver Junge. Hier ist dein köstliches Hühnchen.«

Er sah erwartungsvoll zur Schüssel. Wo war der Riesenschlag Bratensaft oder die Sahne-Petersiliensauce? Das hier war Hühnchen à la Nichts.

»Du hast zehn Minuten Zeit«, sagte sie streng. »Danach, hat der Tierarzt gesagt, muss ich deine Schüssel wegnehmen.«

Ihre eigene Diät klappte nicht sonderlich gut. Sie hatte sich ein komplettes englisches Frühstück genehmigt, um einen glänzenden Start zu haben. Um 10.30 Uhr hatte sie alle Karottenstangen aufgegessen und um Punkt 11.30 Uhr hatte sie ihre Diät mit einem Glas Sherry abgebrochen. Ohne Frage würde sie morgen noch einmal anfangen müssen. Tyseley verschlang sein einfaches Hühnchen in genau einer Minute und fünfunddreißig Sekunden. Dann sah er auf und erwartete eine zweite Portion. Das war doch bestimmt nur die Vorspeise gewesen?

»Komm mit mir nach oben«, sagte sie. »Ich muss alle Betten neu beziehen.«

Wenigstens trug sie ihn nach oben. Dann vergaß sie ihn völlig. Er ging vorsichtig alleine nach unten, als ob er den vereisten Everest hinabklettern würde, und erinnerte sich daran, wie er früher an den Bettdecken heruntergerutscht war und sich auf die Ecken gestürzt hatte, während sie sie ausschüttelte. Er hatte nicht einmal die Energie, eine Feder zu jagen, als Joan ihn damit an der Nase kitzelte. Er nieste und sah sie böse an. Es musste an dieser Diät liegen, die sie machte. Sie hatte Auswirkungen auf ihr Gehirn.

Joan hatte sich auf eine Diät aus Flüssignahrung gesetzt. Sie bestand aus Pulvern mit unterschiedlichen Geschmacksrichtungen, die mit Wasser vermischt werden mussten. Es gab sogar eins mit Schokoladengeschmack. Die Getränke schmeckten so köstlich, dass sie die Wochenration in zwei Tagen aufbrauchte. Sie trug Tyseley wieder zum hinteren Ende des Gartens. Er protestierte laut und versuchte sich loszureißen. Er hatte das Ende des Gartens doch schon gesehen. Er wusste, wie es dort aussah. Warum konnte sie ihn nicht auf seinem Kissen in Frieden lassen? Er wünschte sich einen Kissenmorgen, nichts anderes.

Als Joan ihn zum Mittagessen rief, entschied er, dass es die Mühe nicht wert war. Den ganzen Weg für eine halbe Schüssel

Hühnchen, noch dazu ohne Bratensauce. Sollte sie sich doch ruhig Sorgen machen. Sollte sie sich doch fragen, wo er war.

»Ich kann dich sehen, du versuchst dich unter einem Strauch zu verstecken«, sagte sie lachend. Ein paar Stunden später rannte sie im Garten herum und zog eine zusammengeknüllte Folie an einem Stück Schnur hinter sich her.

»Na los, Tyseley! Attacke! Du hast dieses Spiel immer gespielt, als du ein Kätzchen warst.«

Attacke? War sie völlig verrückt geworden? Welches Wesen, das im Vollbesitz seiner geistigen Kräfte war, würde auf einen Ball aus Alufolie losgehen? Tyseley blinzelte unbeteiligt. Sein Magen rumorte auf höchst beunruhigende Weise. Es war ein schreckliches Geräusch. Vielleicht hatte sie Mitleid mit ihm und brachte etwas zum Fressen nach draußen, wenn er sich pro forma bemühte. Er liebte Picknicke. Aber sie rannte immer noch wie eine Wahnsinnige im Garten herum.

Tyseley erhob sich und trottete schwerfällig zu dem angebotenen Feind hinüber. Er sollte diesem Unsinn lieber ein Ende machen, bevor sie sich noch verletzte. Als sie den Lockball nah an seiner Nase vorbeizog, stürzte er sich darauf. Sein Gewicht machte den Ball platt und riss ihn von der Schnur. Er weigerte sich, den Ball zurückzugeben.

»Zeit fürs Abendessen«, sagte Joan und stemmte die Hände nach Luft schnappend in die Hüften.

Er fiel vor Überraschung beinahe hin. Er hatte eine ganze Mahlzeit verpasst. Wie war das passiert? Er fühlte sich dünn und war am Verhungern. Außerdem war er wütend und begann zu knurren. Dass er die Mahlzeit verpasst hatte, konnte man als Beleidigung auffassen.

»Ich trage dich die halbe Strecke«, sagte sie als Friedensangebot.

Die Hälfte der Strecke war besser als nichts. Schwach folgte er ihr in die Küche und pflegte seinen verletzten Stolz. Er bekam ein Diät-Katzenfutter. Es war ein breiiges Zeug. Er leckte fast das Muster von der Schüssel herunter. Danach kämmte Joan ihn, aber zuerst spielten sie mit der Bürste. Es machte irgendwie Spaß, dass er dabei außer Atem geriet und dass es äußerst anstrengend war. Er legte sich hin und ließ sie die Knoten aus seinem Fell ausbürsten. Es war harte Arbeit für sie beide.

»Der Tierarzt hat gesagt, dass du mit mir spazieren gehen sollst«, sagte Joan, als sie am nächsten Morgen ihren Anorak anzog. Der Tierarzt hier und der Tierarzt dort. Er hörte dieser Tage nichts anderes mehr. Was dachte dieser Tierarztmensch eigentlich, wer er war? Sie würde ihn doch wohl nicht an eine Leine nehmen wie eins dieser mürrischen übel riechenden Hundewesen? Tyseley schauderte es bei diesem Gedanken.

Sie nahm ihn in seinem Katzenkorb mit zum Gemeindepark und ließ ihn dort in einer Art Schulter-Laufgeschirr hinaus. Er war so deprimiert, dass er daran dachte wegzurennen, aber dann fiel ihm ein, dass er ja gar nicht rennen konnte. Er trottete widerwillig hinter Joan her und schielte dabei mit einem Auge zum Korb, denn er wusste, dass dies der Schlüssel für den Nach-Hause-Weg war. Sie schwenkte den Korb sorglos in ihrer anderen Hand hin und her. »Ist es nicht wunderbar hier oben? Wir sollten öfter kommen.«

Tyseley hörte nicht zu. Er untersuchte einen Wurm. Es war auch ein sich langsam bewegendes Wesen, wie er selbst, aber man konnte es auf keinen Fall als fett bezeichnen. Es war schlank und geschmeidig. Das Leben war einfach nicht gerecht. Tyseley keuchte und fragte sich, wann Joan ihm einen Keks geben würde. Er konnte die Verpackung in ihrer Tasche rascheln hören.

Die Kekse kamen zum Vorschein. Sein Herz machte vor lauter Vorfreude einen Sprung. Hurra! Der Geruch von gebackener Butter und Zucker an der frischen Luft war herrlich. Aber was tat sie da? Sie zerkrümelte die Kekse und warf sie für all diese blöden Vögel in die Luft.

»So, bitte sehr! Meine letzte Packung Kekse. Futsch. Die Versuchung ist beseitigt.«

Tyseley kroch herum und leckte ein paar Krümel vom Gras auf. Es waren keine anständigen Stücke übrig. Er dachte erneut ernsthaft daran wegzurennen, aber in diesem Moment hob Joan ihn in seinen Korb.

»Du lieber Himmel, du wiegst so viel wie ein Sack Kartoffeln.«

Tyseley schmollte den ganzen Abend. Joan hatte eine Reihe von Übungen mit Gewichten entwickelt. Sie lag auf dem Boden, benutzte ihn als Gewicht und stemmte ihn in die Luft. Rauf und runter. Es machte ihn ziemlich schwindlig. Sie machte es auch im Stehen. Sie beugte die Knie, während sie Tyseley auf Armeslänge entfernt hielt.

»Puh«, sagte sie. »Du bist so schwer.«

Dann fing sie an, ihn vor die Hintertür zu setzen und ihn von der Vordertür aus zu rufen. Er hatte es satt, um das Haus herumzutrotten, immer auf dem gleichen Weg, an den gleichen alten Blumen vorbei, ein ums andere Mal. Sie gab ihm allerdings jedes Mal einen kleinen Keks zur Belohnung. Es spornte ihn an, etwas schneller um das Haus herumzukommen. Zumindest bekam er ein Leckerli, sofern man einen armseligen Keks überhaupt als solches bezeichnen wollte.

Am nächsten Tag begann Joan mit einer Diät, die sie selbst erfunden hatte. Sie bestand aus Käse, Whiskey, Dörrpflaumen und Nüssen. Joan war der Meinung, dass diese Diät alle richtigen Nährstoffe für Gesundheit und Glück enthielt. Ihr Mann Gordon betrachtete misstrauisch seine Whiskeyflasche, als er von der Arbeit nach Hause kam.

»Meine Diät funktioniert wirklich gut«, sagte Joan grinsend. »Es muss an den Dörrpflaumen liegen.«

Tyseley hatte das Wort »Diät« satt. Er kam sich schon vor wie im Zirkus. Ständig wurde er in die Mangel genommen. Er sollte hier hinaufklettern, dort hinaufspringen, sich auf den Rücken legen und betteln. Er war wirklich schlecht gelaunt. Er fragte sich, was er stehlen könnte. Da bitte, sie machte bereits einen Kriminellen aus ihm. Von den vielen Schuldgefühlen bekam er Durst. Er leckte etwas von einer bräunlichen Flüssigkeit auf, die auf einen Teller geschüttet war. Er bemerkte einen schwachen Camembertgeschmack. Köstlich. Von allen weichen sahnigen Käsesorten war dies sein Lieblingskäse. Er fahndete nach weiteren gut schmeckenden Tellern. Die verschüttete Flüssigkeit war auch nicht schlecht. Nicht ganz so gut wie Regenwasser, aber fast. Wie Wasser aus einem Rinnsal oder aus einem schnell dahinfließenden Bach.

Vielleicht war das Leben ja doch nicht so schrecklich. Hoi! Er sprang auf ein Fensterbrett, das war etwas, was er seit Jahren nicht mehr getan hatte, und beobachtete die Vögel wohlwollend. Sie konnten die Krümel haben. Er hatte es auf bessere Dinge abgesehen ... wie ... äh ... wie vom Fensterbrett zu springen und auf einer Zeitung herumzutrampeln. Wie von einem Sessel zu fallen und auf dem Boden herumzurollen.Wie eine Zimmerpflanze zu attackieren. Nimm das, du vermoderter alter Efeu, du wagst es, überall hinzuklettern?

»Was ist denn nur in Tyseley gefahren?«, fragte Gordon, als er die Possen des Katers sah. »Ich habe ihn noch nie so lebendig und energievoll gesehen.«

»Ich habe ja gesagt, dass die Diät funktioniert«, sagte Joan selbstgefällig.

Tyseley fiel irgendwann hin und schlief ein, wo er lag. Er hatte wunderbare Träume, in denen er Einhörner jagte und über einen Regenbogen flog. Er fühlte sich etwas benommen, als er spät am nächsten Morgen aufwachte, führte es aber auf einen ernsthaften Nahrungsmangel zurück. Er wurde zum Tierarzt gebracht.

»Der Schwanz verheilt sehr schön«, sagte der Tierarzt. »Stellen wir ihn doch mal auf die Waage. Wunderbar. Er hat drei Pfund verloren. Gut gemacht.« Der Tierarzt war hochzufrieden.

Er hasste es, übergewichtige Tiere zu sehen, die von ihren Besitzern zu sehr verwöhnt wurden. »Und ist er jetzt energievoller?«

»Oh ja. Er fängt an, wieder mehr der Alte zu sein. Und letzte Nacht hat er wie verrückt herumgetollt und gespielt.«

»Das liegt an der strengen Diät und dem gesteigerten Training«, sagte der Tierarzt. »Das Gleiche gilt übrigens auch für Menschen.«

»Was heißt hier Training«, sagte Joan lachend. »Ich bin es, die trainiert wird. Ich denke, ich habe auch abgenommen. Ich werde bald gertenschlank sein, wenn ich weiterhin so viel spazieren gehe, die Treppen rauf- und runterrenne und jeden Tag im Garten spiele.«

Tyseley fragte sich, wo er sie verloren hatte – die drei Pfund, von denen der Tierarzt gesprochen hatte. Er wollte sie gerne zurückhaben. Vielleicht hatte er sie am anderen Ende des Gartens liegen gelassen. Er würde dorthin gehen und sich gründlich umsehen, wenn sie nach Hause kamen.

Bibliografie

Diese Bücher haben mir bei meiner Recherche für einige der Geschichten geholfen:

South von Ernest Shackleton, veröffentlicht 1919 (dt.: Südpol – 635 Tage im ewigen Eis, Bergisch Gladbach 2000)
The Escape of the Amethyst von C. E. Lucas Phillips und Commander Kerans, veröffentlicht 1953
The Officers of the Commons von Philip Marsden, veröffentlicht 1979
The Dictionary of National Biography, Vol. XXI, begonnen 1882
The Great Palace von Christopher Jones, veröffentlicht 1983
The Flood and Noah's Ark von André Parrot, veröffentlicht 1955 (dt.: *Sintflut und Arche Noahs*, Zürich 1955)
The Ark von René Noorbergen, veröffentlicht 1974

Kleine Philosophie der Passionen

Renate Just
Katzen
dtv 20095

»Lesespaß pur«
Abendzeitung

»Wie unterschiedlich die kätzischen Mitbewohner auch sein mögen: Sie verstehen sich in ihrer Behausung auf hervorragend dekorative Selbstarrangements. Sie thronen in ägyptisierender Statuenhaltung auf einem Fensterbrett wie auf einer Konsole. Sie plazieren sich als gemütliches Fell-Ei mit untergeschlagenen Pfoten zwischen farblich passende Kissen, lagern wie die Sphinx persönlich mit parallel vorgestreckten Vorderbeinen auf einer Steinmauer oder kringelförmig leise schnarchend mitten auf der Schreibtischplatte, jede Menschenarbeit daselbst blockierend, bis sie die Augen aufklappen, riesengroß, oder spitzzähnig gähnen, einen Buckel machen, die Vorderbeine durchdrücken und sich zum Absprung entschließen.«

»Eine amüsante Liebeserklärung an all die Stubentiger, die auf unseren Sesseln thronen, in unseren Vorhängen schaukeln und uns in Schmuselaune versetzen.«
Neue Post

dtv

Kleine Philosophie der Passionen

Elfriede Hammerl

Hunde

dtv 20037

»Es war einmal ein kleiner Hund, der nahm sich einen Menschen. Der Mensch war weder auffallend schön, noch auffallend klug, aber der kleine Hund beschloß, ihn für etwas Besonderes zu halten. Unermüdlich beschäftigte er sich mit ihm. Der Mensch lernte, hinter der Zeitung hervorzukommen und dem Hund zu folgen. Gemeinsam zogen sie durch die Welt. Die Welt lag im wesentlichen zwischen Hauptstraße und Kirchplatz. Schnee säumte die kahlen Äste der Bäume am Straßenrand. Von den gefrorenen Feldern grüßten heiser die Krähen herüber. Der kleine Hund führte seinen Menschen zum Bäcker, wo es nach warmem Brot roch.
Der kleine Hund wartete vor dem Bäckerladen, bis sich sein Mensch Brot gekauft hatte, das er zu seiner artgerechten Ernährung brauchte. Er selber gönnte sich inzwischen eine Nase voll von den Düften, die aus der Fleischhauerei herauswehten ...«

»... so erfrischend hundenah, als hätte ihr ein Hund jede Zeile diktiert.«
Kronen-Zeitung

dtv

Kleine Philosophie der Passionen

Stephan Lebert, Harry Nutt
Pferderennen
<u>dtv</u> 20418

»Ein Gewinn vor mehreren Jahren in England. In einem Pub gab mir damals ein freundlicher Herr einen Tip, der ›Cherry Kill‹ hieß – und drei Stunden später gewann. Dabei war Cherry Kill nicht einmal ein Pferd, sondern ein Hund. Egal, gewonnen ist gewonnen.«

Verrauchte Wetthallen, süchtige, verarmte Zocker, gequälte Pferde – wer kennt dieses Klischee nicht. Zwei Journalisten räumen auf damit. Befähigt durch beinahe lebenslange Recherchen entwerfen sie ein ganz anderes Bild von der Welt der Pferderennen: frische Luft, Leidenschaft, großer Sport. Sie berichten von berühmten Rennpferden, lustigen Zockern und von der einzigartigen Möglichkeit, auf der Rennbahn den Alltag zu vergessen. Auch sie können nicht verraten, wie man ohne Glück gewinnt, aber sie wissen, daß die Rennbahn eine wundervolle Schule für das Verlieren ist – und das ist für den Rest des Lebens nicht die schlechteste Fähigkeit.

Kleine Philosophie der Passionen

John von Düffel
Schwimmen
dtv 20321

»Und dann ist es wie immer nach dem Eintauchen und den ersten Metern: Die Fremdheit zwischen Schwimmer und Wasser ist besiegt. Die Züge werden sicherer, bestimmter. Sie fangen an, einander zu gleichen und wiederholen sich immerfort selbst. In dem menschenleeren Becken schwimme ich meine Bahn und gleite dem hereinrauschenden Regen durch die kühlen Finger. Es hat Überwindung gekostet, aber ich wurde vom Wasser noch jedes Mal dafür belohnt.«

John von Düffel, Autor und Langstreckenschwimmer, erzählt von den vielfältigen Berührungen des Schwimmers mit seinem Element, von seinem Ausgesetztsein, seinen Triumphen und seiner Verlorenheit. Immer wieder mischen sich im Wasser Sehnsucht und Angst, immer wieder verbinden sich auf den weiten, offenen Strecken Schönheit und Gefährlichkeit im Zusammenspiel von Wasser und Bewegung.

»Wer jemals gerne geschwommen ist, wer das Wasser auch nur annähernd so liebt wie der Autor, der kann sich in diese schwimmenden Erinnerungen hineinfallen lassen wie in eine 38-Grad-warme Badewanne.«
Neue Westfälische Zeitung

Kleine Philosophie der Passionen

Heiner Geißler

Bergsteigen

dtv 20039

»…ein anekdotischer Querschnitt aus dem Bergtagebuch eines liebenswerten Exzentrikers: gleichzeitig eine Standortbestimmung des modernen Bergsteigers, der die Berge braucht, damit er die Zivilisation da drunten ertragen kann.«
Süddeutsche Zeitung

»Bergsteigen ist ein Abenteuer. Es gehört wahrscheinlich zu den letzten großen Abenteuern, die heute auf der Erde noch möglich sind. Es ist eine immer wieder faszinierende körperliche und seelische, geistige und charakterliche Herausforderung. Es ist, wie gesagt, Leistungssport in wilder und schöner Landschaft, in unmittelbarer Berührung mit der Erde und ihren Pflanzen, mit Fels und Eis in ständiger Abhängigkeit und Beobachtung von Sonne und Mond, den Sternen, dem Wetter, den Wolken am Himmel. Es fordert Können, Umsicht, Solidarität, Moral und Beherrschung der Technik, aber es sollte ein Abenteuer sein, das das Leben schöner macht und nicht vernichtet.«

»Man erfährt viel in diesem kleinen Buch: über das Bergsteigen – und über den Menschen Geißler. Ein guter Tip für Bergfreunde und Politikinteressierte.«
Westfälische Nachrichten

dtv

Kleine Philosophie der Passionen

Christian Ude
Stadtradeln
<u>dtv</u> 20364

> »Ude läßt auf humorvolle, ironische Weise den Leser
> an seinen Erfahrungen als Pedalritter teilhaben. Und
> ganz, ganz langsam wird bei seinen anarchistischen
> Streifzügen kreuz und quer durch Quartiere,
> Seitenstraßen und Grünanlagen klar: Der Mann ist
> nicht nur ein Überzeugungstäter, er ist ein Desperado
> auf zwei Rädern.«
> *Lübecker Nachrichten*

Radfahren kann – symbolisch gesprochen – katzbuckeln
nach oben und treten nach unten bedeuten, Radfahren kann
eine eiserne Sportdisziplin sein oder auch – als Moun-
tainbiking – eine Fun- und Trendsportart. Mit all dem hat
der Münchner Oberbürgermeister Christian Ude nichts im
Sinn. »Stadtradeln« ist etwas vollkommen Anderes:
Radfahren aus purer Genußsucht, urbaner Bewegungs-
freude; Herumstöbern in der Stadt, nicht nur auf ihren
Touristenpfaden und Hauptverkehrsstraßen, die jeder
kennt, sondern anarchistisch kreuz und quer durch entlege-
ne Quartiere, Grünanlagen und Hinterhöfe, stets mit freier
Sicht auf Jugendstil- und Gründerzeitfassaden, die Auto-
fahrer nur vom Hörensagen oder aus Bildbänden kennen.
»Stadtradeln«, das heißt auch, eine Stadt mit allen Sinnen zu
spüren und zu erforschen.

> »Wenn doch einer so ein Buch auch über Berlin schrie-
> be, so liebenswürdig, so schrullig und so beglückend.«
> *Berliner Morgenpost*

Das Bären-Buch

Herausgegeben von
Franz Josef Görtz und Hans Sarkowicz

<u>dtv</u> 20375

Bären sind unsere ersten Lebensabschnittsgefährten, sind intime Vertraute und verläßliche Seelentröster. Die beiden Herausgeber haben sich dem Phänomen Bär in seiner ganzen Bandbreite gewidmet und in diesem vergnüglichen Lesebuch Geschichten, Porträts und Interviews versammelt.

Neben Erkundungen über den wilden Bären finden sich Antworten auf die Fragen, warum er tanzt, was er im Zirkus zu suchen hat und warum er in Literatur, Kunst und Werbung so beliebt ist. Im Mittelpunkt aber steht der Teddybär, denn diese frühe Herzensbindung, so wissen Liebhaber, ist abgrundtief echt und vollkommen gegenseitig.

»Das ›Bären-Buch‹ ist in jeder Hinsicht eine
freudige Überraschung.«
Kölner Stadt-Anzeiger

»Für Bären-Liebhaber ein Muß!«
Donau-Kurier

Pu der Bär im dtv

A. A. Milne
Pu der Bär
Gesamtausgabe · dtv 70451
Die beiden Klassiker ›Pu
der Bär‹ und ›Pu baut ein
Haus‹ mit den berühmten
Illustrationen von E. H.
Shepard in der Überset-
zung von Harry Rowohlt.
**»Eine deutsche Ausgabe,
die Komposition, Stim-
mung und Zauber der
Vorlage kongenial wieder-
gibt.«** *Die Zeit*

John Tyerman Williams
**Die Prophezeiungen des
Pudradamus**
Der esoterische Bär und
die Weltmysterien
dtv 20358
Ob Astrologie, Druiden-
tum oder Deutung des
Tarot: Der Bär von enor-
mem Verstand ist Meister
in jedem Bereich.

John Tyerman Williams
Jenseits von Pu und Böse
Der Bär von enormem Ver-
stand und die Philosophie
dtv 20160
Was viele längst vermute-
ten: Die abendländische
Philosophie läuft auf den
Bären von nur scheinbar
geringem Verstand zu.

Benjamin Hoff
**Pu der Bär, Ferkel und die
Tugend des Nichtstuns**
Der weise Bär auf den
Spuren des Lao-tse
dtv 20271
Völlige Harmonie mit dem
Fluss des Lebens ist obers-
tes Ziel der Philosophie des
Taoismus. Und wer könnte
das besser nachvollziehen
und erklären als Pu, schon
immer ein Meister in der
Bären-Disziplin des
Nichtstuns?

Ethan Mordden
Fit mit Pu
Des starken Bären natürlicher Weg zu Schönheit und
Kraft
dtv 20207
Das Fitnessprogramm des
berühmtesten aller Bären,
der uns jenseits aller ausge-
tretenen Trimm-dich-Pfade
führt: Windgehen, Vom-
Baum-Fallen, Ungestüm-
Sein und andere hochwirk-
same Übungen. Das
wichtigste aber: das
Ausruhen nach dem
Training.

Amei-Angelika Müller im dtv

»Pfarrer sind auch Menschen.«

Pfarrers Kinder, Müllers Vieh
Memoiren einer unvollkommenen Pfarrfrau
dtv 20219 und dtv großdruck 25011

Sie ist ein Morgenmuffel, Kochen ist nicht ihre Stärke, und auch sonst entspricht sie nicht dem Ideal einer Pfarrfrau. Sie wollte auch alles andere werden, nur das nicht. Doch sie lernte einen Theologiestudenten kennen – und lieben.

Ich und du, Müllers Kuh
Die unvollkommene Pfarrfrau in der Stadt
dtv 20116

Sieben auf einen Streich
dtv großdruck 25143

Eine herzerfrischend fröhliche, witzige und humorvolle Familiengeschichte.

Veilchen im Winter
Roman · dtv 11309

Was macht eine junge Frau, die sich von ihrem skibegeisterten Ehemann zum gemeinsamen Winterurlaub überreden lässt, obwohl sie selbst völlig unsportlich ist und den Winter zutiefst verabscheut?

Und nach der Andacht Mohrenküsse
dtv großdruck 25096

Eine Kindheit an der deutsch-polnischen Grenze.

Ach Gott, wenn das die Tante wüßte
Studentenzeit und erste Liebe der
»unvollkommenen« Pfarrfrau
dtv 20186

Rafik Schami im <u>dtv</u>

»Meine geheime Quelle ist die Zunge der anderen. Wer erzählen will, muss erst einmal lernen zuzuhören.«
Rafik Schami

Das letzte Wort der Wanderratte
Märchen, Fabeln und phantastische Geschichten
<u>dtv</u> 10735

Die Sehnsucht fährt schwarz
Geschichten aus der Fremde · <u>dtv</u> 10842
Erzählungen vom ganz realen Leben der Arbeitsemigranten in Deutschland.

Der erste Ritt durchs Nadelöhr
Noch mehr Märchen, Fabeln & phantastische Geschichten
<u>dtv</u> 10896

Das Schaf im Wolfspelz
Märchen & Fabeln
<u>dtv</u> 11026

Der Fliegenmelker und andere Erzählungen
<u>dtv</u> 11081

Märchen aus Malula
<u>dtv</u> 11219
Geschichten voller Zauber, Witz und Weisheit des Orients.

Erzähler der Nacht
<u>dtv</u> 11915
»Ein Plädoyer für mehr Güte und Liebe.« (Susanne Kippenberger)

Eine Hand voller Sterne
Roman · <u>dtv</u> 11973
Alltag in Damaskus.

Der ehrliche Lügner
Roman · <u>dtv</u> 12203
Wie man mit Lügen ehrliche Arbeit leistet.

Vom Zauber der Zunge
Reden gegen das Verstummen
<u>dtv</u> 12434

Reisen zwischen Nacht und Morgen
Roman · <u>dtv</u> 12635

Gesammelte Olivenkerne
aus dem Tagebuch der Fremde
<u>dtv</u> 12771

Milad
Von einem, der auszog, um einundzwanzig Tage satt zu werden
<u>dtv</u> 12849